古典文獻研究輯刊

八　編

曾　永　義　主編

第19冊

清代桐城派古文之研究（上）

陳桂雲　著

國家圖書館出版品預行編目資料

清代桐城派古文之研究（上）／陳桂雲 著 — 初版 — 新北市：
花木蘭文化出版社，2013〔民102〕
目 6+180 面；19×26 公分
（古典文學研究輯刊 八編；第 19 冊）
ISBN：978-986-322-395-5（精裝）
1. 桐城派 2. 古文
820.8　　　　　　　　　　　　　　　　　102014688

ISBN-978-986-322-395-5

古典文學研究輯刊
八 編 第十九冊　　　　　ISBN：978-986-322-395-5

清代桐城派古文之研究（上）

作　　者　陳桂雲
主　　編　曾永義
總 編 輯　杜潔祥
出　　版　花木蘭文化出版社
發 行 所　花木蘭文化出版社
發 行 人　高小娟
聯絡地址　235 新北市中和區中安街七二號十三樓
　　　　　電話：02-2923-1455／傳真：02-2923-1452
網　　址　http://www.huamulan.tw 信箱 sut81518@gmail.com
印　　刷　普羅文化出版廣告事業
初　　版　2013 年 9 月
定　　價　八編 24 冊（精裝）新台幣 42,000 元

清代桐城派古文之研究（上）

陳桂雲　著

作者簡介

陳桂雲，1957 年生，台北市人，中國文化大學中國文學研究所博士，現職為國立故宮博物院圖書文獻處編審，並自 1986 年任中國文化大學兼任講師。主要研究領域為清代散文、唐代文學、民俗學。另有專著《楊妃故事之研究》，相關論著有〈宋 李公麟 麗人行〉、〈艷質豐肌說楊妃〉、〈《論語》中顏回形象的現代闡釋〉、〈清宮的年貨大街〉等。

提　　要

　　清代桐城派具有「冠蓋滿京華，文章甲天下」的美譽，於中國文學發展史中，褒貶不一，仁智互見；就文學觀點而言，實則有回顧與重新檢視之價值。本研究專事於探討桐城派代表作家的文論體系與創作，對桐城派之緣起、師承、傳衍、發展、遞變與式微進行系統性之考察及闡述。

　　首先廣蒐先驅戴名世、桐城三祖、湘鄉派曾國藩、陽湖派張惠言、惲敬等諸家之論著為研究之基礎資料，再旁徵其門人弟子之論述，及廣引後世文人之相關著作，以為佐證。除古籍之探索，亦採輯清國史館所留之豐碩清人傳記資料，及民國以來的大量研究結果，分別加以評述、歸納與比較分析。研究中各論點均採專題討論方式深入剖析，並涵蓋彼此間之密切關聯性。

　　同時，亦從回顧中國歷代古文開始，勾劃古文體裁發展軌跡的轉變歷程，以探本溯源；次則梳理桐城文派之發展過程與諸家文論，取「其言論足以支配一代者」予以評析，並釐清其間繼承發展的關係脈絡，及其特色所在；再次則剖析桐城派學術思潮的演進，及其對西學東漸之態度和貢獻；末則探究桐城文學之書院傳播及其論著之精要。希冀客觀而準確地檢視桐城派古文的起伏、變遷，及其在中國文學史上的地位，給予系統性的正確認識與評價。

目
次

第一章　緒　論

第一節　桐城派古文研究之動機、目的、範圍與方法

一、研究之動機與目的

　　清代（1644～1911）文壇中「桐城派」是中國文學史上綿延最久，影響最廣，聲勢最爲壯觀的一個散文流派；源於康乾（1662～1795），盛於嘉道（1796～1850），漫於同光（1862～1874），至民初五四時期才漸至消聲匿跡。考桐城古文之流衍，自乾隆（1736～1795）末年，桐城文派得名之始，至民初新文學運動興起，以白話文取而代之爲止，幾與滿清國祚相終始，足足盛行二百餘年。〔註1〕於中國文學發展史中，評價不一，仁智互見，褒者讚以「天下文章，其出於桐城乎」〔註2〕，貶者譏以「選學妖孽」、「桐城謬種」〔註3〕，看法不一。針對前人對桐城派評價褒貶兩極之詭譎現象，實可重新回顧與檢視。

二、研究之範圍與方法

　　本文取桐城三祖方苞（1668～1749）、劉大櫆（1698～1780）、姚鼐（1731

〔註1〕 自桐城派先驅戴名世（1653～1713）生活的康熙年間（1662～1722）算起，至桐城後進馬其昶、林紓、姚永樸、姚永概等人活動的1930年止，約二百餘年，期間桐城文論及創作影響盛大，無論是各大學術流派或文人名士，都或多或少地與之產生互動。

〔註2〕 據姚鼐〈劉海峰先生八十壽序〉所載，程晉芳、周永年曾有此讚語。

〔註3〕 錢玄同云：「唯選學妖孽，桐城謬種，見此又不知若何咒罵。」詳見錢玄同：〈通信欄〉，《新青年》第3卷第1號（1917年）。

～1815）；陽湖二祖張惠言（1761～1802）、惲敬（1757～1817）；湘鄉派創立者曾國藩（1811～1872）等諸家論著爲首要資料，旁徵其弟子後學，復參酌民國以來前賢研究之成果，以資借鑑攻錯。除古籍之探索，亦採輯豐碩之清人傳記資料「傳包」、「傳稿」〔註4〕，及民國以來的大量研究結果，加以評述、歸納、比較分析。每章均採專題討論方式深入剖析，彼此密切關聯，首先從回顧歷代古文開始，勾劃古文體裁發展軌跡的轉變歷程；次則敍及桐城、陽湖、湘鄉三派之興起與諸家文論，期能釐清「桐城文學」〔註5〕之流變軌跡及其特色所在；接著探究桐城派、陽湖派、湘鄉派之文論，以考其微旨；次則剖析桐城文學於演進時，與其他文體、學術，甚至是西方文化間，相互交流激盪所產生之變化；再則述及桐城文學之傳播過程，與桐城文學選集、桐城文學理論總述之精要，作一梗概之介紹；末則就桐城派之影響、評價作一概要的總結，刪其冗蕪，取其精當者，以爲論證。本文力圖還原桐城諸子之本來面貌，將桐城諸家「義法」和古文創作成就，進行精審深入分析，給予正確之認識和評價，希冀客觀準確地檢視桐城派古文之起伏、變遷及在中國文學史上的地位。

第二節　桐城派古文之界義

一、「古文」之定義

（一）先秦典籍

　　「古文」二字首見於《史記》，司馬遷於書中屢屢提及，如《史記・五帝本紀》日：

> 學者多稱五帝，尚矣！然《尚書》獨載堯以來，而百家言黃帝，其
> 文不雅馴，薦紳先生難言之。孔子所傳宰予問五帝德，及帝繫姓，

〔註4〕　所謂「傳包」，是清國史館爲纂修人物列傳，咨取蒐集之各種傳記資料，以人爲單位各自歸納成包，故稱「傳包」。所謂「傳稿」，是史官修傳所留下之稿本，因非進呈定本，故統稱爲「傳稿」。爲國立故宮博物院所珍藏，是清人研究之第一手資料。詳細說明請參閱本論文之附錄四。

〔註5〕　本論文所謂的桐城文學，係指包含桐城、陽湖、湘鄉三派的文論與創作。陽湖、湘鄉自得名之始，即被視爲桐城別支，尤其自民國以來的研究更是如此；然因其創始者實無創派之念，文學主張亦皆以桐城文論爲基礎所加以改造者，是以其文學實可綜而觀之。

儒者或不傳。余嘗西至空峒，北過涿鹿，東漸於海，南浮江淮矣。
至長老皆各往往稱黃帝、堯、舜之處，風教固殊焉。總之不離古文
者近是。〔註6〕

唐、司馬貞《史記索隱》注曰：「古文即《帝德》、《帝系》二書也，近是聖人
之說。」〔註7〕

又如《史記‧封禪書》曰：「羣儒既已不能辨明封禪事，又牽拘於《詩》、
《書》古文而不能騁」〔註8〕；《史記‧吳太伯世家》曰：「太史公曰：『孔子
言「太伯可謂至德矣，三以天下讓，民無得而稱焉。」余讀《春秋》古文，
乃知中國之虞與荊蠻句吳，兄弟也』」〔註9〕；《史記‧太史公自序》曰：「遷
生龍門，耕牧河山之陽。年十歲，則誦古文。」〔註10〕司馬貞《史記索隱》
注曰：「遷及事伏生，是學誦古文《尚書》。劉氏以爲《左傳》、《國語》、《系
本》等書，是亦名之古文也。」〔註11〕

諸如此者凡數見，而其所言之《帝德》、《帝系》、《尚書》、《詩經》、《春
秋》、《左傳》、《國語》等，皆爲古之經籍，是以「古文」定義之一，即泛指
先秦典籍而言。

（二）漢之古文經傳

自秦始皇焚書坑儒後，經傳之傳播受到嚴重之影響。入漢後，少數耆老
將其記憶中之經書內容背誦而出，並以當時通行之隸書抄記。景帝時，河間
獻王在民間以重金徵集古文經傳，《漢書‧景十三王傳》曰：「獻王所得書皆
古文，先秦舊書，《周官》、《尚書》、《禮》、《禮記》、《孟子》、《老子》之屬，
皆經傳說記，七十子之徒所論，其學舉六藝，立毛氏《詩》，《左氏春秋》博

〔註6〕　〔漢〕司馬遷：《史記》（臺北：文馨出版社，影印清乾隆武英殿刊本，1975
　　　　年10月），卷1，頁40。

〔註7〕　〔漢〕司馬遷：《史記》（臺北：文馨出版社，影印清乾隆武英殿刊本，1975
　　　　年10月），卷1，頁40～41。

〔註8〕　〔漢〕司馬遷：《史記》（臺北：文馨出版社，影印清乾隆武英殿刊本，1975
　　　　年10月），卷28，頁552。

〔註9〕　〔漢〕司馬遷：《史記》（臺北：文馨出版社，影印清乾隆武英殿刊本，1975
　　　　年10月），卷31，頁581。

〔註10〕　〔漢〕司馬遷：《史記》（臺北：文馨出版社，影印清乾隆武英殿刊本，1975
　　　　年10月），卷130，頁1350。

〔註11〕　〔漢〕司馬遷：《史記》（臺北：文馨出版社，影印清乾隆武英殿刊本，1975
　　　　年10月），卷130，頁1350。

士。」〔註12〕

　　武帝時，魯恭王又發現孔壁藏書。《漢書・藝文志》曰：「武帝末，魯恭王壞孔子宅，欲以廣其宮，而得古文《尚書》，及《禮記》、《論語》、《孝經》，凡數十篇，皆古文也。」〔註13〕兩王先後獻予朝廷，藏於秘府。自此爲有所分別，便將漢初口誦筆錄之經傳稱爲今文；而河間獻王、魯恭王所得之經籍稱爲古文。

　　今文與古文經籍，起先僅有字體今古之分，後擴及篇章文字異同之考校，與經籍眞僞之爭端，雙方各有擁護之儒者，而衍爲學派之對立，形成今古文經學之爭。經書之解趨於分歧，如《史記・儒林列傳》曰：「自此之後，魯周霸、孔安國，雒陽賈嘉，頗能言《尚書》事。孔氏有古文《尚書》，而安國以今文讀之，因以起其家。逸書得十餘篇，蓋《尚書》滋多於是矣。」〔註14〕又如《漢書・藝文志》曰：「劉向以中古文《易經》校施、孟、梁丘經，或脫去無咎、悔亡，唯費氏經與古文同」〔註15〕；《漢書・楚元王傳・劉歆》曰：「及歆校秘書，見古文《春秋左氏傳》，歆大好之。」〔註16〕雙方勢必互相排斥，而形成今古文經學學派之爭；是以「古文」定義之一，即指漢代所出之古文經傳。

（三）古文字

　　文字傳說爲倉頡所造，此後字體不斷演進。《說文解字》曰：

> 倉頡之初作書，蓋依類象形，故謂之文，其後形聲相益，即謂之字。……及宣王太史籀著大篆十五篇，與古文或異。至孔子書六經，左丘明述春秋傳，皆以古文，厥意可得而說。其後諸侯力政，不統於王，……言語異聲，文字異形。秦始皇帝初兼天下，丞相李斯乃奏同之，罷其不與秦文合者，斯作倉頡篇，中車府令趙高作爰歷篇，大史令胡毋敬作博學篇，皆取史籀大篆，或頗省改，所謂小篆者也。是時秦燒滅經書，滌除舊典，大發隸卒，興役戌，官獄職務繁，初有隸書，以趣約易，而古文由此絕矣。……及亡新居攝，

〔註12〕　〔漢〕班固：《漢書》（清乾隆四年武英殿刻本），卷53，頁807。
〔註13〕　〔漢〕班固：《漢書》（清乾隆四年武英殿刻本），卷30，頁513。
〔註14〕　〔漢〕司馬遷：《史記》（臺北：文馨出版社，影印清乾隆武英殿刊本，1975年10月），卷121，頁1277。
〔註15〕　〔漢〕班固：《漢書》（清乾隆四年武英殿刻本），卷30，頁512。
〔註16〕　〔漢〕班固：《漢書》（清乾隆四年武英殿刻本），卷36，頁618。

使大司空甄豐等校文書之部，自以爲應制作，頗改定古文。時有六
書，一曰古文，孔子壁中書也；二曰奇字，即古文而異者也；三曰
篆書，即小篆，秦始皇使下杜人程邈所作也；四曰佐書，即秦隸書；
五曰繆篆，所以摹印也；六曰鳥蟲書，所以書幡信也。〔註17〕

許慎（約58～147）以古文與大篆、奇字、小篆、秦隸書、繆篆、鳥蟲書等字
體對舉而論。所謂古文，乃指孔壁藏書所使用之文字，其形若蝌蚪，故又稱
蝌蚪文。

此外，若以後世廣行之字體而論，則又有今古文字之別。如漢魏本以篆
隸文爲正體，至唐改以楷書代之，焦竑（1540～1620）《焦氏筆乘》曰：「古
文更作楷書，以便習讀，而俗書始雜之。」〔註18〕即視楷書爲今文，在此前
之文字皆爲古文，乃依時代先後而分；是以「古文」定義之一，即指文字
之古。

（四）與駢文相對待之散體文

就文體而言，中國傳統文學體裁原先並無界定，後因文學發展愈發興
盛，寫作手法愈趨精細，而逐漸有所劃分。舉例來說，散文原先包含韻文與
散體文，自先秦至西漢初期，兩者渾爲一體，無甚分別。此後因韻文專尚追
求駢儷的表現技巧，而被稱爲駢文。西晉時，已有完整的駢文作品出現；而
魏晉六朝以後，駢文逐漸成爲文壇的流行文體，偏重於以聲律、辭藻、及形
式之華美，文風趨於浮豔綺靡。

中唐、韓愈（768～824）爲革此弊，遂提出「古文」一詞，以與駢文區
別。他在〈題歐陽生哀辭後〉一文曰：「愈之爲古文，豈獨取其句讀不類於今
者邪？思古人而不得見，學古道則欲兼通其辭。通其辭者，本志乎古道者
也。」〔註19〕足見得句讀不類於駢儷之文，本是古文形式上先決之點。他主
張上繼三代兩漢文體的散文，以復古爲口號，文以載道爲文章思想內涵，以
闡明儒道的基本宗旨，並與駢文相抗，以期恢復散文的文學主導地位；是以
「古文」定義之一，即指與駢文相對待之散體文。

古文之名自《史記》初用以來，義雖有四，然至韓愈推動「古文」運動

〔註17〕〔漢〕許慎：《說文解字·上》（臺北：臺灣商務印書館，《四部叢刊》影印清
　　　同治本），卷15，頁227～228。

〔註18〕〔明〕焦竑：《焦氏筆乘》（明萬曆三十四年刻本），卷4，頁55。

〔註19〕〔唐〕韓愈：〈題歐陽生哀辭後〉，收入〔清〕董誥輯：《全唐文》（清嘉慶內
　　　府刻本），卷567，頁5728。

起，文學體裁之古文，即專指散體文而言。要言之，「對駢文之形式而言，則稱散文，對駢文之精神而言，則稱古文。」〔註20〕

二、「桐城派」之得名

　　「桐城」本爲地名，經由戴名世（1653～1713）、方苞、劉大櫆、姚鼐等文學家間之相互啓發與推衍，逐漸形成新的古文派別。由於他們的祖籍皆爲安徽桐城，因而得名。姚鼐爲業師賀壽，恭撰〈劉海峰先生八十壽序〉文中曰：

> 曩者鼐在京師，歙程吏部、歷城周編修語曰：「爲文章者有所法而後能，有所變而後大。維盛清治邁逾前古千百，獨士能爲古文者未廣。
> 昔有方侍郎，今有劉先生，天下文章，其出於桐城乎？」〔註21〕

程吏部即程晉芳（1718～1784），原名廷鐄，字魚門，號蕺園，原籍安徽歙縣，江蘇江都人。乾隆三十六年（1771）進士，補吏部主事。周編修即周永年（1730～1791），字書昌，號林汲山人，山東歷城人，與程晉芳爲同科進士，授翰林院庶吉士。二人與姚鼐相交於共修《四庫全書》時。〔註22〕程、周之語意指清代中葉以前，文壇上古文能者稀少，只有方苞、劉大櫆前後交相輝映。由於程晉芳曾師從劉大櫆受古文法，有相同文學的傾向，尚有這樣說的可能；然周永年與桐城古文毫無關聯，怎會下此評語呢？足見當時桐城派之文論與創作，已形成一股不小的文學風潮；因此，周永年與程晉芳才會認爲「天下文章，其出於桐城乎？」姚鼐則以山川鍾秀之說，加強這一結論。〔註23〕

〔註20〕　方孝岳：《中國散文概論》，收入劉麟生、方孝岳等著：《中國文學七論》（桂林：廣西大學出版社，2007年1月），頁64。

〔註21〕　〔清〕姚鼐：《惜抱軒詩文集‧文集》（清嘉慶十二年刻本），卷8，頁59。

〔註22〕　據乾隆三十八年（1773）閏3月11日〈辦理四庫全書處奏遵旨酌議排纂四庫全書應行事摺〉云：「查有郎中姚鼐，主事程晉芳、任大椿，學政汪如藻，原任學士降調候補之翁芳綱，亦皆留心典籍，見聞頗廣，應請添派爲纂修官，令其在館一同校閱，悉心考核，方足敷用。又查有進士余集、邵晉涵、周永年，舉人戴震、楊昌霖，於古書原委亦能多識，應請旨行文來京，在分校上行走，更足資集思廣益之用。」詳見〈辦理四庫全書處奏遵旨酌議排纂四庫全書應行事摺〉，收入中國第一歷史檔案館編：《纂修四庫全書檔案（上）》（上海：上海古籍出版社，1997年7月），頁77。

〔註23〕　王達敏云：「這場三人談盛稱方、劉，預言了桐城之學的崛起，桐城文系的雛型初露。」詳見王達敏：《姚鼐與乾嘉學派》（北京：學苑出版社，2007年11月），頁103～104。

以派稱桐城者，始於曾國藩〈歐陽生文集序〉曰：「歷城周永年書昌爲之語曰：『天下之文章，其在桐城乎？』由是學者多歸嚮桐城，號『桐城派』。」〔註24〕自此士子相互傳述，桐城派遂成定名。

但不少桐城文人皆反對以「派」來稱謂。因爲以派別論，便有所界定與限制，無法隨意發揮；且學說勢必愈趨瑣細，區別愈趨分明，而無法全面探究其繼承與超越之處。林紓（1852～1924）爲其代表，〈與姚叔節書〉曰：「桐城之派，非惜抱先生所自立，後人尊惜抱爲正宗，未敢他逸而外軼，輾轉相承而姚派以立。僕生平未嘗言派，而服膺惜抱者，正以取徑端而立言正。」〔註25〕某種程度上，不得不承認林紓的見解。因爲桐城以派別分述，文壇陸續出現陽湖、湘鄉之名；就其文統而言，實際上皆屬於桐城文學的一部分，單憑其師承、祖籍來判斷其隸屬何派是不足的。舉例來說，吳汝綸（1840～1903）在未進曾國藩幕府前，恪守桐城義法；後經曾國藩授以文論後，改爲傾向湘鄉，是以學界有言其爲桐城者，亦有言其爲湘鄉者。部分學者認爲湘鄉爲桐城之中興，言湘鄉即爲桐城，但這樣就正如林紓所擔憂的，學者往往陷於劃分派別之窠臼，而無法靜心去思辨其演進。〔註26〕

然而率先號爲桐城派的曾國藩，本身並未有意另立旁支，他一直以振桐城餘緒爲努力目標；考其文論，也確實是繼承桐城諸家之說以推衍。此外，「派」字蘊含著流衍、支流之意，因此，無論將湘鄉與桐城合論或分述皆可，端視爲文者之需求決定。本論文採取分章別述的方式，以「桐城派」單指桐城；「桐城」者則泛指桐城派、陽湖派、湘鄉派；並著重於古文理論方面的系統研究，以便觀其堂奧，評其得失，期能將桐城派古文作具體深入之探討及全面性之理解，無使後學者僅見其一隅之失。

桐城派順應清廷的文化政策，集我國歷代古文文論、創作之大成，試圖提出全新的主張，營造屬於當代以致於個人的獨特風格。他們所繼承者，主要是唐宋八大家的中心思想，如反對駢文、文以載道、辭必己出等，同時也繼承他們復古、創新兼具與關注體現現實的精神。

〔註24〕 〔清〕曾國藩：《曾文正公詩文集（上）》，收入《國學基本叢書四百種》（臺北：臺灣商務印書館，1968年），卷1，頁81。

〔註25〕 〔清〕林紓：《畏廬續集》，收入《畏廬論文等三種》（臺北：文津出版社，1978年影印本），頁17。

〔註26〕 如晚清之馬其昶、嚴復、林紓等人，有言爲湘鄉者，有言爲桐城者，只能就其後期表現偏重何派之主張來加以論定。

三、「桐城派古文」釋義

自韓愈提出古文，力倡恢復先秦兩漢之散文，言文者每以散文與古文混而談之。尤師信雄《桐城文派學述》曰：

> 古文雖爲散體，然其精神、其形式，則與散文不盡相同，而別有講究。蓋古文之風裁法度，取徑謀篇，造語用字，皆有其範疇，與乎一般不拘形式，隨意以表達之單行文字，自不相同，故古文乃散文中，體至雅正，法至精嚴之一種，而與一般散文實有精粗醇駁之別。〔註27〕

須知散文包含韻文與散體文，散文可稱爲古文，古文則不可稱爲散文。且韓愈所指古文，必有所抉擇，而非盡取先秦兩漢之書爲法。

至清時，文體界限不明，士子愈發不解古文與散文之區別，如清、章學誠（1738～1801）《文史通義》曰：

> 宋元經義，明代始專，策論、表判有同兒戲。學者肄習，惟知考墨房行。師儒講求，不外〈蒙存〉、〈淺達〉。間有小詩、律賦、駢體、韻言，動色相驚，稱爲古學。即策論變調、表判別裁，亦以向所不習，名曰古文。斯則名實不符，每況愈下，少見多怪，俗學類然。充其義例，異日科舉成文，改易他制，必轉以考墨房行爲古文矣。〔註28〕

策論、表判初爲散文體裁之一，然元明定爲科舉項目；於是師儒講求，技巧、辭句趨於工麗，言之無物，文章毫無價值可言。此外，因不明古文眞義，竟因向所未習，而將策論變調、表判別裁視爲古文。章學誠擔憂此弊不除，若異日科舉改易他制，循其義例，則考墨房行（即八股文）亦將被視爲古文，如此古文之名將更加混亂。

續前所述古文之名，自韓愈以之指陳散體文，是以曾國藩〈復許孝廉振褘書〉曰：「古文者，韓退之氏厭棄魏晉六朝駢儷之文，而反之於六經兩漢，從而名焉者也。」〔註29〕桐城派古文既以唐宋八家爲宗，對古文之界義，自然繼承唐宋古文之主張；即要求古文之旨趣應本乎六經及孔孟儒家精神，創作文以明道，體不蕪雜之作品。

〔註27〕 尤信雄：《桐城文派學述》（臺北：文津出版社，1989年1月），頁147。
〔註28〕 〔清〕章學誠：《文史通義・外篇三》（民國章氏遺書本），頁251。
〔註29〕 〔清〕曾國藩：《曾文正公書札》（清光緒二年刻增修本），卷8，頁193。

　　桐城初祖方苞認為駢文、八股文、詩、賦等文體，作者只須依一定格式，即可創作出表面華麗的作品；究其內容，無甚根本，不得謂為文，更不得謂為古文，〈方望溪先生年譜〉文曰：

> 文所以載道也，古人有道之言，無不傳之不朽。文所以佳者，以無膚語支字，故六經尚矣，古文猶近之。至於四六、時文、詩、賦，則俱有牆壁窠，按其格調填詞而已。以言乎文，固甚遠也。〔註30〕

是以方苞《古文約選‧序例》梳理古文之源流曰：

> 太史公〈自序〉：「年十歲，誦古文」，周以前書皆是也。自魏晉以後，藻繪之文興。至唐韓氏起八代之衰，然後學者以先秦盛漢辨理論事、質而不蕪者為古文。蓋六經及孔子、孟子之書之支流餘肄也。
>
> 蓋古文所從來遠矣，六經、《語》、《孟》，其根源也。得其支流而義法最精者，莫如《左傳》、《史記》，然各自成書，具有首尾，不可以分剔。其次《公羊》、《穀梁傳》、《國語》、《國策》，雖有篇法可求，而皆通紀數百年之言與事，學者必覽其全，而後可取精焉。惟兩漢書、疏及唐宋八家之文，篇各一事，可擇其尤，而所取必至約，然後義法之精可見。〔註31〕

　　方苞認為六經、《語》、《孟》為古文之源，而兩漢書、疏及唐宋八家古文則納傳統篇法於其中，因事設辭，文各為義，足資為桐城義法取法的對象。待見其精後，循其脈絡，以觸類旁通。可見桐城派「古文」，意在與「駢文」相別之旨。

第三節　前人研究成果述要（1908～2008）

　　清代桐城派繼承唐宋古文之理論，兼收漢宋學說之菁華，集中國文論之大成，影響清代二百餘年；清代的古文，前前後後無不與桐城文派發生關係。20世紀初，桐城後學馬其昶（1855～1930）、姚永樸（1862～1939）、姚永概（1866～1923）、嚴復（1853～1921）、林紓等，秉持桐城派古文學習方法與

〔註30〕〔清〕方苞：《方望溪先生全集‧方望溪先生年譜》（臺北：臺灣商務印書館，《四部叢刊初編》影印本），頁461。

〔註31〕〔清〕方苞：《望溪集‧外文‧序跋》（清咸豐元年戴鈞衡刻本），卷4，頁322～323。

寫作經驗的傳統，歸結桐城、湘鄉兩派之文學理論，堅持古文創作，試圖再次將桐城派古文發揚光大。其中尤以姚永樸《文學研究法》，林紓《春覺齋論文》、《韓柳文研究法》最具代表性；在他們的努力下，桐城古文在理論與創作方面都獲得頗大的成就。但在 20 世紀 20 年代，在新、舊文學交接的時代裏，由於當時特殊的歷史環境，桐城古文非但不復有往日的輝煌，甚至還遭受著學界各方猛烈抨擊。為了便於檢視百年來相關研究之發展脈絡，及研究者關注焦點的變化，以下將依時間分為七期，擇要回顧近代學界對桐城派的研究，作一番史料梳理及一次階段性的整理，裨為後繼研究者提供借鑒，以呈現學界近百年來的研究成果與趨勢。

一、偏激抨擊與全盤否定：20 年代前期

1908 年，李詳（1839～1931）〈論桐城派〉率先詳敘桐城派源流，指出桐城末流古文創作僅重視起承轉合、形式結構、文言虛詞，可說是八股文的變種文體。此為繼劉師培（1884～1919）之後攻擊桐城派的專文。其後在致錢基博、陳含光、王翰芬、孫德謙、張江裁、王渥然等人的信中，又屢屢抨擊桐城派，力辟文章宗派之說，影響甚大。〔註32〕

之後，梁啟超（1873～1929）為創立新文體，發動文界革命，以當時雄據文壇正統地位的桐城派為對象，從而挑戰傳統古文的戒律，逐步推翻桐城派之價值。但在當時，其對桐城派之評述，僅有非關學理之片面結論式斷語，〔註33〕未有專論，如《清代學術概論》文曰：

> 以文而論，因襲矯揉，無所取材；以學而論，則獎空疏，閟創獲，無益於社會；且其在清代學界，始終未嘗占重要位置，今後亦斷不復能自存。〔註34〕

梁氏對桐城派文弊之批評確屬的論，然其對桐城派全盤否定的評價和在文學史上地位作用的判斷，則明顯有失偏頗，與史實不符。

20 年代前期，一群接受西方民主、科學新式思想的文學家，如胡適

〔註32〕 李詳：〈論桐城派〉，收入羅聯添編：《中國文學史論文選集（四）》（臺北：台灣學生書局，1986 年 9 月），頁 1727～1728。

〔註33〕 范培松提出梁啟超的散文批評皆是一些結論性斷語，認為「……這種結論不是建築在嚴密的論證上提出的，具有強烈的主觀性，因此也就難免有它粗糙的一面。」詳見范培松：《中國散文批評史》（南京：江蘇教育出版社，2000 年 4 月），頁 7。

〔註34〕 梁啟超：《清代學術概論》（臺北：台灣中華書局，1970 年 3 月），頁 50。

（1891～1962）、陳獨秀（1879～1942）、周作人（1885～1967）等發起革新運動，稱爲「新文化運動」。概括其主要內容，與學術相關的便是提倡新文學，反對舊文學；對盛行清代二百餘年之桐城文學，成爲首要攻擊目標。在他們眼中，桐城派等同中國數千年的封建代表，直無一字有存在之價值，必須將其掃蕩廓清，才能成功建立白話文學，此說在當時有其重大的現實意義。但由於特殊歷史條件與現實環境的限制，加上陳獨秀等人急於以學術思想推動政治變革，遂使得他們下筆措詞激烈，語氣蠻橫，論述甚爲極端，帶有極鮮明的社會政治批判色彩。這場論戰勝負雖明，但雙方皆非以學術方式表述，已經超出理性文學批評之範疇，而有對陣謾罵之嫌，稱不上是「嚴肅的學術交鋒。」〔註35〕

二、客觀與理性的評價：20 年代後期

　　20 年代後，隨著白話文運動進入建設新文學的嶄新發展時期，桐城派漸漸沉寂，不再對迅速成長的現代文學構成威脅；新文化運動的主將們對傳統文化的評價漸趨冷靜，對桐城派亦不再持全盤否定的態度，而是有所選擇，論述上也較爲客觀具體。原先認定古文是「死文學」，只有白話文學才是「活文學」〔註36〕的胡適，於 20 年代初提出「研究問題，輸入學理，整理國故，再造文明」的新文化建設總體設計方案，明確而具體的列舉了中國新文學創作的原則和方法；主張對我國固有文明作系統性之嚴肅批判和改造，以適應世界新文明之變化。1920 年，又具體提出《整理國故的計畫》，而列舉首批擬整理的書目中，便有姚鼐、曾國藩的著作，還擬定擔任整理的部分人選，準備出版後作爲中學生的參考書。

　　1923 年，胡適爲上海《申報》五十週年紀念撰文，發表〈五十年來中國

〔註35〕江小角、方寧勝：〈桐城派研究百年回顧〉，《安徽史學》第 6 期（2004 年），頁 93。

〔註36〕1918 年 4 月，胡適〈建設的文學革命論〉提出「國語的文學，文學的國語」，曰：「現在的舊派文學實在不值得一駁。什麼桐城派的古文哪、《文選》派的文學哪、江西派的詩哪、夢窗派的詞哪、《聊齋志異》派的小說哪，……都沒有破壞的價值。他們所以還能存在國中，正因爲現在還沒有一種眞有價值，眞有生氣，眞可算作文學的新文學起來代他們的位置。有了這種『眞文學』和『活文學』，那些『假文學』和『死文學』，自然會消滅了。」所謂的假文學和死文學，泛指古典文學；眞文學和活文學，則指白話文學。胡適：〈建設的文學革命論〉，收入張若英編：《新文學運動史資料》（上海：光明書局，1936年 9 月），頁 78。

之文學〉〔註 37〕，其中論及曾國藩死後的桐城派與湘鄉派，認爲「嚴復、林紓是桐城的嫡派，譚嗣同、康有爲、梁啓超都是桐城的變種。」〔註 38〕桐城派的中興如同臨死者迴光返照一般，但又肯定古文是中國文學「最正當最有用」〔註 39〕的文體，主張「唐宋八家的古文和桐城派古文的長處，只是他們甘心做通順清淡的文章，不妄想做假古董。」〔註 40〕

　　1935 年，胡適《中國新文學大系導論集‧新文學的建設理論》則進一步論述「姚鼐、曾國藩的古文差不多統一了十九世紀晚期的中國散文」〔註 41〕、「古文經過桐城派的廓清，變成通順明白的文體」。〔註 42〕

　　除此之外，在 30 年代他曾對學生魏際昌（1908～1999）說：「桐城派出在我們安徽，過去叫它做謬種、妖孽，是不是可以有不同的看法呢？希望能夠研究一下。」〔註 43〕此種態度的轉變，體現胡適治學求實求是的精神。經由其努力，使得我們能藉由其研究，瞭解桐城派在古典文學與白話文學之間的過渡作用，堪稱一大貢獻。〔註 44〕

　　胡適這種客觀的態度，對往後學者亦有相當的影響。自此，多數新時代的文人們，較能夠理性地具體評述桐城派之貢獻與價值。如劉永濟《中國文學通論》、陳子展《中國近代文學變遷》、吳文祺《近百年來的中國文藝思潮》等論及桐城派時，觀點與胡適相近，然論述更爲詳盡。其中，雖仍不免

〔註 37〕　內容主要是探討 1870～1920 年間文學革命史及新文學的梗概，共分爲四個主題：(1)嚴復、林紓的翻譯類文學；(2)譚嗣同、梁啓超的議論類文學；(3)章炳麟的述學類文學；(4)章士釗的政論類文學。詳見胡適：〈五十年來中國之文學〉，收入《胡適文存‧第二集》（臺北：遠流出版公司，1986 年），頁 72。

〔註 38〕　胡適：〈五十年來中國之文學〉，收入歐陽哲生編：《胡適文集三》（北京：北京大學出版社，1998 年），頁 217。

〔註 39〕　胡適：〈五十年來中國之文學〉，收入歐陽哲生編：《胡適文集三》（北京：北京大學出版社，1998 年），頁 205。

〔註 40〕　胡適：〈五十年來中國之文學〉，收入歐陽哲生編：《胡適文集三》（北京：北京大學出版社，1998 年），頁 205。

〔註 41〕　蔡元培等：《中國新文學大系導論集》（上海：良友圖書公司，1940 年），頁 17。

〔註 42〕　蔡元培等：《中國新文學大系導論集》（上海：良友圖書公司，1940 年），頁 18。

〔註 43〕　魏際昌：《桐城古文學派小史‧後記》（石家莊：河北教育出版社，1988 年 4 月），頁 242。

〔註 44〕　江小角、方寧勝：〈桐城派研究百年回顧〉，《安徽史學》第 6 期（2004 年），頁 93。

有些偏頗，甚至有持反對意見的學者；如周作人《中國新文學的源流》在批
判以韓愈爲首的唐宋八大家基礎上否定桐城派，他雖肯定桐城文章「比較那
些假古董爲通順，有幾篇還帶些文學意味，而且平淡簡單，含蓄而有餘味，
在這些地方，桐城派的文章，有時比唐宋八大家的還好」，〔註45〕但桐城派之
載道文學觀，改變不了遵命文學的性質；並借用清人王湘綺（1833～1916）、
伍紹棠、蔣湘南（1795～1854）之論說，批評桐城派「文章統系也終和八股
文最相近」〔註46〕。在他的散文小品中，周作人一再主張桐城派古文實與八
股文相近之觀點，獲得不少學者認同，後來亦一直影響學者對桐城古文價
值的判斷。如朱自清（1898～1948）《經典常談》言及桐城派與八股文的關係
時便說：「明清兩代的古文大家幾乎沒有一個不是八股文出身的，清代中葉，
古文有桐城派，便是八股文的影響」〔註47〕、「方苞受八股文的束縛太甚」
〔註48〕、劉大櫆、姚鼐「都是用功八股文的」〔註49〕；因此，形成桐城派古
文雖言有序，卻言不甚有物，繼而又指出「但他們組織的技巧，言情的技
巧，也是不可抹殺的」〔註50〕，十分肯定其藝術成就。此論在當時學界頗具
代表性。〔註51〕

三、有系統的探討：30 年代末開始

（一）專題論著

　　30 年代末至 40 年代，學者們首度將桐城派視爲純然的學術對象，以文學
視角切入，運用新的理論和方法，使研究主題由桐城文派演變史，進展爲探
討桐城派諸家文學理論與創作，初步建構 20 世紀桐城派研究的基本範疇，亦

〔註45〕周作人：《中國新文學的源流》（上海：華東師大出版社，1995 年），頁 47。
〔註46〕周作人：《中國新文學的源流》（上海：華東師大出版社，1995 年），頁 42～
　　　　51。
〔註47〕朱自清撰；錢伯城導讀：《經典常談》（上海：上海古籍出版社，1999 年），頁
　　　　109。
〔註48〕朱自清撰；錢伯城導讀：《經典常談》（上海：上海古籍出版社，1999 年），頁
　　　　109。
〔註49〕朱自清撰；錢伯城導讀：《經典常談》（上海：上海古籍出版社，1999 年），頁
　　　　110。
〔註50〕朱自清撰；錢伯城導讀：《經典常談》（上海：上海古籍出版社，1999 年），頁
　　　　110。
〔註51〕江小角、方寧勝：〈桐城派研究百年回顧〉，《安徽史學》2004 年第 6 期，頁
　　　　93。

開始出現全面性論述桐城派之專著。如劉聲木（1876～1959）《桐城文學淵源考》、《桐城文學撰述考》，1929 年會刻於「直介堂叢刻」，該書系統地考察桐城派之緣起、師承、傳衍、發展、遞變與衰弱情形等；《桐城文學淵源考》收錄歸有光以下作家 1223 人；《桐城文學撰述考》列作者 238 人，總收書目達 2370 餘種，成爲研究桐城派不可或缺的工具書。吳孟復於《桐城文派述論》中極爲推崇，文曰：

> 蓋傳記之作、文章之選、言論之輯，篇幅所限，勢有難周，而考其師承，錄其名氏，括其生平，詳其著作，提示傳記、評論之所在，兼具學案、目錄、索引之作用，則吾邑前輩劉述之先生所編《桐城文學淵源考》、《桐城文學撰述考》，實爲研究桐城文派最佳之工具。〔註52〕

又如姜書閣《桐城文派評述》對桐城派作了較爲全面地系統評述，代表當時「桐城派研究的最高成就」。〔註53〕姜書閣於文末總評桐城派，曰：

> 就桐城派之文章言，通順平正則有之，應用則未也。應用者，上之則言必有物，非徒有序而已；下之亦必須能說普通之事理而達，不至有何閼塞。然桐城文人，空疏無學，物於何有？應用更難言矣。謂其可以引諸應用之途尚可耳。
>
> ……始則由通順平正而降於蕪雜怪僻，由有序而降於無序，由空疏而降於陳腐，浸假而混同八股之文，不復能成一家，桐城之文，至此遂不可復問矣！〔註54〕

姜氏雖指出桐城古文不足之處，但也認同胡適應當客觀評價桐城的看法，肯定在清末民初時，桐城古文對於西學之介紹及白話文學之過渡，確實有其卓越之貢獻，不能以瑕而掩瑜，曰：

> 桐城派在同光間一振，經曾國藩之提倡改革，可以勉強應用。於時西洋學術，稍稍輸入，此種文體，尚足以供其役使。然以之爲發揮之工具，猶嫌其不足。殆後康梁出，更就桐城通順之基而改造之，遂形成當時風行之報章文字，於新思想之介紹，及革命之成功，不

〔註52〕吳孟復：《桐城文派述論》（合肥：安徽教育出版社，2001 年 7 月），頁 231。

〔註53〕汪龍麟：〈桐城派研究的世紀回顧〉，《北京社會科學》第 1 期（2002 年），頁 132。

〔註54〕姜書閣：《桐城文派評述》，收入王雲五主編：《國學小叢書》（臺北：臺灣商務印書館，1966 年 1 月），頁 94～95。

無相當助力。平心思之，不當以其短處而盡抹殺之也。即民國以來，
新文學之鼓吹，恐亦非先有此派通順文章爲之過渡，不易直由明末
之先秦兩漢而一變成功也；惟過渡太長，爲不值耳！〔註55〕

至於桐城派在歷史上的作用及地位，則曰：

桐城之文，雖亦復唐宋八家之古，較之明前後七子復周秦兩漢之
古，則差強，較之駢四儷六之文，則更勝矣。以歷史眼光言之，確
爲些許之改進，或亦由周秦古文及駢儷轉爲語體必經之階梯歟。
〔註56〕

所謂以歷史眼光言之，實即從散文發展史的角度來觀照桐城派之歷史作用及
地位，並引述桐城派諸家文集之言，對桐城派之緣起、流衍、發展、遞變與
衰落進行全面闡述，予以詳盡分析後再提出結論，開創日後桐城派研究述評
結合之先河。同時亦突破諸多前人僅拘泥於義法，或基於政治鬥爭需要，而
對桐城派持否定性評價之研究侷限，〔註57〕獲得嶄新的研究成果，爲桐城派
研究的奠基之作。其後出版的桐城派研究專著，尚有姚子素《桐城文派史》
與梁堃《桐城文派論》，但影響均不及姜著。

（二）文學史專章立論

這時期出版的各類文學史專著，對桐城派進行客觀評述。如蔣伯潛、蔣
祖怡合著的《駢文與散文》，以駢散文在清代的復興與鬥爭爲背景，詳敘桐城
派散文流變。方孝岳《中國文學批評》則以專篇剖析清初「清眞雅正」的標
準與方苞義法說之關係。陳柱《中國散文史》則在〈清代桐城派之散文〉一
節，梳理桐城派發展過程，並取方苞、劉大櫆、姚鼐、曾國藩「其言論足以
支配一代者」予以評析。上述著作各有特色，然大多流於概略性的介紹，缺
少深入的研究。

較早對桐城派進行詳細深入探索的是郭紹虞的《中國文學批評史》與錢

〔註55〕姜書閣：《桐城文派評述》，收入王雲五主編：《國學小叢書》（臺北：臺灣商
　　　　務印書館，1966 年 1 月），頁 96。

〔註56〕姜書閣：《桐城文派評述》，收入王雲五主編：《國學小叢書》（臺北：臺灣商
　　　　務印書館，1966 年 1 月），頁 95。

〔註57〕汪龍麟認爲姜書閣《桐城文派評述》，「從散文發展史的角度來觀照，……使
　　　　得該書突破了……對桐城派攻其一點、不計其餘的否定性評價的局限。」詳
　　　　見汪龍麟：〈桐城派研究的世紀回顧〉，《北京社會科學》第 1 期（2002 年），
　　　　頁 133。

基博的《中國文學史》和《現代中國文學史》等專著。郭紹虞《中國文學批評史》分六章節五萬字的篇幅，首次深入探討桐城派代表作家的文學觀與文論體系，〈桐城文派與其文論〉一節先勾勒桐城文派傳承演變之過程，以揭示桐城之所以成派及文論發展流衍的根本原因；〈方苞古文義法〉、〈劉大櫆義法說之具體化〉、〈姚鼐義法說之抽象化〉、〈姚門諸人之闡說桐城之學〉等節，分別闡述桐城三祖及其後學的理論建樹，並釐清其間繼承發展的關係脈絡；〈各家對於桐城文之批評〉則闡述自乾嘉以來駢文家、漢學家、經學家在事與道、體與辭、義與法等一系列文學理論問題，及與桐城派在見解上之分歧、爭論作詳盡且合乎實際的論述。郭氏將桐城派的興盛與清代學術思想聯繫起來，探本溯源地作縱貫性研究，他認為桐城派雖推崇程朱，而又不廢考據，無論如何，較諸明代及清初之為古文者，總是切實一點，總是於古學有所窺到一點，故能言之有物。同時，又能不為清代學風所範圍，即在考據學風正盛之際，也不染其繁徵博引，臃腫累贅之習，而以空靈雅潔之古文矯之，故又能言之有序。有物有序，自然易於轉移一時之視聽，立論頗中肯綮，影響深遠。

　　至於錢基博《中國文學史》，則於附錄中論述其研讀桐城派各時期近 20 位代表作家別集之心得，撰寫近十萬字；他先介紹每部文集的編次、刊刻情況，再精當評論諸家師承、創作風格及藝術特色，終則採錄可誦篇目於後。由於錢基博有精深的國學修養與藝術鑒賞力，他在通讀諸家全集之後，再與其他古文家之創作比較，以作出適切的評論。因此，周振甫評其作可謂「別識心裁，正屬於成一家之言。」〔註 58〕至於《現代中國文學史》則透過探討諸多桐城派後期作家，如姚永樸、林紓等人的生活情形與作品的創作過程，以反映歷史背景及諸家文章之得失，「其中網羅各家遺聞遺事頗多，體現了錢基博知人論世的文學史觀。」〔註 59〕

　　歸結此時期劉聲木、姜書閣、郭紹虞、錢基博等人之研究成果，實已為 20 世紀後半葉桐城派研究奠定堅實的基礎。〔註 60〕其他如方孝岳〈桐城文概〉

〔註58〕錢基博：《中國文學史》（北京：中華書局，1993 年），頁 1139。此外，錢氏關於桐城派的專題性論文尚有〈復陳贛一先生論桐城文書〉、〈古文辭類纂解題及其讀法〉、〈黃仲蘇先生朗誦法序〉等。

〔註59〕江小角、方寧勝：〈桐城派研究百年回顧〉，《安徽史學》第 6 期（2004 年），頁 94。

〔註60〕高黛英認為經由他們的努力，「初步建構了 20 世紀桐城派的研究的基本框架

等專題性論文雖然不多，但也同樣體現此時期桐城派研究，已漸由五四運動之「社會政治批判向理性的學術批評轉化的特徵。」〔註61〕

四、褒貶兩極，爭論不休：50～70年代

然而50年代一直到70年代末，學界對桐城派在文學發展史上的作用及地位的評述，持肯定或部分肯定見解的日趨增多，只有少數論文拘泥於義法，或著眼於政治，而對桐城派持全盤否定態度，如1962年，由游國恩主編與中國社會科學院文學研究所集體編寫的兩部《中國文學史》，即對桐城派作出偏低評價。

在歷經50年代之短暫沉寂後，60年代發表之十幾篇關於桐城派之論文中，較深入探討其學術地位的，只有1957年，王氣中〈桐城派在中國文學史上的地位和作用〉一篇，就桐城派的文論體系、創作特色及其貢獻等方面提出看法，認為桐城派「繼承了中國以前的文論傳統，加以總結、發展，給散文建立了較為系統的理論，這是應該在中國文學史上引起注意的大事」〔註62〕，因此「桐城派在中國文學史上還是有其應有的地位和作用的」〔註63〕。此為民國創立以來，首次積極肯定桐城派在中國文學史上的地位。同年，馬茂年〈從桐城派的古文談姚鼐的登泰山記〉一文，亦具體分析桐城派的藝術特點，肯定其創作，但均未獲得學術界的注意。

一直到1961年5月，李鴻翱於《光明日報》發表〈桐城派在社會主義社會有無作用〉，他於文中以古為今用的角度，分析桐城派之義法說，認為所謂義，即文章的思想；所謂法，即藝術的要求，兩者聯繫成辭，代表內容與形式間須互相融合，而桐城派此文學主張及其作品所蘊含之思想、藝術，「在當時是有進步意義和積極作用的」〔註64〕，桐城派雖有其不足，但「它也還有

和範疇。」詳見高黛英：〈20世紀桐城派研究述評〉，《鄭州大學學報（哲學社會科學版）》第36卷第2期（2003年），頁116。

〔註61〕 賀嚴、楊洲：〈20世紀以來的清代散文研究概述〉，《河北大學學報（哲學社會科學版）》第31卷第4期（2006年），頁131。

〔註62〕 王氣中：〈桐城派在中國文學史上的地位和作用〉，收入《桐城派研究論文集》（合肥：安徽人民出版社，1963年），頁2。

〔註63〕 王氣中：〈桐城派在中國文學史上的地位和作用〉，收入《桐城派研究論文集》（合肥：安徽人民出版社，1963年），頁2。

〔註64〕 李鴻翱：〈桐城派在社會主義社會有無作用〉，《光明日報》（1961年5月7日），頁14。

很小的一部分，是有其繼承價值的。」〔註65〕

儘管李鴻翱對桐城派的肯定有限，但依然遭到許多論者的反駁，因而引發爭端。首先反駁的是劉季高〈評桐城派在社會主義社會有無作用〉，文曰：

> 桐城派所起的作用，是妨害了中國古典散文的健康發展，和清王朝妨害了中國封建社會的正常發展一樣。除此以外，桐城派是再也沒有其他重要作用了。〔註66〕

之後，陸續有文學家加入辯駁的行列。

1957 年至 1962 年間，《光明日報》、《江淮學刊》、《天津日報》、《文學評論》等報刊，先後發表 20 餘篇桐城派研究論文。其中 12 篇於 1963 年由安徽人民出版社合為《桐城派研究論文集》出版，議題主要涉及兩方面，一是關於桐城派的整體評價問題，二是針對桐城諸家文論之評述，主要集中在「義法」之類的具體文論探討，代表此時期學界對桐城派的歷史地位、文論、影響與創作等方面的認識。如段熙仲〈論桐城派的義法說及其實質〉，對義法二字分與合的意義內涵，基本同意郭紹虞《中國文學批評史》的觀點，但在對義法說的評價上，則認為方苞在義法二字分用時，「認識到形式應由內容決定，法因義而不得不變，這在理論認識上，確曾達到相當的高度」〔註 67〕。但在義法為駢詞而合用時，即方苞在建立義法說體系時，「概念並不明確，有時甚至自相矛盾」〔註 68〕，「而在寫作實踐時，他有時竟蛻化到形式決定內容的相反的一端去了」〔註 69〕，導致劉大櫆、姚鼐等人之文論亦產生錯誤，其曰：

> 從望溪比較全面、比較具體的「義法」說，變化到桐城派後師的「神氣」、「文德」說，是愈來愈向唯心主義、神秘主義文學觀的逆轉。從高標「義法」到僅僅以「義法」為文之一端而斤斤於字句音節的

〔註65〕 李鴻翱：〈桐城派在社會主義社會有無作用〉，《光明日報》（1961 年 5 月 7 日），頁 14。

〔註66〕 劉季高：〈評桐城派在社會主義社會有無作用〉，《安徽大學學報（哲學與社會科學版）》（1961 年），頁 4。

〔註67〕 段熙仲：〈論桐城派的義法說及其實質〉，收入《桐城派研究論文集》（合肥：安徽人民出版社，1963 年），頁 106。

〔註68〕 段熙仲：〈論桐城派的義法說及其實質〉，收入《桐城派研究論文集》（合肥：安徽人民出版社，1963 年），頁 106。

〔註69〕 段熙仲：〈論桐城派的義法說及其實質〉，收入《桐城派研究論文集》（合肥：安徽人民出版社，1963 年），頁 106。

　　　　繁簡高下，是桐城派主要作家理論認識上的倒退。〔註70〕

也就是說，段氏認為義法說的蛻化，從方苞的創作實踐中已經開始，劉大
櫆、姚鼐等桐城派後師之義法，又更縮小到字句音節，僅片面地強調法，為
桐城派文論之一大退步。

　　段熙仲之看法在學界立即引起爭論，王竹樓對其蛻化說表示異議，遂於
〈關於桐城派的義法說〉一文提出商榷，曰：

　　　　方苞在義法合用時，既不是偏重形式技巧立言，也不存在幾種不同
　　　　的解釋，更不是範圍愈來愈狹窄，意義愈來愈模糊。應該說方苞在
　　　　認識上和理論上是與分用時同樣正確的。……桐城派的人們既不以
　　　　方苞的「義法」說為滿足，並且出現了不算少的新的理論，若是把
　　　　它說成蛻化，似乎有些不適當。不過，是不是可以說是發展，這還
　　　　是一個有待深入研究的問題。〔註71〕

　　另外，喬國章〈論桐城派古文和清朝的文化統治〉則是將桐城古文與八
股文都視為清朝統治者控制士人思想的手段，內容腐朽空虛，因此在新時代
中，現代語體文從內容到形式都需要摒棄桐城義法，而不是繼承。

　　錢仲聯〈桐城派古文與時文的關係問題〉一文，運用大量史料辨析古文
與時文性質及寫作方法的異同，進而從桐城古文家關於古文與時文之不同言
論、創作實踐、文選評點等三方面析論，駁斥其他學者以桐城古文乃「變形
八股」、「高等八股」之觀點，並反對他們將桐城古文視為「摭拾古人的片詞
隻語以就己說」而已。他認為二種體裁實際上是彼此影響的，不能憑桐城派
所崇尚之歸有光是時文名家，或歸有光、方苞二人評點《史記》與姚鼐《古
文辭類纂》所採用的評點類似時文選本，或因為三祖言論中有稱許時文，便
詬病桐城古文，批評、辯駁皆有理有據，頗有識見。

　　論述較為中肯的當屬蔣逸雪〈談有關桐城文派的幾個問題〉，他認為桐城
派在歷史上既有其功，也有其過，正確的態度應該是批評其嚴重的錯誤，並
吸收其藝術經驗。

　　總之，對桐城派在中國文學發展史上的地位與作用，學者大都或多或少
地給予積極的肯定意見。但受當時學術界之影響，學者慣性運於從政治、經

〔註70〕段熙仲：〈論桐城派的義法說及其實質〉，收入《桐城派研究論文集》（合肥：
　　　　安徽人民出版社，1963 年），頁 106。

〔註71〕王竹樓：〈關於桐城派的義法說〉，收入《桐城派研究論文集》（合肥：安徽人
　　　　民出版社，1963 年），頁 133。

濟、文化等文學發展的外部因素來評價，特別是在討論桐城派政治思想傾向的議題時，往往從清代文化政策、程朱理學及漢學、時文等三方面切入，再略爲引述桐城派衛道與詆毀漢學之言行或作品，便從而否定其理論創作與文派發展變遷的政治思想傾向。舉例來說，有的學者認爲桐城義法之義指內容，法指形式，其所主張之義即等同於程朱理學，因此，桐城文派之創作內容實不足觀也。這種對桐城派義法說的錯誤解釋，及否定其創作的武斷批評，不久雖立即有學者出言辯駁，但與其所論相比，則顯得保守得多。〔註72〕

另，李則綱《安徽歷史述要》則主張桐城派之得名，乃由時人推許而成，而非桐城人之自我標榜；又桐城派大家自身也同爲時文能手，知時文利弊最深，反對自然最爲有力。再者，捨明末清初之桐城學者方以智、錢澄之，而以方苞、劉大櫆爲桐城派創始人，則截斷桐城派的古文發展史。再者，談桐城派，則必須將其先驅戴名世亦列於內才完整。此書是於大陸文革前完成的，作者給予桐城派精當之評述，堪爲卓見，也充分說明在學術研究中科學獨立思考的可貴。〔註73〕可惜的是，1966 年文革爆發後，大陸剛剛興起的桐城派研究受到衝擊，此後十餘年間，桐城派被視爲傳統儒家學派，再度遭到批判，一些所謂評論文章，更是遠離學術，成爲政治工具或附庸，桐城派之學術研究便「又歸於沉寂」〔註74〕，僅有臺港學者持續進行。

五、揭開創新研究的序幕：70 年代以後

學位論文如張榮輝《清代桐城派文學之研究》（臺北：政治大學中國文學研究所碩士論文，1966 年），爲臺灣首部以清代桐城派文學爲專題的學位論文。該文於桐城派的興起；三祖（旁及姚鼐弟子方東樹、劉開、陳用光與林紓）、別支陽湖派張惠言與惲敬、別支湘鄉派曾國藩等人之文學理論、文學地位；及桐城派文學與清代漢宋學、八股文與評點學間交互影響發展之關係，

〔註72〕 高黛英提出這種給古代文論及創作所下的簡單武斷的批評，雖然「當時就受到批駁，但相對而言，批駁之文寫得拘謹局促，似不敢放言高論。」詳見高黛英：〈20 世紀桐城派研究述評〉，《鄭州大學學報（哲學社會科學版）》第 36 卷第 2 期（2003 年），頁 116。

〔註73〕 江小角、方寧勝主張李則綱《安徽歷史述要》是於大陸文革前完成的，因此，「對桐城派的記述更有價值。」詳見江小角、方寧勝：〈桐城派研究百年回顧〉，《安徽史學》第 6 期（2004 年），頁 94。

〔註74〕 賀嚴、楊洲：〈20 世紀以來的清代散文研究概述〉，《河北大學學報（哲學社會科學版）》第 31 卷第 4 期（2006 年），頁 132。

爲清代桐城派文學研究成果作一總結。但作者爲說明桐城文學淵源，過度徵引歷代古文，爲其一失；又行文中屢援引原文，視之頗有剪裁成文之感，爲其二失。然其考察精富，闡述詳實，自有其功。

80 年代初、中期，延續 70 年代末的景況，唯有臺港學者投入研究，成果有限，如尤師信雄參照劉聲木《桐城文學淵源考》、《桐城文學撰述考》等，撰《桐城文派學述》（臺北：文津出版社，1975 年），對桐城派的師承關係進行梳理，並詳盡考察桐城文派。

葉龍《桐城派文學史》（臺北：文津出版社，1975 年）就桐城派詩文總論，以史稿方式整理諸家文論、主張、創作之要，以知桐城文派之傳承脈絡，得窺此派之門奧。

另，學位論文如莊碧芳《桐城文派研究》（香港：珠海書院中國文學研究所碩士論文，1975 年），爲香港首部以桐城文派爲專題的學位論文。該文先陳述桐城文派形成的時代、政治背景，致士子用心於文學的發展。自方苞提出義法說，劉大櫆、姚鼐以之爲中心，並進一步闡發、推衍得更加精密，形成一套完善的古文理論，而烜赫清代文壇二百多年。接著探討桐城三祖、姚門四大弟子（即管同、梅曾亮、方東樹、劉開）、曾國藩、曾門弟子（張裕釗、吳汝綸）之生平與文論，兼及各家批評，以對桐城文派的特點有概括的認識，並知其文派脈絡之梗概。最後取桐城文家四種重要選集（即姚鼐《古文辭類纂》、曾國藩《經史百家雜鈔》、王先謙《續古文辭類纂》、黎庶昌《續古文辭類纂》）作一比較，因選輯者之文學觀點、義法標準及所取徑的異同，皆可於此得到實證，爲研究桐城文派理論發展與文學作品的重要文獻。

唐傳基《桐城文派新論》（臺北：現代書局，1976 年），引述材料多采自桐城派各家著述有關論文之作，並予以詳盡分析後再提出結論，擇要闡述戴名世、桐城三祖、梅曾亮及曾國藩等人之文學思想及要旨，其對桐城派研究的新論點，即表彰戴名世爲桐城派之先導，並肯定桐城派在清代文學史上有承先啓後之功。

1978 年後，隨著中國大陸對外開放政策的施行，國際文化交流日益興盛，學術研究交流活躍，學者思想獲得解放，不少專家學者潛心從事桐城派專題研究，創新研究成果不斷問世，出現繁榮復興景象。如馬茂元〈桐城派方劉姚三家文論述評〉（《古代文學理論研究·叢刊第 1 輯》，上海：上海古籍出版社，1979 年）、吳孟復〈試論桐城派的藝術特點〉（《江淮論壇》第 5 期，

1980 年）等著述，打破冰封再度積極評論桐城派，揭開新時代桐城派研究的序幕。

此外，由於學界普遍將湘鄉派視爲桐城中興之主，而不以別支看待。湘鄉一名，最早提出者爲李詳〈論桐城派〉一文，主張曾國藩自爲一派，門下四大弟子張裕釗、吳汝綸、黎庶昌、薛福成均爲其幕僚，而桐城久在挑列；但他於論述湘鄉派時，仍逕入於桐城文下，後世學者率從其說。

潘金英《清代湘鄉派古文之研究》（臺北：政治大學中國文學研究所碩士論文，1979 年），爲學界首篇將湘鄉獨立成派，進行專門研究的學位論文。他先於文中列舉歷代古文演變及桐城諸家文論，再以專題論述的方式，闡釋湘鄉派之文學觀、古文特色與影響。然此篇畢竟爲研究草創之文，其章節立論並未聯繫，探討亦不夠深入，不過行文大抵通順，略有己見，仍可見其研究之用心。

六、多元化角度進入專題研究之高峰：90 年代以後

90 年代初期學術刊物，開始以桐城派研究爲主題刊載文章，馬厚文〈桐城文派源流考〉（《藝譚》第 1 期，1981 年），於「編者按」中鼓勵學界朋友對源遠流長之桐城派進行歷史、科學性地研究。同年 10 月，大陸文化部長周揚到安徽時，主張桐城派影響甚廣，學者應當探討清楚；於是《江淮論壇》從 1982 年第 1 期開始，特闢《桐城派研究》專欄討論；至 1985 年底，發表論文近 30 篇。與此同時，《文學遺產》、《文學評論》等對大陸地區具有影響力的學術刊物，亦相繼刊發多篇桐城派研究論文。

香港甄榮歡《方苞、劉大櫆、姚鼐三家之研究》（香港：珠海書院中國文學研究所碩士論文，1981 年），作者詳述桐城三祖文論，大抵自方苞提出義法，劉大櫆繼之推行，姚鼐合三家之學，充實桐城派古文理論，鞏固其地位；再略及姚鼐門下四傑——方東樹、管同、劉開、梅曾亮之文論及其古文，於諸家文論皆僅就精要處剖析，並未細究。他指出陽湖派惲敬、張惠言，乃經由劉大櫆弟子王灼、錢伯坰之引導，私淑劉大櫆、姚鼐，專志於古文，所宗近桐城義法，二者實承一脈。

1985 年 11 月，首屆國際「桐城派學術討論會」於安徽桐城縣召開，〔註75〕來自大陸、香港、日本等 160 多位海內外專家學者齊聚交流，會議論

〔註75〕 由《江淮論壇》雜誌社、安徽省社會科學院文學所、安徽省古典文學研究會

文計 70 篇，其中 25 篇輯爲《桐城派研究論文選》。所收文章從文論、史學、美學、哲學等不同角度，對桐城派進行深度探討。如項純文〈桐城派評價臆說〉認爲桐城派創作成就，不在是否出現文學史上一流散文家或驚世作品，而是該派散文具有自己的鮮明特色，且在諸家綿延不絕的創作實踐中，散文藝術水準普遍提高。〔註 76〕陸聯星〈桐城三大家時代學術文化之橫觀〉提出桐城派文論的產生與發展，「除了歷史淵源及當時的政治、經濟影響外，與一個時代學術文化的其他方面也有著這樣或那樣的聯繫」〔註 77〕，雖然內容只限於論述桐城三祖，也未眞正從文化角度展開論述；但顯然試圖在政治、經濟角度之外，「另闢蹊徑來研究桐城派。」〔註 78〕其餘多篇則在《江淮論壇》等刊物發表，爲桐城派研究以來的第一次高峰時期，具有里程碑意義。

　　90 年代學者對桐城派之學術評價，部分仍延續先前社會政治批判之觀點。敏澤〈論桐城派〉（《江淮論壇》第 3 期，1983 年）雖然對桐城三祖在文學理論之貢獻給予肯定，但仍視其爲清王朝文化政策的歷史產物，並認爲這從根本上決定他們文學思想的落後性，但此時這種主張已不再是桐城研究的主流。

　　方銘、呂美生〈論桐城派〉（《安徽大學學報（哲學與社會科學版）》第 1 期，1986 年）提出研究桐城派應該持有正確態度，亦即將其放在當時的歷史條件下考察，方能使立論更加客觀公正。從此，桐城研究之諸篇論文，都能以歷史觀點進行考察，避免片面機械之政治批評，並更關注桐城派之發展流衍、義法說之文學歷史因素及桐城諸家文學理論辨析、創作成就等等，研究呈現多元化趨勢。

　　其中突破前人，別具新意的是針對桐城文派之藝術美學研究，王鎮遠〈論桐城派與時代風尙——兼論桐城派之變〉（《文學遺產》第 4 期，1986 年），從清代政治、經濟、文學、文化、社會風尙等歷史背景出發，對桐城派之歷史沿革作全面探索；分析桐城派從方苞到方東樹等後學，其學術導向、美學風

和桐城縣聯合主持。

〔註76〕項純文：〈桐城派評價臆說〉，收入《桐城派研究論文選》（合肥：黃山書社，1986 年），頁 52～55。

〔註77〕陸聯星：〈桐城三大家時代學術文化之橫觀〉，收入《桐城派研究論文選》（合肥：黃山書社，1986 年），頁 75。

〔註78〕張晨怡、曾光光：〈桐城派研究學術史回顧〉，《船山學刊》第 1 期（2006 年），頁 173。

格之變遷。

從此以後，以多元化角度思考透視桐城派，逐漸成爲研究主流，「有不少學者開始從社會思潮、學術思想、教育等具體文化領域的角度研究桐城派。」〔註 79〕如艾斐〈論桐城派的藝術流變與美學特徵〉（《桐城派研究論文選》，合肥：黃山書社，1986 年）從審美角度探討桐城派之藝術流變，認爲方苞「義法」是在「言有物」、「言有序」基礎上，達到澄清至極，自發精光的藝術境界；繼起之桐城後學對前輩藝術的繼承發展，也自有其不可抹殺的積極意義。許結〈說桐城派之神〉（《江淮論壇》第 2 期，1987 年），著重探討桐城文學理論與創作方面中，關於「神」此一審美特徵之淵源。作者透過歷史方式考察中國文論、文學批評，指出桐城派之「神」，實際上是脫胎自道家之精氣神說，桐城諸家借其概念重新發展成說，並系統地評論文學作品。

另外，郁沅〈桐城派美學理論中的神氣說〉（《江淮論壇》第 6 期，1982 年）、萬陸〈對桐城派散文之美學述評〉（《贛南師院學報》第 3 期，1986 年）、莊嚴〈試論桐城派文論的歷史特點和美學特徵〉（《文學遺產》第 4 期，1986 年）等文，也都從文學理論與創作探討桐城文派之美學特徵與美學理論。

萬陸〈陽湖、桐城文派歧異釋〉（《江淮論壇》第 2 期，1984 年），作者概論兩派對程朱理學之態度有所不同，桐城派尊崇程朱理學，而陽湖派則只將其視爲百家言之一；其次，在具體的文學主張與文學理論上，兩派也存在差異，桐城派致力於儒家之文，陽湖派則注意政治世務之文。任訪秋〈惲敬的古文文論及其與桐城派的關係〉、蔣逸雪〈陽湖文派〉、曹虹〈陽湖派與桐城派關係辨析〉等文，也都針對兩派關係發表個人見解。

崔亨旭《清代陽湖派的源流及其文學理論研究》（臺北：政治大學中國文學研究所碩士論文，1988 年），論述陽湖派的形成背景及總結創始者惲敬、張惠言與其成員之文學理論、藝術風格。但其內容疏略，主客不分，然於搜羅相關人物的著作、傳記與研究資料，足見其用心，從中亦可窺陽湖派文論之要。

曹虹《陽湖文派研究》（北京：中華書局，1996 年）對陽湖文派的得名、組織形態、主要作家年譜等皆作了詳細的考據，論述陽湖派所形成之江南學

〔註 79〕張晨怡、曾光光：〈桐城派研究學術史回顧〉，《船山學刊》第 1 期（2006 年），頁 173。

術背景，及其與常州女學的密切關係，特別是學術界熱切討論的陽湖派與桐城派之關係問題。曹虹從其主要作家之關係，及作品風格的異同、審美觀念的承續轉移等各個方面進行條分縷析，既點出陽湖派對桐城派的突破，也說明陽湖派的成就乃吸收桐城派基礎獲得的。

七、近 20 年來，桐城派研究的幾個重要方向

90 年代末期至 21 世紀，桐城派的研究更為深入廣泛，從文學、史學、哲學等各角度展開研究之論著大量產生，以下就近 20 年來（1990～2008）出版或發行與桐城研究相關的專書、期刊與學位論文，按其內容屬性，約可分為四類：（一）桐城文論研究；（二）桐城諸家研究；（三）桐城諸家古文創作研究；（四）桐城之發展、演進與傳播等文學史領域。其實，這四個方向的意涵，也就是近 20 年來桐城研究的主要趨勢。茲列述於下：

（一）桐城文論研究

趙建章《桐城派文學思想研究》（北京：北京圖書館出版社，2003 年），吸收前人對桐城派個別理論概念的研究成果，以梳理中國古代文學觀念之演變，及整體探索桐城派文學思想之特徵。

萬奇《桐城派與中國文章理論》（呼和浩特：內蒙古教育出版社，1999 年），採專題研究法，將桐城派文論置於中國文章理論發展中進行考察，追求歷時性與共時性的統一，藉此勾勒傳統文論的基本風貌，為建構有中國特色的現代文章學理論體系提供借鏡。他認為桐城派的文章理論集中國文論之大成，因此以桐城派文論為中心，上溯下延，古今相參，對歷代文章理論作分門別類地綜合整理，歸納其同，界劃其異，闡述桐城派的產生與嬗變，及辨析桐城派的理論貢獻與總體評價。

學位論文如呂善成《桐城古文義法研究》（桃園：中央大學中國文學研究所碩士論文，1998 年），作者以為文重在能識詳略之義，深入闡述桐城三祖之義法論，兼及唐宋古文之文論的承繼關係，惜乎援引不足，未就桐城派整體論說。

李建福《湘鄉派文論研究》（臺北：臺灣師範大學國文研究所博士論文，2004 年），首先介紹湘鄉派之得名，與代表作家曾國藩、張裕釗、吳汝綸、黎庶昌、薛福成，並探究湘鄉派之文學本原論、體裁論、創作論、風格論、批評論；最後總結湘鄉派之地位。

　　趙棟棟《桐城文派的形成及其古文理論意義之闡釋》（西安：陝西師範大學文藝學研究所碩士論文，2006 年），該文論述桐城文派形成的意義與古文理論的超越，主張桐城派的產生，是反對時文、宋學家語錄體及漢學家考據為文的必然結果；且桐城派對清代文化政策特徵的適應，為其普遍流行之主因。〔註 80〕而戴名世、三祖、曾國藩等桐城代表人物的桐城文論思想，不僅繼承前人主張，又一再突破，使文學能隨著社會與作家風格變化，具有獨創性與現實性。諸家完善深化的散文理論建設，亦有效推動中國古文理論的發展，此為桐城派最大成就。但桐城派強調的文、道二統間的矛盾，侷限其視野，壓抑士子的文學創作熱情與才能，使其缺乏宏通之識與大家氣度，導致在理論方面無法推陳出新。

（二）桐城諸家研究

　　學界對桐城諸家之專題研究，成果豐碩，如王達敏《姚鼐與乾嘉學派》（北京：學苑出版社，2007 年），該文對桐城派產生之根源、創派之過程、姚鼐在創派中之地位與作用及其文論體系、內涵等，依據大量原始材料，作了考證和論述提出新見。闡明政治因素、學壇漢宋之爭在桐城派建立過程中所起的關鍵作用；主張姚鼐才是桐城派真正創始者；提出姚鼐創闢的理論有兩個：神妙說和義理、文章考證兼收說，而神妙說乃體現了姚鼐意欲把雜博的傳統古文引向藝術化之路的祈向。本書採用將文學史問題，放在學術史發展脈絡中進行討論的方法，賦予另外一種角度的新思考，引用資料繁複而詳盡，論證層次井然，皆能言之成理，論之有據，本文結論足備一說。

　　在單篇論文方面數量極多，其中，香港鄺健行〈方苞與戴名世〉（《香港中文大學文化研究所學報》第 20 卷，1990 年）、楊鐘基〈曾國藩學文門徑試探〉（《桐城派研究論文選》，合肥：黃山書社，1986 年）、何沛雄〈劉大櫆的古文理論〉（《新亞學報》第 16 卷，1993 年）、何沛雄〈桐城派古文在清代盛行之原因（上、下）〉（《華學月刊》第 104、105 期，1980 年）等，皆就桐城

〔註80〕　作者屢屢強調桐城派的產生，是對清代學術思想轉變適應的結果，又主張桐城派與清代文化政策也有矛盾的部分，因清代君王要求文學須「裨益政治」、「簡當」、「清真古雅」，而且輕視「技藝」。但桐城卻重視「文事」、「簡潔」、「清澄無滓」，並極力獲取「文章之名」。試問既有矛盾，則何來適應？再者歷來為政者所重多與個人文風取向不一；加上不同文體，形式殊異，怎可就片面立論，似有失於武斷。因此，筆者認為當是兩者互相影響所致，以反映時代思潮，而非被動的配合。

派諸家文學理論、作品與流衍進行述評。〔註81〕

學位論文如吳健福《惲敬研究》（臺中：東海大學中國文學研究所碩士論文，1993 年），從惲敬的家世、生平、師承交遊、學術思想、古文文論與學術著述對惲敬作一全面性的考察，探究惲敬之學術思想；古文成就與風格；對桐城文論的承繼、改革與補救；及其由桐城派到陽湖派的古文發展脈絡。

金鎬《方東樹文論研究》（臺北：政治大學中國文學研究所碩士論文，1997 年），首先研究方東樹文論中心思想的形成、文道觀；接著闡述其文論中所言古文與詩、駢文、時文的關係。認爲方東樹文論在繼承桐城前輩文論後，有所發揚；大抵分爲義法論、文氣說、創作論、批評論等。而其價值在於糾正桐城派空疏的文風，及擴大桐城派文論的範圍，對後期桐城派產生一定的影響。

呂立德《林琴南古文理論研究》（臺北：臺灣師範大學國文研究所博士論文，2001 年），作者認爲林紓一生爲捍衛傳統古文，付出大量心血，並撰寫最爲系統、全面的古文理論著作。其中尤屬《畏廬論文》（後改名爲《春覺齋論文》）爲要，故以之爲核，佐以《文微》、《韓柳文研究法》、《選評古文辭類纂》及譯書序跋之諸多評析，以相互發明其古文理論之全貌，闡述林紓在捍衛舊學，催生新學之貢獻。

蔡美惠《方東樹文章學研究》（臺北：臺灣師範大學國文研究所博士論文，2002 年），其認爲方東樹居清代鼎盛乍衰之轉折點上，因豐厚之家學師承，促使其總結桐城三祖文論之大成；加以時局動盪與閱歷觀點之刺激，所論之氣脈、義法，及對文章本體之探討與技巧之推敲，深具兼容並蓄與因時達變等特色，肯定方東樹爲桐城三祖與湘鄉曾氏間重要樞紐。

董俊珏《張惠言研究》（蘇州：蘇州大學中國古代文學研究所碩士論文，2003 年），作者通過對張惠言經學、古文、詞方面的思想與成就作相關考究，

〔註81〕 其他如王達敏詳實地考察姚鼐生平、桐城文統之建立，並探討桐城派與清代學術宗尚的關係，而發表〈姚鼐拜師戴震見拒考論〉、〈從尊宋到崇漢——姚鼐建立桐城文派時清廷學術宗尚的潛移〉、〈回歸辭章——論姚鼐學術生涯的第二次重大轉折〉、〈桐城文統的建立〉、〈論姚鼐在四庫館漢宋之爭中的立場、孤立及其告退主因〉、〈從辭章到考據——論姚鼐學術生涯的第一次重大轉折〉等，及韓國金正國：〈論管同的思想與古文理論〉、日本佐藤一郎：〈江戶、明治時代的桐城派〉、日本武內義雄：〈桐城派之圈識法〉。詳見賀嚴、楊洲：〈20 世紀以來的清代散文研究概述〉，《河北大學學報（哲學社會科學版）》第 31 卷第 4 期（2006 年），頁 133～135。

指出其文論不但與桐城文人異趣，且為近代經世文風之先驅。

陳美秀《梅曾亮文論及其在桐城派之地位》（彰化：彰化師範大學國文研究所碩士論文，2003 年），首先析論梅曾亮的古文淵源、古文中心思想、寫法特點、內容題材及藝術手法。接著探究梅曾亮文論之內涵，及肯定其為桐城派的傳播者之地位與貢獻。

劉來春《曾國藩對桐城派文論的發展》（長沙：湖南師範大學文藝學研究所碩士論文，2003 年），論述曾國藩對突破桐城派文論的發展，共有三處：其一，在「義理、考據、辭章」的基礎增添經濟說；其二，在陽剛陰柔風格說的基礎，強調「光明俊偉」的陽剛之美；其三，在神氣說的基礎，提出「行氣為文章第一義」。至於古文創作，肯定曾國藩既主張駢散合一，又提倡吸取漢賦的訓詁和聲調之長，並分析曾國藩文論思想的成因。

金鎬《梅曾亮及其文學研究》（臺北：臺灣大學中國文學研究所博士論文，2004 年），本文自梅曾亮生平及著述考略著手，闡明梅曾亮所處時代背景，及其與桐城派中後期區域文風傳播之關係、影響等。接著，論述梅曾亮的文學理論。最後則透過梅曾亮的作品，剖析古文淵源、題材、藝術與語言特色，並言明梅曾亮的駢文與古文間之相互影響。

翁稷安《清季文之理念與經世使命的展開與影響——以吳汝綸為中心》（臺北：臺灣大學歷史研究所碩士論文，2005 年），本文論述吳汝綸繼承諸多傳統文學「文以載道」、「經世」之說後，將其與文結合，建立「道－文－經世」體系。而他面對西學的態度與因應，也同時對近現代中國思想、文化產生影響；如嚴復即常與之討論西方學術，進而影響嚴復之翻譯內容。此外，晚清雖出現諸多反桐城的論說，其以梁啟超的「小說界革命」和五四新文化時期的「文學革命」為例，認為桐城古文的反對者，其實大多不自覺地依循著「道－文－經世」的思維模式，以不同的主題分享相同的價值觀。

黃樹生《薛福成研究》（蘇州：蘇州大學中國古代文學研究所博士論文，2005 年），概論薛福成所處之時代背景、生平，及其在政治、經濟、外交、文化、軍事等各方面的維新思想。進而闡發薛福成的文論，評析其作品，並肯定其文學理論與實踐，在桐城古文邁向新體散文過渡時期的重大貢獻。

田惠珠《管同《因寄軒文集》研究》（合肥：安徽大學中國古代文學研究所碩士論文，2006 年），管同所為古文皆收錄於《因寄軒文集》，本文即針對

此書所載，探究管同治學理念、作品的思想蘊涵及藝術特質與文論主張。

胡影怡《曾國藩文學思想研究》（蘇州：蘇州大學中國古代文學研究所碩士論文，2006 年），本文以曾國藩生活時代為背景，通過剖析曾國藩文學理論體系的架構及內蘊，展示其文學理論的思想容量、區域特性和現實意義。

黃伯韡《姚永樸《文學研究法》文章理論研究》（呼和浩特：內蒙古師範大學文藝學研究所碩士論文，2006 年）。《文學研究法》為姚永樸將桐城諸家文論重新進行梳理，以探討傳統文章理論的演變和發展之著作。作者從中探究姚永樸之文論思想。肯定該書在歸納出一套系統且行之有效的學文方法等方面的價值。

沈黎《梅曾亮研究》（蘇州：蘇州大學古代文學研究所碩士論文，2007 年），本文考察其時代背景、生平及交遊狀況，揭示其經歷對於創作所產生的影響，與對桐城派古文傳播的重要意義。探究梅曾亮繼承桐城文論後，為適應時代發展，給思想日趨僵化、創作日趨形式化的桐城散文注入新活力，遂提出因時立言與通時合變的主張，將文學創作與社會變動聯結起來，使桐城派文論的方向從宣揚義理轉向關注現實。此外，申論梅曾亮散文與詩歌的創作理論、內容及藝術特色，以突出其文學創作對桐城派的發展作用。

汪磊《曾國藩文學思想研究》（蕪湖：安徽師範大學文藝學研究所碩士論文，2007 年），作者將曾國藩之文學思想區分為道光年間與咸同年間，試圖以各時期曾氏文學思想形成的社會及生活背景為基礎，從傳統文論與晚清文學思潮的比較研究，剖析其不同時期文學思想的架構及內蘊，呈現前後期發展變化的軌跡，並探討其文學理論及現實意義。

安安《林紓《春覺齋論文》古文理論探要》（呼和浩特：內蒙古師範大學文藝學研究所碩士論文，2007 年），作者以《春覺齋論文》為林紓古文理論的集大成之作，故以該書為本，探究《春覺齋論文》的古文理論，兼及林紓《文微》、《韓柳文研究法》、《選評古文辭類纂》及其譯作序跋中的觀點，交相印證。概述林紓總結桐城諸家文論即「為文大要」、「制局法則」、「行文貴忌」三大系統，並肯定林紓對古文理論之建構、闡明具有獨特貢獻。

邱紅紅《曾國藩與桐城中興》（上海：上海大學中國現當代文學研究所博士論文，2008 年），本文從曾國藩的古文理論和創作進行總體考察，論述桐城中興發端的社會、文學和學術背景，以及探索曾國藩之古文理論、湘鄉派作家的具體成就。並析論桐城中興對近代文壇的重大影響。

（三）桐城諸家古文創作研究

對於桐城諸家古文創作成就之研究，成果相當有限。學位論文如邰紅紅《梅曾亮及其散文研究》（濟南：山東大學中國古代文學研究所碩士論文，2005 年），該文以歷史角度切入，首敘梅曾亮生平與所處時代背景，以明其因性情恬淡，厭倦官場應酬，才不圖仕進，而以文字自期。次章就不同體裁之散文，提出具體分析。末章則闡述梅曾亮在桐城派的地位與影響。他就自身經歷與寫作體會出發，提出通時合變的文學觀，爲桐城派乃至近代文學增添幾分生氣，亦獲得當時文壇的敬重而形成廣泛影響，亦擴及湘鄉派與廣西派。且因其散文主旨多與其經世致用之文論相互闡述，促使曾國藩經濟說之發展，形成文人之文到政治家之文的自然過渡。

（四）桐城之發展、演進與傳播等文學史領域

關愛和《古典主義的終結：桐城派與五四新文學》（上海：上海文藝出版社，1998 年）突破前人研究者有二，一是以清代學術文化背景考察桐城諸家之古文理論與創作思想，將桐城文論漫長演進過程中散亂的表述，條理範疇化，並深入分析其得失；二是將桐城派興衰發展的軌跡歸結爲初創、承守、中興、復歸四個時期，後三期基本上是與晚清經世致用思潮、洋務思潮、維新變法思潮相對應，「勾勒出桐城派 200 餘年因革變化的生動過程。」〔註82〕關愛和從經世致用思潮的角度，客觀分析晚清桐城派與湘鄉派，「對晚清桐城派在洋務思潮、維新變法思潮的積極作用也多有肯定」〔註83〕，但由於其論述側重於文學理論與學術思想，加上研究限定在五四時期，故對晚清桐城派、湘鄉派與社會思潮演進的關係未展開詳細論述。

王鎮遠《桐城派》（臺北：群玉堂出版事業有限公司，1991 年），評述桐城文派自雍正乾隆至民初之發展過程、文學理論、創作性格及歷史貢獻，視野甚至擴及到不太被學者注意，或根本不提的戴均衡、歐陽勛等 20 位作家，填補桐城派研究的若干空白，內容大抵簡要有據，有正本清源之功。

王獻永《桐城文派》（北京：中華書局，1992 年），旨在總結桐城派歷史發展的經驗教訓，全書用幾近一半的篇幅探討桐城派的功過是非，並首次對

〔註82〕 賀嚴、楊洲：〈20 世紀以來的清代散文研究概述〉，《河北大學學報（哲學社會科學版）》第 31 卷第 4 期（2006 年），頁 133。

〔註83〕 張晨怡、曾光光：〈桐城派研究學術史回顧〉，《船山學刊》第 1 期（2006 年），頁 173。

新文化運動至 80 年代末期之桐城派研究提出綜述。

　　吳孟復《桐城文派述論》以史論結合、述中有評之方式，列舉桐城文派的歷史淵源、地理因素、藝術特色、師友傳授、諸家風格，並針對疑難問題，融合前人研究，佐以己見，因此論述「十有七八，言前人所未言，然又必有史實爲依據。」〔註84〕

　　周中明《桐城派研究》（瀋陽：遼寧大學出版社，1999 年）敍桐城諸家生平、思想、師承關係及其文論建樹、創作特色、發展貢獻等，又從自然環境、歷史背景、文化政策、家庭教育諸端入手，考鏡源流。對桐城派歷史發展軌跡的尋求、成敗得失經驗教訓的探討，及百年桐城派研究現狀的總結，皆行文流暢，說理通達，爲目前脈絡較完善的專著。

　　葉龍《桐城派文學藝術欣賞》（香港：繁榮出版社，1998 年），以前書（《桐城派文學史》）爲基礎，補其疏漏之處，校其闕誤之說，就清代文學作全面性地探討；概述古文沿革及桐城古文的傳播狀況，由淵源、興起原因、發展概況立論，分析桐城古文家之尊經重道、學文要訣、爲文戒律、文論、讀本及古文藝術理論，並析論前人一直忽略的劉大櫆之成就與戴名世對桐城派古文的貢獻。

　　此外，魏際昌《桐城古文學派小史》（石家莊：河北教育出版社，1988 年）、何天傑《桐城文派：文章法的總結與超越》（廣州：廣州文化出版社，1989 年）、姚翠慧《方望溪文學研究》（臺北：文史哲出版社，1988 年）、新加坡許福吉《義法與經世：方苞及其文學研究》（上海：學林出版社，2001 年）等著作也都從各種角度探討桐城派淵源、理論、創作等各方面的問題。〔註85〕

八、前人研究重點分析

　　綜觀上列桐城文派豐碩的研究成果，焦點大抵爲整體評價、古文理論、創作成就、文派流衍及經驗教訓等。然而每個年代之學者，受到當時的學術

〔註84〕吳孟復：《桐城文派述論》（合肥：安徽教育出版社，2001 年 7 月），頁 1。
〔註85〕據〈20 世紀以來的清代散文研究概述〉所載，除了本論文所述及之篇目外，同樣從各種角度探討桐城派淵源、理論、創作等各方面問題的，尚有日本佐藤一郎：《中國文章論》與前蘇聯卡裏娜・伊凡諾夫娜・戈雷金娜：《19 世紀至 20 世紀初中國的美文學理論》等。詳見賀嚴、楊洲：〈20 世紀以來的清代散文研究概述〉，《河北大學學報（哲學社會科學版）》第 31 卷第 4 期（2006 年），頁 135。

風潮與政治文化政策影響,各有其研究角度與貢獻,亦代表著該時期學界對桐城派古文理論、創作特色、諸家成就、歷史地位與學術影響方面之認識。焦點雖然相同,但學者們在吸收前人研究成果的同時,亦以全新思想、研究方法與文學觀念,突破單一的研究模式,形成多元格局,因此,屢屢取得嶄新的發展與成就。特別是在 20 世紀最後十餘年相繼問世的專著,更是大大拓展研究領域與視野,理論探討亦愈趨精細深入,進入百家爭鳴階段。

總言之,現存桐城文派之相關論著內容甚為廣泛,數量眾多,大都專注於桐城派與湘鄉派之考察,由於學者們普遍認為湘鄉派為承接桐城餘緒,予以改革振興。因此,往往在論述桐城文派的傳承脈絡時,即於姚門四大弟子後,續談湘鄉派與清末民初的桐城文人,甚至直稱湘鄉派之曾國藩等人為桐城派。至於桐城派之另一別支——陽湖派,相關論述很少,大多僅於文中略舉其要而已。實際上,無論是思想體系、文學理論、古文創作,陽湖派吸取桐城派之精髓,佐以自身之文學主張,再重新統合成說。雖然陽湖派與湘鄉派一樣,皆無意自創一派,另立山門,但其文學理論、學術成就及藝術風格,在在都具有獨特性與不可抹滅之時代價值,卻一直被專家學者所忽略。

20 世紀 80 年代前,學界對陽湖派的研究,主要集中在其與桐城派之關係,以陽湖派為主題之研究則是漠然,僅在少數之文學史與批評史中,提及桐城派時寥寥數語帶過。綜觀所述,大多偏重於陽湖派對桐城派的繼承部分;表面上雖言兩派之異,實際卻是重在陳述兩派之同。80 年代後,隨著桐城派研究的興起,陽湖派逐漸受到重視,學者們設立專節甚或專章敘述;單篇論文雖為數不多,然多著眼於深入探究陽湖派與桐城派之歧異,以突顯兩者競爭的一面,與先前只能在各類論著中之桐城派一節裏看到略綴數語的介紹不同。

即便已有部分學者逐漸深入探討,但陽湖派始終未能擺脫作為桐城派參照的傳統角色。回顧諸多陽湖派研究,學者焦點始終在其文論(尤其是惲敬),以比較其與桐城派之異同;加上張惠言是以詞名著於當世,古文未若詞之表現亮眼,關於其文論及在陽湖派地位之研究並不多見,遑論其後學李兆洛、陸繼輅等人,就更乏人問津;是以多數學者之研究目光,皆投射於桐城派與湘鄉派身上。有關陽湖派之闡述,僅止於論述古文家的淵源關係,及辨析陽湖派與另外二派間之異同,而針對陽湖派自身之流衍及創作分析之研究

則幾無可見。〔註86〕

　　此外，桐城諸子爲文造詣各殊，作家濟濟，文章眾多，形成整體文派特色。然與桐城文論研究相較，20 世紀的桐城古文創作研究要薄弱得多。學者在論及桐城派時，大多注重其理論主張的介紹和推闡，對其創作成就則一筆帶過，且以否定意見居多。80 年代前學界表現最爲明顯，不僅專題論文僅 20餘篇，且內容多集中在方苞〈獄中雜記〉、〈左忠毅公軼事〉及姚鼐〈登泰山記〉等少數優秀篇章上。80 年代後，部分學界對桐城古文在形式上「囿於義法」，導致內容空疏，仍時有詬病；然從總體評價來看，則是肯定多否定少，尤其是桐城古文之藝術成就。如項純文〈桐城派評價臆說〉曰：「桐城派散文的總體特色是鮮明的，那就是純淨自然，精練流暢，一些敘事寫景記人的文章多是做得委婉生動，富有感染力的。」〔註87〕吳孟復也指出，桐城古文之藝術淵源取自於歸有光的古文，桐城後進雖又輔以小說的描寫方法，然桐城古文在語言風格上仍舊有「氣清詞潔」的特徵，不可一概抹煞。

　　至於桐城派文人自身之創作成就，則以桐城三祖研究爲主，評價大都褒多貶少，即便是對桐城派持堅決否定態度之學者，如劉季高在綜觀方苞全集後，認爲他在關心人民疾苦，持之以恆，行之有素，非一時興致爲之，因此，較之前世或前輩古文家，確有值得稱道之處。

　　又，研究方苞的論文甚多，不下 40 篇，但多以方苞的單篇傑作（如〈獄中雜記〉）爲分析主體，就方苞散文的總體性研究論文並不多見。相對而言，研究姚鼐的學者，則多注意其古文創作特色，具代表性的論文如馬亞中《試論姚鼐古文的藝術特色》、武衛華《試論姚鼐的散文主張和創作個性》等。

　　在桐城三祖中，劉大櫆一向不爲學界所重視，多視其爲方苞、姚鼐間之過渡性人物，大多略述幾筆帶過，即使偶有涉及，也多致力於其古文理論之闡釋，對古文創作，則殊少論及。80 年代後，雖有一些學者著手研究劉大櫆，如吳孟復〈論劉大櫆與桐城派〉、王鎮遠〈論劉大櫆在桐城派中之地位〉、何

〔註86〕汪龍麟提出「80 年代後，隨著桐城派研究熱的興起，陽湖派也逐漸被學界所注意。……在研究範圍上，仍未擺脫傳統研究之框架，學者們仍主要著眼於陽湖文論，尤其是惲敬文論的探討。……此外，對陽湖派創作情況，……在本期學界仍不多見。」詳見汪龍麟：〈20 世紀陽湖派研究述評〉，《通化師範學院學報（社會科學版）》第 1 期（1999 年），頁 79。

〔註87〕項純文：〈桐城派評價臆說〉，收入《桐城派研究論文選》（合肥：黃山書社，1986 年），頁 52～55。

天傑〈劉大櫆在桐城派中地位的再認識〉等文，然研究旨趣仍侷限於文論，關於創作成就部分則涉獵不多；反倒是此時期出版之桐城派研究專著及文學史，開始注意劉大櫆之古文創作成就。如葉龍《桐城文派藝術欣賞》於附錄敘明劉大櫆古文之修辭藻采。王獻永《桐城文派》於第一章〈桐城文派的產生創立〉探討劉大櫆在桐城文派開創中的地位與作用，對劉大櫆古文理論詳細分析，又將劉氏古文與方、姚進行比較，認為「劉的古文，既能基本上遵循方苞的義法規矩，寫得較為清通雅潔，具有桐城古文的一般特色。同時又能有所變，將文章寫得宏肆絢爛，富有詩意、文采，不僅把詩意引進了散文，而且將小說、戲劇等描寫人物的藝術方法也運用於散文，尤其是用於敘述或描繪性的散文。」〔註88〕肯定其藝術上的成就。

又，漆緒邦主編《中國散文通史》也為劉大櫆設專節介紹，認為其散文「恣肆雄奇，以才氣著稱」，並概括其散文特色為「以剛健朗暢、聲調鏗鏘的語言表現雄奇恣縱之氣」、「以雄奇之文載窮愁之思」、「通過山水描寫寄託身世之感」等，並認為他的文章「入清代大家之林，是不應有疑問的。」〔註89〕這些論述顯示出當前學界對桐城三祖古文創作之積極肯定，研究工作亦具有初步基礎。只是20世紀學界桐城古文創作研究薄弱，範圍極為狹窄，侷限於桐城三祖的名作，非名篇之作或桐城後學之作，僅偶有涉及而已，是以「桐城古文創作研究可說是一塊雖未被棄置，卻甚為荒蕪的學術園地。」〔註90〕有待學界同仁的開墾。

第四節　尚待研究之方向

承上所述，百年來桐城研究經過眾多學者之努力，成績卓著者不少，然對於晚清階段之桐城派，仍有許多問題值得進一步探討，歸納之蓋有數端：

一、關於各派始祖之文論，學者們僅注重桐城三祖方苞、劉大櫆、姚鼐，與重振桐城餘緒之湘鄉派曾國藩，個案方面皆有不少研究成果。而陽湖派惲敬之文論，雖已具雛形，然尚待進一步之探討；至於張惠言之文論，則

〔註88〕　王獻永：《桐城文派》（北京：中華書局，1992年），頁42～45。

〔註89〕　漆緒邦：《中國散文通史（下）》（長春：吉林教育出版社，1994年），頁1669～1673。

〔註90〕　汪龍麟：〈桐城派研究的世紀回顧〉，《北京社會科學》第1期（2002年），頁137。

更寥寥無幾，往往僅略提梗概而已。

　　二、關於桐城派後進，學者們大多著眼於繼姚鼐起而主持文壇之梅曾亮。其他如劉開、管同、方東樹、姚瑩；桐城派末流嚴復、林紓；陽湖派陸繼輅、李兆洛；湘鄉派之張裕釗、薛福成、黎庶昌、吳汝綸之研究較少。其他各派之後進尚有許多重要作家，率皆以數語帶過，略顯簡略粗糙，尚未有完整且全面性之探討。

　　三、自桐城以派別論後，便有不少桐城文人表示反對，前文提及之林紓即為代表；且林紓是否可認定為桐城弟子，至今猶有訟者。況且陽湖、湘鄉二派之領導者，本無立派之心，乃文風形成，文論各有繼承、發展之異，然自桐城立派後，即被後世冠以派名，以作區別。陽湖派早期即被視為別支，情況單純些；而湘鄉派由於一直被視為桐城派之中興者，因此屢與桐城派合論，導致部分古文家之歸屬難以分別，如吳汝綸，有言桐城，亦有言湘鄉；此外，自吳汝綸處習得古文義法之嚴復，又該歸屬於何派，目前學界尚有爭議，仍未有定論。

　　四、學者皆僅就桐城派研究之單一主題發揮，其他相關問題則予以忽視，或列舉其要，缺乏系統性研究；如潘金英《清代湘鄉派古文之研究》，該書僅針對文論主張敘述，文中雖概略介紹桐城派之淵源，然對於後來與湘鄉派並存之桐城代表人物、主張，則未有相關闡述；而且對於另一別支陽湖派亦無相關敘述，更遑論比較其間之異同。如此，即無法對桐城文派有通盤瞭解，亦不知其演進脈絡。

　　五、清末鎖國政策在鴉片戰爭（1840）後被迫開放，大臣屢放外任，諸多文人亦留學海外，西方學術與文化逐漸傳入中國，桐城諸家以何態度應對？及雙方交流後所產生之變化？現今尚無專題研究。

　　六、五四新文學派和桐城派爭論很大，兩者關係應作更深刻之再認識。

　　七、桐城派之傳播，主要是藉由文壇領導者之推廣與書院教育，始得以普行全國，成為影響清代二百餘年之古文流派；然目前專書、學位論文之研究，僅及於姚鼐、梅曾亮對文壇所造成之影響，關於書院講學部分僅有略述。此外，也惟有單篇期刊曾針對張裕釗、吳汝綸之書院講學作相關論述。

　　八、桐城派吸收唐、宋、明三代古文運動之經驗教訓，並繼承發展其文學理論，加以自身的文學主張，重新統合而成；然而學者研究僅偶於文中論述，多列舉其要而已，未就桐城派整體探討。是以桐城文論究竟有多少是受

清代以前之古文運動影響而提出之主張？有待全面之審視。

　　九、時下，研究桐城派及別支者，多偏重於考究文論，罕有針對各家古文創作思想及創作成就評析者，誠不免有蘊玉藏珠之憾。此一領域尚有賴學界同仁之合作努力，以展現桐城古文錦繡之天地。

　　綜上所論，就文學史研究之角度言，學界對桐城派之地位作片面之肯定或簡單之否定，都是不妥當的。以上諸問題應皆爲饒有興味之研究課題，由於牽涉之範圍過於龐雜，斷非一人短期之力可竟全功，且需投入相當之精力深入探討，始能有所創獲。因此，本研究擬鎖定第 1～7 項有關桐城派之研究爲重點，回顧歷代古文之發展歷程，並說明近代桐城、湘鄉諸家在受到西方文化學術之影響下，結合桐城古文創作之特殊表現，俾瞭解歷代古文之演變過程及發展趨向，期能將桐城派評價作一客觀正確之呈現，並發揮拋磚引玉之效。

第二章　桐城派古文成立背景

第一節　擷取先秦兩漢散文優良傳統

　　在中國文學史中，散文與詩歌、戲曲、小說並列爲中國文學的四個重要門類。其中，以散文起源最早、包括的文體類別最廣，內容和形式都能做到縱橫變化，豐富多采。因此，中國傳統的古文，被認爲是最具民族文化特色的文字載體。本章將從文學發展的本身出發，對散文的特點、發展的趨勢、演變的脈絡，作一系統的回顧與了解，來檢巡一下中國古典散文的發展史，簡要勾勒各時期特點，俾窺中國散文的全貌及特色。

一、先秦時期（B.C 246 以前）

　　中國文學史上最爲原始之文，當屬上古殷周卜筮之文、彝器銘文；而散文的產生最早可追溯到《尚書》，皆爲夏商周三代的政令之文，具有史論、敘議渾而爲一的特色。經由時代之演進，居於先秦散文發展高峰的春秋戰國散文，取得新的發展，逐漸區分爲兩大類：其一，史傳散文；其二，哲理散文。

（一）史傳散文

　　我國的史官建制很早，按周代的制度，有大史、小史、左史、右史等職位。《漢書·藝文志》曰：「左史記言，右史記事，事爲《春秋》，言爲《尚書》」〔註1〕而眞正具有文學價值的史傳散文（又稱歷史散文），產生於春秋戰國時

〔註1〕　〔漢〕班固：《漢書》（清乾隆四年武英殿刻本），卷30，頁516。

代（B.C 770～221）。

　　春秋戰國時代，散文發展興盛，首先出現的便是史傳散文，主要記載各國政治、軍事、外交等各方面的事件，以及爲政者和策士的言論，即《春秋》、《左傳》、《國語》、《戰國策》等歷史著作。其突破三代記事記言那種零碎簡短的原始形態，運用系統編年和史論結合的方法，寫出敘事具體翔實，情節佈置緊張曲折，人物刻劃形象生動，具有較高的文學價值。

　　《春秋》是魯國的編年史，記事嚴謹，語言精煉，概括記述歷史。《左傳》是《春秋左氏傳》的簡稱，詳細記載事件本末之細節、春秋時期（B.C 770～476）各諸侯國政治、軍事、外交等方面的情況與歷史人物的言行，以解釋《春秋》所載的歷史。它在史傳散文的地位，是前承《尚書》、《春秋》，而後啓《戰國策》、《史記》的重要橋樑，並影響後世的史學、散文及小說。作者擅長戰爭描寫，不僅把紛繁複雜的戰爭有條理的敘述出來，並且從大處著眼，通過人物對話，寫出戰爭的性質，決定勝敗的因素等內容。如〈曹劌論戰〉和〈秦晉殽之戰〉等篇，都寫得非常出色。

　　《國語》是戰國時代（B.C 476～221）的國別史，記載周王朝和諸侯各國的大事。它的思想性和藝術性遠不及《左傳》，然而有的敘事比《左傳》更鮮明生動，如「厲王弭謗」與「勾踐復國」的部分，寫得有條不紊，層次井然。

　　《戰國策》主要記述的是戰國時期謀臣縱橫捭闔的謀略和辭說，是先秦史傳散文的高峰代表作。其文風是劇談雄辯，且刻畫許多生動的人物形象。書中的縱橫家辯士，還擅長運用寓言進行說理、論證；如「狐假虎威」、「畫蛇添足」等寓言故事，都含意深刻，啓人深思，增強了文章的說服力。

　　其中，《左傳》與《戰國策》對後世的散文影響最爲深刻。司馬遷（B.C 145～87）的《史記》即大量採用這兩本書的材料，並汲取其寫作技巧和語言風格。漢代賈誼（B.C 200～168）、晁錯（B.C 200～154）等人的政論文章，其雄辯風格得之於這兩書的也很多。此外，歷代史書的編撰，及唐宋散文家的記敘文，在語言和表現方法上，也都曾受到先秦史傳散文的影響。

（二）諸子散文

　　春秋戰國時期，諸侯兼併情況日益激烈，在各國爭相養士、勵學的影響下，使得學術思想空前活躍。儒、墨、道、法等學派的代表人物紛紛著書立說，宣傳自己的社會政治主張，使得諸子散文（又稱哲理散文）逐漸發展成

熟，進入百家爭鳴時代。如《論語》、《墨子》、《孟子》等，是孔丘（B.C 551～479）、墨翟（約 B.C 479～381）、孟軻（B.C 372～289）之弟子對其師言行的記錄，及《莊子》、《荀子》、《韓非子》等諸子之著作。先秦諸子散文之發展趨勢，是從語錄體、對話論辯體進而到長篇專論，其風格雖異，而共同點是言簡意賅，探幽發微，說理透闢，氣勢充沛，善用比喻和寓言來表達嚴密的邏輯，並以平易通暢的語言，突破《尚書》文字古奧艱澀的形式，形成既實用又富有文學價值的散文。此一時期是諸子散文大放異彩的時期，茲擇要敘述於下：

戰國初期為語錄體階段，以《論語》和《墨子》為代表。《論語》是孔子弟子記述其言行的著作，內容簡約樸實，含義深遠，雍容和順。其中許多形象化的語言，往往包含著深遠的社會和道德含義。如孔子曰：「歲寒，然後知松柏之後凋也。」〔註2〕既是對松柏的禮讚，亦對在逆境艱難中尚能保持節操者之人格稱頌，以啟發後人。

《墨子》一書，語言質樸，但有很強的邏輯性，善於運用具體事例來說明道理，又經常從具體問題的爭論中，作出概括性的總結。如〈非攻〉曰：「今有一人，入人園圃，竊其桃李，眾聞則非之，上為政者得則罰之。此何也？以虧人自利也。」〔註3〕又從盜竊雞狗言及侵略他人國家等行為的本質，都是「虧人自利」的不義之舉。這樣的由小及大，層層推進，既是演說，又是比喻，論證明白而嚴謹。

戰國中期為對話體階段，以《孟子》和《莊子》為代表。《孟子》散文的特點是氣勢充沛，感情強烈，筆端鋒芒顯露。如《孟子‧梁惠王下》文中記述孟子與齊宣王的對話，孟子對齊宣王所問「齊恒、晉文之事」〔註4〕避而不言，以引導齊王談論王道。在對話中，孟子經常連連發問，步步緊逼；他的雄辯鋒芒，有時竟使得「王顧左右而言他」〔註5〕。《孟子》還善用比喻以闡述其主張，如在談及不能與不為的區別時說：「挾泰山以超北海，語人曰：我不能。是誠不能也。為長者折枝，語人曰：我不能。是不為也，非不能也。」〔註6〕所用的比喻是多樣的，有時整段用，有時全篇用，以層層深入，運用曲

〔註2〕　〔梁〕皇侃：《論語義疏‧子罕》（清知不足齋叢書本），卷5，頁116。
〔註3〕　〔東周〕墨翟：《墨子》（明正統道藏本），卷5，頁26。
〔註4〕　〔宋〕張栻：《孟子說》（清通志堂經解本），卷1，頁5。
〔註5〕　〔宋〕張栻：《孟子說》（清通志堂經解本），卷1，頁17。
〔註6〕　〔宋〕張栻：《孟子說》（清通志堂經解本），卷1，頁6。

折的比喻揭出所論主旨。

在先秦散文中，《莊子》一書是最具虛無風格的。書中大量採用虛構的寓言故事，來說明思想論點，為一大特色。《莊子》寓言豐富，大多為作者原創。這些寓言也不是簡單的比喻，而是藉由文字，營造一種境界，以供讀者想像。

戰國後期為獨立的、成熟的論說文階段，以《荀子》和《韓非子》為代表，可謂為戰國時期論說散文的最高成就。其共同點是邏輯嚴密，結構完整，通篇議論，分析透闢，文辭宏富。《韓非子》在先秦散文中最具分析力。其文論事證理切中要害，又精闢深刻，喜大量引用寓言故事和歷史知識，以進行諷刺和證實自己的學說。如「守株待兔」等成語故事，即出自《韓非子》。是以先秦諸子散文風格多樣，或氣勢磅礴，或雄辯銳利，或浪漫奇幻，對後世散文文學的發展，產生極大的影響。

整體而言，先秦史傳散文、諸子散文，反映複雜的社會歷史事件與社會生活，提出各種各樣的社會政治、經濟和倫理學說，探索各種形而上學的哲學問題，而這一切對後世歷史學家、政治思想家、哲學家和文學家都產生深遠影響。特別是諸子賢哲中儒道兩家哲理散文的思想，對後來散文發展的內容方面，有巨大的影響，為歷代散文之風範。

西元前三世紀末，秦王嬴政掃滅六國，結束春秋戰國以來五百多年諸侯長期割據紛爭的局面，建立中國史上第一個君主中央集權統治國家──秦。秦始皇三十四年（B.C 213），博士齊人淳于越反對當時實行的「郡縣制」，要求根據古制，分封子弟。丞相李斯（B.C 280～208）加以駁斥，並主張禁止百姓以古非今，以私學誹謗朝政。秦始皇採納李斯的建議，為了統一百姓的思想，下令焚燒《秦記》以外的列國史記，對不屬於博士館的私藏《詩》、《書》等也限期交出燒毀；有敢談論《詩》、《書》者處死，以古非今者滅族；禁止私學，欲學法令者只能以官吏為師，史稱「焚書」。隔年，為秦始皇尋找長生不老藥之術士侯生、盧生，暗地批評秦始皇，尋藥未果後即出逃，秦始皇大怒，下令徹查咸陽術士；審理下來，得犯禁者 460 餘名術士，全部坑殺，史稱「坑儒」。因而結束戰國時期文壇百家爭鳴的局面，使得秦代的散文無甚發展。

二、兩漢時期（B.C 206～A.D 220）

西漢初期，鑒於秦代滅亡的歷史教訓，劉邦統一天下之後，政治上，固

然實行中央集權，但同時又大封諸侯藩國。經濟上，由於戰爭連年，天下已極疲敝，不得不放寬徵賦，實行「無爲而治」〔註7〕、「與民休息」〔註8〕的政策。文學上，自然也不再奉行思想專制政策，百家之學因而復甦。漢代散文的成就，大致表現在兩方面：一爲政論散文；一爲史傳散文。

（一）政論散文

西漢初期作家，由於正當新王朝建立之初，胸懷雄心壯志，他們將作品內容與現實政治緊密聯繫起來，具有強烈的時代特徵，使得政論散文有所發展。此類政論文的中心論題，無外乎總結秦代的經驗教訓，爲新王朝提供治國安邦的良策。

此期代表作家有二。其一爲賈誼。在他任漢文帝太中大夫的十年期間，寫下一系列的政論散文，其中最著名的是〈過秦論〉。此文分上、中、下三篇。上篇首先採用渲染和誇張的藝術手法，描述秦國逐漸走向強盛的過程；當時六國諸侯集中龐大的軍事力量和最優秀的人才，想消滅秦國，結果自取滅亡。然而秦國「仁義不施」，最後反被民間之起義軍所滅。中篇和下篇指出秦二世和子嬰一意孤行，暴虐無道，致失去民心，實際爲西漢王朝提供教訓。賈誼的散文善用比喻，語言富於形象性。其二爲晁錯，是繼賈誼之後又一位重要的政論散文作家；其中最著名的是〈論貴粟疏〉，對賈誼先前提出重農抑商的觀點，作了更爲集中詳盡的發揮，切合實際。除此，漢初尚有不少散文家，文章內容大多或論秦之得失，或針對時弊，提出自己的主張。

漢初行無爲而治政策，使黃老之學活躍；在此種環境和氛圍之下，戰國後期的縱橫之學再度風行起來。縱橫家那種言無禁忌、闔闢馳騁、疏直激切的文風，因而成爲漢初文章的一大特點。

經過西漢初期與民休生養息七十餘年後，國家富庶，漢武帝（B.C 156～87）思有所作爲。此時董仲舒（B.C 179～104）提出「罷黜百家，獨尊儒術」〔註9〕的主張，正好符合漢武帝加強中央集權的需要，於是儒學被推上思想領域中的主導地位，文章也隨之漸趨變化，形成引經據典、儒雅醇正的文風。

西漢末年，社會政治危機日益嚴重，統治階級內部鬥爭日趨激烈，而儒學領域中的今文經學，逐漸墮入天人感應、陰陽災異讖緯之學中。時劉向父

〔註7〕〔漢〕班固：《漢書》（清乾隆四年武英殿刻本），卷81，頁1216。
〔註8〕〔漢〕班固：《漢書》（清乾隆四年武英殿刻本），卷6，頁73。
〔註9〕〔漢〕班固：《漢書》（清乾隆四年武英殿刻本），卷6，頁98。

子出而反對今文經學，提倡古文經學，啓動文風的轉機。劉向（約 B.C 77～6）校閱國家藏書，於學無所不窺，率先懷疑今文經學。其子劉歆（約 B.C 50～A.D 23）踵父所跡，反對今文經學，推尚古文經學，更是不遺餘力。劉氏父子這種學術思想，後來反映在文章的作風上，即內容上出現許多離經叛道的成分；形式上，逐漸形成直抒己見、言必有物，形成文辭淺顯、激直亢奮、峻急恣肆的文風。其中桓寬（生卒年不詳）《鹽鐵論》、王符（約 85～163）《潛夫論》、王充（27～97）《論衡》、仲長統（180～220）《昌言》等，即爲力矯漢儒謬說，痛斥圖讖迷信而撰的著作，語言淺顯易懂，思想大膽。此類專著在思想史上是極爲重要的文獻，然往往質有餘而文采不足。

東漢建安年間（196～220），社會動盪不安，儒學衰微，名法家、道家、縱橫家之學說復甦，使得文人思想活躍，文風漸趨清脫，影響到散文的發展。建安年間的散文，開始擺脫漢代散文引經據典的風氣，一變而爲「清峻、通脫、華美、壯大」。如曹操（155～220）的文章清峻簡約；曹丕（187～226）、曹植（192～232）的散文，富有抒情性，語言也漸趨華美；而孔融（153～208）、陳琳（？～217）等人的文章則文氣充沛，辭采壯麗，頗具戰國縱橫家之遺風。〔註10〕

（二）史傳散文

漢代散文中的史傳散文成就突出，司馬遷《史記》、班固（32～92）《漢書》，歷代都被史學家及文學家奉爲典範，均以班馬、史漢並稱。司馬遷的《史記》以人物爲中心來反映歷史，創立紀傳體通史的史書新樣式，也開闢傳記文學的新紀元，是漢代最輝煌的成就。《史記》述及年代自黃帝起，迄於漢武，共 130 篇，分爲五大部分，即〈本紀〉，記帝王之事；〈世家〉，述諸侯之事；〈列傳〉，敘人臣之事；〈表〉，即表格形式的大事記；〈書〉，即典章制度。《史記》通過這五個部分相互配合、相互補充，構成了完整的歷史體系，成爲中國歷代史書的基本形式。後來的「二十四史」，即以《史記》爲首。

就《史記》的文學性而言，首先表現在敘事方式上。《史記》採用第三人稱的客觀敘述，寓褒貶於敘事之中，以敘述漫長的三千年歷史，再現歷史上波瀾壯闊的場景和人物活動，篇幅宏偉，內容閎豐，氣魄壯大，文筆放逸。《史記》中之傳記，大多採一系列故事的敘述方式展開。如〈廉頗藺相如列

〔註10〕胥洪泉：《中國古代散文簡史》（重慶：西南師範大學出版社，2005 年 8 月），頁 94。

傳〉，就是由「完璧歸趙」、「澠池相會」、「負荊請罪」三個典型的事件構成。同時《史記》中的故事，還有不少是富於戲劇性的；如〈項羽本紀〉的「鴻門之宴」，寫出了項羽驕縱、率直、剛愎自用而又優柔寡斷的性格，內容高潮迭起、扣人心弦，極富戲劇性。其次，塑造眾多具有鮮明個性的人物形象，能夠留下深刻印象的，如項羽（B.C 232～202）、劉邦（B.C 256～195）、張良（？～B.C 186）、韓信（約 B.C 231～196）、李斯、屈原（約 B.C 340～278）、孫武（約 B.C 535～？）、荊軻（？～B.C 227）、廉頗（生卒年不詳）、藺相如（B.C 329～259）等，將近百人。

《史記》所描繪的人物外貌、神情描寫、生活細節的刻畫、對話的敘述、場景的設置，在司馬遷筆下皆運用自如。此外，司馬遷將史料中艱澀難懂的語句，改寫成漢代通行的語言，使古文變得淺顯流暢、精煉簡潔，而具有高超的藝術技巧，發展出迭宕遒逸的精彩篇章。

司馬遷的人格和實錄精神，深刻影響到後世作家的創作態度與方法，而《史記》的筆法，直接影響到唐宋古文家，成為他們行文遣詞的規範；文體方面，對唐傳奇、明清小說和戲劇、清代古文創作也有深遠的影響。在《史記》的影響下，東漢產生不少歷史散文著作，班固《漢書》便是其中的傑出代表。

《漢書》斷代為史，記事精詳，為中國第一部紀傳體斷代史，與《史記》齊名。其體例沿用《史記》而略有變更，改「書」為「志」，改「列傳」為「傳」，改「本紀」為「紀」，刪去「世家」。全書包括紀十二篇，表八篇，志十篇，傳七十篇，共 100 篇，記載上自漢高祖六年（B.C 201），下至王莽地皇四年（A.D 23），共 230 年的歷史。《漢書》的語言莊嚴工整，多用排偶，遣辭造句典雅遠奧，與《史記》平暢的口語化文字，形成了鮮明的對照。其中有不少出色的人物傳記，如〈霍光傳〉、〈朱買臣傳〉、〈東方朔傳〉、〈蘇武傳〉等，都是公認的名篇。另外，《漢書》的語言風格與《史記》相比，對照鮮明，顯得較為典雅質實、委婉拘謹。此後，中國歷代史書的紀史方式，皆仿照《漢書》體例，纂修紀傳體斷代史。

綜觀兩漢散文之發展，司馬遷《史記》綜合先秦史學的成就，創造出以人物為中心的紀傳體，標誌著記敘散文的高度發展。西漢政論文偏重於陳述政見，本經立義。賈誼、晁錯、桓寬等論政籌策都能直陳利害、切中時弊，風格渾厚樸茂。東漢班固《漢書》則創立斷代史，王符《潛夫論》、仲長統《昌

言》、王充《論衡》等，已是內容廣博，由幾十篇論文組成的專著。東漢散文雖開始出現鋪陳排偶的傾向，但還不失漢文氣格樸厚的本色。所以，唐宋文人提倡古文，都以三代兩漢之文作爲典範；不同之處，乃唐代散文增加志道與尙奇的理論，以與駢文相抗；另一方面，散文體裁的使用，也變得更加多樣化。

三、東漢散文各體大致齊備

先秦時代，散文的蓬勃發展，使得經、史、子之著作中，已經包含各種散文體裁的雛形。但由於先秦文學和史學、哲學、經學尙未分家，純文學的散文尙未出現，散文各體在形式上亦尙未獨立。兩漢時期，文章與學術逐漸分離，使得散文的文體種類也日益分立。據《後漢書》所載統計，東漢散文中奏議、詔令、書牘、哀祭、箴銘、頌讚、碑誌等古文文體的基本種類，都已大致齊備，〔註11〕且時出名篇。

漢代散文體裁的最大成就，在於賦之產生。源自戰國末期楚國詩人（主要是屈原）吸收南方民歌、上古神話、傳說菁華，融合《詩經》南下的影響，所創造出的韻文，稱爲楚辭。漢人把屈原、宋玉（B.C 301～240）的辭和荀卿（約 B.C 313～238）的賦，統稱爲辭賦，又稱爲騷賦，並把屈原視爲辭賦之祖。

漢初繼承《楚辭》形式，講究文采、韻律和節奏，又吸收戰國縱橫家鋪張的手法，寫作兼具詩歌和散文的性質，大量使用排比、對偶的整齊句法，既自由又謹嚴，而內容則致力於「體物」、「寫志」；即通過摹寫事物來抒發情志，繼往革新，遂逐漸形成另一種文體，稱爲漢賦。漢賦代表作家如枚乘（？～B.C 140）、賈誼、東方朔（B.C 154～93）、司馬相如（約 B.C 179～127）、揚雄（B.C 53～A.D 18）、班固、張衡（78～139）等人，他們的作品對後代都有相當的影響。

第二節　承繼唐宋古文運動餘波

所謂「古文運動」，即是反對駢文，而代之以「自然實質之散文」，於中國文學史上，洵爲一大盛事。其自唐代（618～907）初起，宋代（960～1279）

〔註11〕李珠海：《唐代古文家的文體革新研究》（臺北：臺灣大學中國文學研究所博士論文，2001 年），頁 1。

繼發，綿延兩朝，更關係著明（1368～1644）、清（1644～1912）兩代古文之
發展，影響至為深遠。欲探究古文，宜先追索此一運動之龍脈。

　　古文之興，在矯駢文之弊。「古文」之名，始於唐之韓愈（768～824），
名為「古文」，實乃新創，故《舊唐書》謂其「抒意立言，自成一家新語。」
〔註 12〕發生於中唐的古文運動，是唐德宗貞元至唐憲宗元和年間，由韓愈、
柳宗元（773～819）開其端，發動一場反對駢文、提倡古文的文學革新運
動；它不僅是一種文學運動，也是復興儒學的思想文化運動，是中國散文史
乃至中國文學史上一個具有里程碑意義的運動。但是早在唐代古文運動發起
之前，南北朝（220～589）末年已發其端，文壇上出現了反駢文與復古的呼
聲。由於古文運動前驅者，從理論到實踐做了可貴之探索，開拓古文發展之
道路，本節將先從此一運動興起的原因，進行闡釋。

一、唐代古文運動的先驅

（一）南朝梁裴子野著〈雕蟲論〉斥責浮豔文風

　　魏晉之際（266），司馬氏篡奪曹魏政權，為鞏固皇位，便以名教為名，
大肆殺戮文人，士大夫為求避禍，崇尚清談，玄學盛行；使得散文不僅開始
從哲學、史學中獨立出來，朝談論名理方面發展，文風也趨向駢儷典雅，駢
偶化的傾向日益增加；文人們開始講究遣詞造句的藝術技巧，甚至還出現句
式整齊，專講對偶的駢文。東晉散文受風流名士清談與隱逸之風的影響，內
容注重抒情詠性，作品大都清新流暢，自然樸實；尤其是東晉（317～420）
末期陶淵明的散文，語言平淡自然，感情真摯動人，境界淡泊高遠，表現出
獨特的藝術風格。

　　南北朝（420～589）時期，南北對峙，文章風格各異，北朝文章尚質樸
實用，散文成就較高；南朝文章重文采華麗，駢文成就較高。由於南朝經濟
繁榮，君臣偏安一隅，崇尚文采藻飾的風氣愈發盛行，除了部分歷史地理類
的學術著作外，散文已為駢文所取代，駢儷的形式更加精巧；不但對偶有
許多類型，句式也漸漸趨向駢四儷六，並講究聲律的平仄配合、用典、藻飾
等藝術技巧。〔註 13〕南北朝文章的駢儷化及文學從學術分離的作法，成為散

〔註12〕〔五代〕劉昫：《舊唐書・列傳・韓愈》（臺北：臺灣中華書局，《四部備要》
　　　　影印武英殿本），卷 160，頁 5。
〔註13〕葛曉音：《唐宋散文》（臺北：群玉堂出版事業有限公司，1992 年 9 月），頁 2。

文發展的障礙；因此，引起部分抱持儒家正統文藝觀的文人反對。西晉夏侯湛（243～291）仿《尚書》寫〈昆弟誥〉、南朝梁裴子野（469～530）著〈雕蟲論〉直斥駢儷文爲「淫文破典」〔註14〕，頗能切中時弊，此即文體改革的先兆。

（二）北朝西魏文帝時，宇文泰、蘇綽提倡復古

北朝西魏文帝（535～551）時，宇文泰（507～556）、蘇綽（498～546）二人因不滿駢文浮豔綺靡的文風，欲改革其弊，而大力提倡復古。大統十年（544），北雍州獻白鹿，群臣欲草表陳賀，蘇綽遂謂柳慶（516～566）曰：「近代以來，文章華靡，逮於江左，彌復輕薄。洛陽後進，祖述不已。相公柄民軌物，君職典文房，宜製此表，以革前弊。」〔註15〕柳慶響應號召，便改用散文來寫賀表。大統十一年（545），因魏帝祭廟，群臣畢至，乃命蘇綽模仿《尚書》的體裁，撰寫〈大誥〉奏行；自此以後，朝廷便將其規定爲各類文體的「準式」，所有文告、奏章都必須用此體裁書寫。但蘇綽「雖屬詞有師古之美，矯枉非適時之用，故莫能常行焉。」〔註16〕北周時人仍欣賞庾信（513～581）之駢文。由於《尚書》式的誥命文體實在太過於古奧，不符合文人們的實際寫作需要，而且摹擬千餘年前《尚書》文體之佶屈聱牙，也違反自然，其殆又甚於駢文，是以終不能常行。〔註17〕此次復古雖以失敗收場，然而這卻是第一次號召改革駢文，提倡散文的行動。

（三）隋初李諤上書請革文風

隋代（581～618）文人沿襲六朝（229～589）駢文華豔柔靡的風習，駢文仍爲文壇的寫作主流。隋文帝（581～604）認爲這樣的文章不利於國家的統治與建設，遂於開皇四年（584）下詔令，不論公私文翰，一概實錄，不許用華豔詞句寫作。當年九月，泗州刺史司馬幼之（生卒年不詳）即因文表的文辭浮豔，而將其交付有司治罪，作爲懲戒榜樣。〔註18〕之後，治書侍御史

〔註14〕　〔宋〕李昉：《文苑英華》（明隆慶元年胡維新等福建刊本），卷742，頁4735。

〔註15〕　〔唐〕令狐德棻：《周書‧列傳第十四》（清乾隆四年武英殿刻本），卷22，頁136。

〔註16〕　〔唐〕令狐德棻：《周書‧列傳第三十三》（清乾隆四年武英殿刻本），卷41，頁276。

〔註17〕　繆鉞：〈新散文的興起——唐代古文〉，《四川大學學報（哲學社會科學版）》2006卷第4期（2006年），頁24。

〔註18〕　〔唐〕魏徵：《隋書‧列傳‧李諤》（臺北：臺灣中華書局，《四部備要》影印

李諤（生卒年不詳）秉承旨意，撰寫〈上隋文帝革文華書〉曰：

> 競騁文華，遂成風俗。江左齊梁，其弊彌甚，貴賤賢愚，唯務吟詠。
> 遂復遺理存異，尋虛逐微，競一韻之奇，爭一字之巧。連篇累牘，
> 不出月露之形；積案盈箱，唯是風雲之狀。世俗以此相高，朝廷據
> 茲擢士。〔註19〕

嚴厲批評自魏武以來，公私文章爭奇鬥豔的綺靡文風，建議禁止「緣情」的詞賦，改以儒家經典詩書作為文章的「軌模」。李諤對當時文風的批評，已經初步意識到文章寫作的內容問題，比起宇文泰和蘇綽只著重文體的「復古」跨前了一步，聲勢一時很大。但他們反對形式主義文風的最終目的，是將文學納入儒學的框架，取消詩賦駢文等具有獨立文學價值的形式，甚至用《尚書》的典誥體為準式來取代所有文章，使文學退回到附屬於學術的上古時代，而未從文體之根本問題解決；加上又缺乏理論基礎，駢文的使用非但沒有因此而衰敗，反而在初盛唐進入全盛期。

（四）初唐陳子昂力倡「漢魏風骨」

初唐（618～704）文壇仍瀰漫著南北朝的文風。唐太宗（626～649）與魏徵（580～643）在總結南朝幾代朝廷滅亡之因時，瞭解到綺靡文風對國家政治的危害，於是要求淘汰南朝文學中淫豔放誕的內容，使文章題材轉變為歌頌太平、規諷時政的內容。由於駢文體裁正適用於歌功頌德，凡以文才著稱之大臣無不擅長此種文體。因此，初唐時駢文仍是很受歡迎的文體，不僅應用性高，又兼具藝術性能，除了極少數修改曆法、議論祭禮的奏疏之外，詔誥、奏章、書信也多是使用駢文寫成。魏徵在《群書治要序》中曰：

> 競采浮豔之詞，爭馳迂誕之說，騁末學之傳聞，飾雕蟲之小技，流
> 蕩忘返，殊塗同致。〔註20〕

魏徵批評六朝浮豔文風，認為融合南北朝文風，取長補短，則盡善盡美。因此，他在政論文首倡由駢轉散的改革；魏徵〈論政事疏〉、〈十漸疏〉、〈論治道疏〉、〈十漸不克終疏〉等奏議，便是學習先秦古文多用排比的結構，大量使用隔句相對的句式，文中或穿插單行散句，或打破四六對仗而改用多種句

武英殿本），卷66，頁2。
〔註19〕〔唐〕魏徵：《隋書·列傳·李諤》（臺北：臺灣中華書局，《四部備要》影印
　　　　武英殿本），卷66，頁1。
〔註20〕〔清〕董誥：《全唐文》（清嘉慶內府刻本），卷140，頁1412。

法對偶，讓整篇文章雖然半駢半散，然辭意懇切，重於達情明理，氣勢雄峻，與六朝風氣大不相同。

另外，初唐隱士王績（585～644），他不用駢體，不加藻飾，僅以明白曉暢的語言，創作言志述懷的散文。如〈答馮子華處士書〉、〈答程道士書〉、〈自撰墓志銘〉等，自述其平生淡泊的襟懷、抒發其懷才不遇之感，以及隱居生活無拘無束的樂趣。〔註21〕王績運用散文文體適合用來抒寫個人情志的特色，讓日常起居的瑣事寫來備覺樸素清新，突顯出散文文體創作之優點。因此，自王績後，開始有不少文人試圖脫離駢偶，恢復古道。其後陳子昂（661～702）亦為了革新齊梁的豔麗詩風，大力提倡「漢魏風骨」，使文辭由駢儷變為雅正，此一主張對唐代文體及文風的改革，可說是有很大的幫助。〔註22〕但是陳子昂的重點是在詩歌方面，卻不在古文方面。天寶以後，蕭穎士（707～758）、李華（715～766）、元結（719～772）、獨孤及（725～777）、梁肅（753～793）、柳冕（生卒年不詳）等人繼起投入改革散文的洪流，提出「文本於道」，復古思潮才進一步高漲起來，初唐所醞釀的散文復古思潮至此亦開始發酵。

二、中唐古文運動開端及領導者——韓愈、柳宗元

時至中唐（771～835），韓愈、柳宗元同時崛起。韓愈提出「古文」一詞，即上繼三代兩漢文體的散文，柳宗元復為響應，他們以「復古」為理論支柱，「文以載道」為核心的古文理論，要求用散文來闡明儒道的基本宗旨，視駢文為抗爭目標，以擺脫駢偶體裁的束縛。使形式為內容服務，恢復散文的文學主導地位，並大量創作相關文學作品，增加散文體裁的運用範圍。另一方面，積極指導後進，領導當代的文壇文風。此次文體革命發生在唐德宗貞元到唐憲宗元和（785～820）這二三十年間，主要由韓愈、柳宗元開端並領導後進，參加者有李觀（766～794）、歐陽詹（755～800）、劉禹錫（772～842）、元稹（779～831）、白居易（772～846）、張籍（約767～830）、樊宗

〔註21〕但王績的作品模擬前人的痕跡過於明顯，像〈醉鄉記〉、〈無心子傳〉，顯然是模仿《莊子》；〈五斗先生傳〉和〈仲長先生傳〉則是模仿陶淵明的〈五柳先生傳〉。詳見葛曉音：《唐宋散文》（臺北：群玉堂出版事業有限公司，1992年9月），頁3～4。

〔註22〕〔五代〕劉昫：《舊唐書·列傳·陳子昂》（臺北：臺灣中華書局，《四部備要》影印武英殿本），卷190中，頁5～9。

師（？～約 821）、李漢（生卒年不詳）、趙德（生卒年不詳）、呂溫（771～811），以及韓愈的門生李翱（774～836）、皇甫湜（777～835）、沈亞之（781～832）等人。由於人數眾多，目標明確，既有理論指導，又有創作實踐，在當時形成規模較大的文學浪潮，使古文對駢文取得壓倒優勢，並對後代散文發展產生深遠的影響，所以文學史上稱之為古文運動。〔註23〕

中唐時期，由於統治者採取「有兵姑息之」的苟安之策，使得經濟繁榮，時局暫享太平。文人們經由散文醞釀期的復古思潮洗禮，意欲挽救危機，遂排斥佛老，紛紛要求恢復儒家學術的正宗地位，以整頓社會風氣，重新鞏固唐代中央集權統治，使安史之亂後的李唐政權走向中興。因此，以韓愈為代表的儒學復古思潮，在這樣的形勢下形成廣泛的社會思想，進而影響到士人們之文學創作，古文運動也就順勢蓬勃發展起來。

韓愈（768～824），字退之，河陽（今河南孟縣）人，生於唐代宗大曆三年（768），卒於唐穆宗四年（824），享年五十七歲。韓愈出身貧寒，三歲而孤，便跟著他的長兄韓會（生卒年不詳）生活，韓會死後，改由嫂子鄭氏撫養成人。德宗貞元八年（792）中進士，二十九歲以後開始做官，先後任汴州觀察推官、四門博士、監察御史等職。貞元十九年（803）任監察御史時，因關中旱饑，請求寬免百姓賦稅徭役，得罪執政者，被貶為陽山令。不久召還朝廷，歷任國子博士、史館修撰、中書舍人等職。元和十二年（817）隨宰相裴度（765～839）平定淮西叛鎮吳元濟（783～817）有功，升為刑部侍郎。元和十四年（819），因諫阻迎拜佛骨，觸怒唐憲宗（805～820），幾乎被殺，幸得裴度疏救，貶為潮州刺史，後又改任袁州刺史，任上曾釋放農民抵給豪門地主作奴婢的子女七百多人。穆宗即位，韓愈奉詔回京，任兵部侍郎，奉命出使鎮州，勸說藩鎮王廷湊（？～834）歸順朝廷。後轉為吏部侍郎，人稱「韓吏部」。五十七歲時病故，諡號為「文」，所以後世又稱他為「韓文公」。宋朝元豐年間追封為「昌黎伯」。〔註24〕

韓愈著作都收在《昌黎先生集》，其中散文有三百多篇，內容豐富多樣，但大部分文章皆本著辨析聖人之道、求其大義的精神，反覆宣傳行道於世、以文傳道的重要意義，並慨然以挽救孔孟古道、復興儒學的使命自任。韓愈的

〔註23〕葛曉音：《唐宋散文》（臺北：群玉堂出版事業有限公司，1992 年 9 月），頁 15。
〔註24〕〔五代〕劉昫：《舊唐書・列傳・韓愈》（臺北：臺灣中華書局，《四部備要》影印武英殿本），卷 160，頁 1～6。

散文，「可謂全唐第一名家，上追三代兩漢，下為宋代歐、蘇的先驅」〔註25〕他不但在古文的理論上，提出一套完整的理論體系，創作上也具體實踐了自己的文論，使他在古文運動中居於領導的地位；同時，也奠定了他在文壇的領袖地位。

　　柳宗元（773～819），字子厚，生於唐代宗大歷八年（773），卒於憲宗元和十四年（819），得年四十七歲。德宗貞元九年（793）中進士，十四年（798）又中博學鴻詞科，授集賢殿書院正字，十七年（801）調藍田尉，十九年（803）被調回長安，任監察御史裏行，結交了王叔文（753～806）、韋執宜（生卒年不詳）等人，他們對於朝廷亂紀、民不聊生都有力挽狂瀾的決心，因此志同道合，交情篤厚。二十一年（805）正月，德宗去世，順宗即位，重用王叔文、王伾（？～806）等人執掌朝政，大力從事改革。王叔文援引柳宗元、劉禹錫（772～842）等人，形成「二王劉柳」的革新派勢力集團。柳宗元便於此時被拔擢為禮部員外郎，掌管禮儀、享祭和貢舉。他們積極推行一系列改革措施，如罷宮市〔註26〕、禁五坊小兒為害〔註27〕、整頓稅收〔註28〕、節省財政支出〔註29〕、貶黜貪官污吏〔註30〕、任用賢能〔註31〕、釋放宮女樂妓

〔註25〕　王更生：《唐宋散文作家與古文運動》，收入《臺北市國學講座專輯‧第五輯‧文學史之部》（臺北：中華文化復興運動推行委員會，1989年），頁208。

〔註26〕　所謂宮市，意即皇宮派員對外採購日用品。在唐德宗以前，採購是由官員辦理，德宗時則由宦官擔任。宦官經常假藉為皇宮採辦物品為名，在街市上強行用極低的價錢徵收，商家若不願意，物品不但會被強行取走，甚至還有牢獄之災，所以長安的商人一看到宦官出來採購，就紛紛躲避，以免遭殃。順宗在當太子時，曾經想諫言宮市之弊，但王叔文害怕德宗懷疑太子欲收買人心而勸阻他。順宗即位後，便下令宮中所需物資一律改由京兆府官吏採購。

〔註27〕　所謂五坊，意即鵰坊、鶻坊、鷹坊、鷂坊、狗坊，各坊養育一種動物，供皇帝娛樂。小兒指的是在坊中負責畜養之人。德宗時，五坊小兒常在長安以捕貢奉鳥雀為名，恐嚇訛詐、欺凌百姓，行徑之乖戾，連官府也不敢管。革新派當政後，便禁止五坊小兒再為害百姓，並要官府嚴辦。百姓聞訊，無不稱慶。

〔註28〕　唐德宗建中元年實施兩稅法，即在兩稅之外，官吏如另有加斂，以違法論處。但由於藩鎮勢力過大，此法不行，地方上仍舊苛捐雜稅。此外，皇帝本身也鼓勵百官「進奉」，每月進貢，稱為月進；每日進奉，稱為日進。百官為討好皇帝，便藉進奉之名，私自加收捐稅，壓榨百姓。革新派當政後，便下令禁止在正稅之外再苛徵雜稅，且除規定的常貢外，不許別有進奉。

〔註29〕　裁撤翰林醫工、相工、占星、射覆等冗官42人，及停發內侍郭忠政等19人俸錢。

〔註32〕等，並試圖抑制藩鎮勢力〔註33〕、削弱宦官專權〔註34〕，史稱「永貞革新」，朝中氣象頓時煥然一新。但因為軍政大權實際上是掌握在宦官和藩鎮手中，革新派文人改革步調又太過急迫，影響朝中諸多大臣、地方藩鎮及宦官的利益，而遭到朝廷保守勢力和宦官的聯合打擊。同年八月，宦官俱文珍等人勾結部分官僚和藩鎮，逼順宗傳位於太子李純，改元永貞，是為憲宗，史稱「永貞內禪」〔註35〕，革新宣告失敗。結果王叔文被賜死，王伾死於貶所，柳宗元於九月被貶為邵州刺史，十一月，於上任途中又加貶為永州（今湖南零陵）司馬。同屬改革派之劉禹錫等八人〔註36〕亦被貶到邊遠州郡當司馬，史稱「八司馬事件」，亦稱「永貞事件」。

柳宗元前往蠻荒之永州赴任時，朝廷正如火如荼的對王叔文黨進行清算鬥爭，使得他縱然已貶為永州司馬，亦得時時當心身家性命的安危；也就是

〔註30〕浙西觀察使李錡趁兼任諸道轉運鹽鐵使之職時乘機貪污，王叔文當政後，立即將其罷去此職。另外，京兆尹李實爲唐宗室，個性專橫殘暴、貪汙虐民，他自恃受寵於德宗，常讒言加害朝中正直的官員。貞元年間，關中大旱，他謊報豐收，強迫人民照常納稅，逼得百姓只好拆毀房屋、變賣瓦木來買糧納稅。王叔文後來將其貶爲通州長史，京師人人相賀。

〔註31〕如德宗時，陸贄、陽城因犯顏直諫，而被貶至邊地。順宗即位後，復召二人返京任職。

〔註32〕爲表君主不愛聲色，重視人道的精神，遂釋放後宮宮女 300 人及教坊女樂妓 600 人還家團聚。

〔註33〕劍南西川節度使韋皋派劉辟到京城勸說王叔文，表明想完全佔有劍南三川（西川、東川及山南西道合稱三川），以擴大割據地盤。面對劉辟的威脅利誘，王叔文無動於心，且下令斬之，劉辟狼狽逃走。

〔註34〕唐德宗自遭遇削藩所引發的涇師之變後，發現自己所信賴的禁軍將領竟不能召集到兵卒保衛宮室，身邊唯一能依靠的只有宦官。因此德宗重返京師後，決心新設近衛親軍，遂將神策軍分爲左右兩廂，由宦官掌領，駐紮在京師四周和宮苑之內，成爲比羽林軍、龍武軍更加重要的中央禁軍和精銳機動武裝部隊，開啓宦官分典禁軍的先河。貞元十一年（795）五月，德宗甚至還下令宦官出任各地藩鎮監軍，使宦官成爲皇權之下最重要的力量，埋下日後宦官專權亂政之禍因。貞元二十一年（805）正月順宗即位後，王叔文有意奪回禁軍兵權，便任用右金吾大將軍范希朝爲神策軍京西諸城鎮行營節度使，韓泰爲行軍司馬。宦官俱文珍等人查覺，立即通知神策軍諸軍不能將兵權交出。六月，又逼迫臥病的順宗下令削去王叔文翰林學士一職，改爲戶部侍郎，使其無權批閱機要文書。

〔註35〕〔五代〕劉昫：《舊唐書‧本紀》（臺北：臺灣中華書局，《四部備要》影印武英殿本），卷 14，頁 3～4。

〔註36〕劉禹錫貶爲朗州司馬；韋執誼貶爲崖州司馬；韓泰貶爲虔州司馬；陳諫貶爲台州司馬；韓曄貶爲饒州司馬；凌準貶爲連州司馬；程異貶爲郴州司馬。

說雖名為官員，實際上卻是「俟罪非真吏」〔註37〕，與流放的罪犯無異。而柳宗元的母親也由於長途跋涉，健康狀況急轉直下，加上當地又多瘴癘之氣，醫藥缺乏，身體無法得到適度的安養，半年後就因病去世。艱苦的生活環境、親人離世的打擊以及政治上的失意，使得他在精神上承受了極大的痛苦和折磨，致使健康也大受影響。〔註38〕司馬一職官卑事少，又無實權，柳宗元乃轉而寄情山水、讀書創作，並遊歷永州山水，結交當地居民與士子，是以一生著名詩文，大都作於此時。

元和十年（815）正月，柳宗元被召回京；二月，抵長安。宰相武元衡極力反對重新啟用革新黨人；因此，三月，又貶為柳州（今廣西柳州）刺史。〔註39〕柳州在當時是個比永州更為荒蕪落後之地，柳宗元於六月到任後，便積極從事各項建設，如釋放奴婢、挖掘水井、倡導植樹造林、開墾荒地、修建孔廟、興辦學堂、施行教化、去除迷信陋習等，大大提升當地的文化及生活水準，使柳州的人民感念不已。元和十四年（819）憲宗因受尊號實行大赦，經裴度說情，憲宗才同意召回柳宗元。然而為時已晚，詔書未到柳州，柳宗元便因積勞成疾，病逝於柳州，年四十七歲，有《柳河東集》傳世。由於柳宗元祖籍河東（今山西永濟縣），所以後世稱他為「柳河東」；此外，由於他歿於柳州刺史任上，且政績卓著，因此後世又稱他為「柳柳州」。

柳宗元年輕時才華橫溢，抱負遠大，嚮往能以其有用之身，做一番有利於人民的大事業。政治失意後，便轉而將精力投注於古文運動與著書立言方面。感於時局的混亂、朝政的腐化，皆緣於藩鎮割據、賢才不舉、仁義亡佚；因此，他響應摯友韓愈的主張，要求改革六朝以來華麗浮靡之駢文，代之以語言簡潔、形式自由、內容充實、風格健朗之散文，以恢復儒家的仁義之道。在貶謫永州期間，柳宗元仍致力於提倡古文，他不僅一一親覆各地求問之信箋，甚至還熱心指導上門問學之士子。因此，他雖然身處僻地，依舊與全國文士互通往來，為文體改革運動奉獻心力。柳宗元之古文與韓愈齊名，世稱「韓柳」，為唐宋古文八大家之一。

〔註37〕〔唐〕柳宗元撰；〔宋〕魏仲舉注：《河東先生集·古今詩》（宋刻本），卷43，頁490。

〔註38〕柳宗元在〈寄許京兆孟容書〉中曾言及自己的身體「百病所集，痞結伏積，不食自飽。或時寒熱，水火互至，內消肌骨。」

〔註39〕〔唐〕柳宗元撰；〔宋〕魏仲舉注：《河東先生集·雅詩歌曲》（宋刻本），卷1，頁1。

此外，柳宗元散文風格雄深雅健，立意新奇，文字簡明峻潔。他在文章中灌注自己的個性、遭遇、感慨、意志和心緒，將詩賦吟詠情性的特徵移入散文，並借鑑先秦諸子和史傳文學，使邏輯思維形象化，使傳記散文傳奇化，從而創作大量生動活潑，富有文學價值的議論文和記敘文，完成古文自身的重大革新。雖然柳宗元有些文章尚有模擬前人體裁和襲用前人陳語的痕跡，古字生詞也用得太多，但瑕不掩瑜。概言之，柳宗元的貢獻在於使山水遊記和寓言小品這兩個散文品類，獲得獨立的生命，正式確立它們在文學上的歷史地位。〔註40〕

三、韓柳的古文理論

韓愈、柳宗元並稱為唐代古文運動的兩大柱石，他們兩人的文學主張，多半表達在應答弟子或時人的書信中，可以歸納為下列幾點：

（一）文以志道、貫道、明道〔註41〕

任何一種文學作品，必須兼顧思想性與藝術性，才能夠展現其獨特生命。所以古文若想與駢文一爭高下，便必須具備完整的思想及相當的藝術技巧，才能造成影響，是以韓愈主張文須「志道」。在〈題歐陽生哀辭後〉文曰：

愈之為古文，豈獨取其句讀不類於今者邪？思古人而不得見，學古道則欲兼通其辭，通其辭者，本志乎古道者也。〔註42〕

意即學習古道的途徑便是學習古文，而學習古文的目的亦是為了學習古道。在〈答李秀才書〉亦曰：「愈之所志於古者，不惟其辭之好，好其道焉爾。」〔註43〕即是表明他之所以為古文，不單只是為了和駢文在形式上不同的緣故，而是為了有志於古道。所謂「古道」，韓愈〈原道〉一文曰：

吾所謂道也，非向所謂老與佛之道也。堯以是傳之舜，舜以是傳之禹，禹以是傳之湯，湯以是傳之文、武、周公，文、武、周公傳之孔子，孔子傳之孟軻，軻之死不得其傳焉！荀與揚也，擇焉而不精，

〔註40〕 胥洪泉：《中國古代散文簡史》（重慶：西南師範大學出版社，2005 年 8 月），頁 137。

〔註41〕 「志道」、「明道」是唐代古文運動的理論基石，到了宋代，則發展為「文以載道」。但此時的道僅是初步的主張，並未成熟，也與孔孟之道不盡相符。

〔註42〕 〔清〕董誥：《全唐文》（清嘉慶內府刻本），卷 567，頁 5728。

〔註43〕 〔清〕董誥：《全唐文》（清嘉慶內府刻本），卷 552，頁 5579。

語焉而不詳。〔註44〕

亦即為〈重答張籍書〉一文中所說的「己之道，乃夫子、孟軻、揚雄所傳
之道也。」〔註45〕可見韓愈之「道」，是指維持封建統治秩序的正統儒家倫理
道德。

　　韓愈〈答陳生〉文曰：「愈之志在古道，又甚好其言辭。」〔註46〕即明確
指出「文」與「道」的關係：「道」是主體，為內容、思想；「文」是靈魂，
為寫作形式，是表達道的工具。有文而無道，文章就失去存在的意義；有道
而無文，道則無法運行而遠播；因此，思想內容和形式必須結合，思想內容
是文章之本，否則，其創作就沒有存在的意義。正因為「道」有這樣的意涵，
因此，強調志道就能給予文學活躍的生命，不致變成僵化的儒家教條覆述。
即韓愈主張「文道合一」而以道為主，用古文宣傳儒家之道。

　　又李漢〈韓昌黎集序〉曰：「文者，貫道之器也。」〔註47〕即韓愈主張古
文與道統必須結合，文的作用在載道，道是文章的主體，有思想內容；而文
是表達道的工具，表達的技巧在於作法。〔註48〕

　　柳宗元則主張文以「明道」，其〈答韋中立論師道書〉曰：「始吾幼且少，
為文章以辭為工。及長，乃知文者以明道。」〔註49〕即文章為闡明儒家道理
服務。在〈報崔黯秀才論為文書〉又曰：「聖人之言，期以明道，學者務求諸
道而遺其辭。辭之傳於世者，必由於書。道假辭而明，辭假書而傳，要之之
道而已耳。」〔註50〕即認為創作文章的目的，在於明白聖人之道，讀文章的
目的在於之道，文辭只是傳達道的工具、手段；亦即要求寫文章來宣傳某種
思想或主張，使文學能夠為改革社會服務。即「文者以明道，是固不苟為炳
炳烺烺，務彩色、夸聲音以為能也。」〔註51〕反對只片面追求形式漂亮、文
采華麗、音節動聽之文。柳宗元所主張的「道」，為「輔時及物」〔註52〕（〈答

〔註44〕　〔清〕董誥：《全唐文》（清嘉慶內府刻本），卷558，頁5639。
〔註45〕　〔唐〕韓愈：《昌黎先生文集》（宋蜀本），卷15，頁114。
〔註46〕　〔清〕董誥：《全唐文》（清嘉慶內府刻本），卷552，頁5579。
〔註47〕　〔清〕董誥：《全唐文》（清嘉慶內府刻本），卷744，頁7683。
〔註48〕　王忠林、左松超、皮述民、金榮華、邱燮友、黃錦鋐、傅錫壬、應裕康：《中
　　　　　國文學史初稿》（臺北：萬卷樓圖書公司，2002年10月），頁560。
〔註49〕　〔唐〕柳宗元撰；〔宋〕魏仲舉注：《河東先生集》（宋刻本），卷34，頁364。
〔註50〕　〔唐〕柳宗元撰；〔宋〕魏仲舉注：《河東先生集》（宋刻本），卷34，頁369。
〔註51〕　〔唐〕柳宗元撰；〔宋〕魏仲舉注：《河東先生集》（宋刻本），卷34，頁364。
〔註52〕　〔唐〕柳宗元撰；〔宋〕魏仲舉注：《河東先生集‧書》（宋刻本），卷31，頁

吳武陵論非國語書〉），即輔助時政，進行革新，惠及民眾，以安定天下，實現自己的政治理想。較之韓愈，柳宗元的「道」更爲廣泛，更貼近現實生活，有益於社會和百姓；並且不限於儒家的道，既包括道德的道，又包括作文的藝術之道。總而言之，文以志道、明道之主張是韓柳二人古文運動的理論基石，他們認爲士人應當多創作有爲、有用之散文，勿作徒有華麗形式而沒有實際價值的駢文。如此，才能有效復興儒學、宣揚道統、重振王綱。

韓愈不僅主張創作古文乃志道、明道之舉，還進一步要求個人的品德修養亦需符合孔孟之道，是以〈答尉遲生書〉曰：「夫所謂文者，必有諸其中，是故君子慎其實，實之美惡，其發也不揜。」〔註53〕便是強調立行第一，立言第二，所謂「文無難易，惟其是耳」〔註54〕，只有加強品德修養，方能產生優秀作品。亦即文章的好壞取決於作家品德高低，而非個人才能。這樣的主張，對於扭轉當時輕薄浮華的文風，及培養青年作家的道德品質，要求他們言行合一，確實達到積極的作用。

韓愈認爲文人們存聖人之志，行仁義之途後，還必須勤學苦練，以提高寫作之藝術水平，他在〈答李翊書〉曰：

> ……始者非三代兩漢之書不敢觀，非聖人之志不敢存；處若忘，行若遺；儼乎其若思，茫乎其若迷。當其取於心而注於手也，惟陳言之務去，戛戛乎其難哉！其觀於人，不知其非笑之爲非笑也。如是者亦有年，猶不改。然後識古書之正偽，與雖正而不至焉者，昭昭然白黑分矣；而務去之，乃徐有得也。當其取於心而注於手也，汩汩然來矣。其觀於人也，笑之則以爲喜，譽之則以爲憂，以其猶有人之說者存也。如是者亦有年，然後浩乎其沛然矣。吾又懼其雜也，迎而距之，平心而察之：其皆醇也，然後肆焉。雖然，不可以不養也。行之乎仁義之途，游之乎詩書之源，無迷其途，無絕其源，終吾身而已矣！〔註55〕

韓愈亦主張作家思想道德和學識的好壞，一定會在文章中表現出來。因此，作家必須提高道德和學識修養，文章才能氣勢充沛，彰顯內容。

343。

〔註53〕　〔清〕董誥：《全唐文》（清嘉慶內府刻本），卷551，頁5570。

〔註54〕　〔清〕張照：《唐宋文醇・昌黎韓愈文十》（清文淵閣四庫全書本），卷10，頁100。

〔註55〕　〔清〕董誥：《全唐文》（清嘉慶內府刻本），卷552，頁5577。

（二）古文根源於六經

韓愈學古文，「口不絕吟於六藝之文，手不停披於百家之編」〔註56〕（〈進學解〉），是廣泛而且勤奮地鑽研過先秦兩漢典籍；並列舉五經子史之書，是文學的模範。其中尤其推崇西漢司馬遷、司馬相如與揚雄的作品。又〈答李翊書〉言其「非三代兩漢之書不敢觀，非聖人之志不敢存。」《新唐書·韓愈傳贊》中曰：「愈遂以六經之文爲儒者倡。障隄末流，反刓以樸，剗僞以眞……粹然一出於正，刊落陳言，衡鷲別驅，汪洋大肆。」〔註57〕加上韓愈對六朝駢文的浮豔習氣極爲不滿，其〈荐士〉詩曰：「齊梁及陳隋，眾作等蟬噪。搜春摘花卉，沿襲傷剽盜。」〔註58〕此外，對於學習古文，他主張循序漸進，「無望其速成，……養其根而俟其實」〔註59〕，不作空泛無實的文章。柳宗元也推崇先秦兩漢之文，認爲「文之近古而尤壯麗，莫如漢之西京，……魏晉以降，則蕩而靡。」〔註60〕（《柳宗直西漢文類序》）主張要本源五經，旁參子史，吸收從《五經》到《孟子》、《莊子》、《荀子》、《國語》、《離騷》、《史記》等各種典範作品的不同特色和長處，加以融會貫通，自成一家的風格。他在〈乞巧文〉中諷刺駢文是「眩耀爲文，瑣碎排偶。抽黃對白，嘽唭飛走。駢四儷六，錦心繡口。宮沉羽振，笙簧觸手。觀者舞悅，誇談雷吼。」〔註61〕因此，韓柳在文體上都反對駢文，提倡以先秦兩漢的散文爲範本，全面地吸收前人的成果，並創造符合現實需要的新的文學語言來取代駢文。

（三）不平則鳴

韓愈在提出文以志道的同時，還提出「不平則鳴」的觀點，要求創作要有眞情實感。其〈送孟東野序〉曰：

> 大凡物不得其平則鳴，草木之無聲，風撓之鳴；水之無聲，風蕩之鳴。其躍也或激之，其趨也或梗之，其沸也或炙之。金石之無聲，

〔註56〕〔唐〕韓愈：《昌黎先生文集》（宋蜀本），卷12，頁88。

〔註57〕〔宋〕歐陽修：《新唐書·列傳第一百二》（清乾隆四年武英殿刻本），卷177，頁1581。

〔註58〕〔唐〕韓愈：《昌黎先生文集》（宋蜀本），卷2，頁18。

〔註59〕〔唐〕韓愈：《昌黎先生文集》（宋蜀本），卷16，頁124。

〔註60〕〔唐〕柳宗元撰；〔宋〕魏仲舉注：《河東先生集·題序》（宋刻本），卷21，頁256～257。

〔註61〕〔唐〕柳宗元撰；〔宋〕魏仲舉注：《河東先生集·騷》（宋刻本），卷18，頁222。

或擊之鳴。人之於言也亦然。有不得已者而后言，其謌也有思，其哭也有懷；凡出乎口而為聲者，其皆有弗平者乎？

樂也者，鬱於中而泄於外者也，擇其善鳴者而假之鳴。金、石、絲、竹、匏、土、革、木，八者物之善鳴者也。維天之於時也亦然，擇其善鳴者而假之鳴。是故以鳥鳴春，以雷鳴夏，以蟲鳴秋，以風鳴冬。四時之相推敚，其必有不得其平者乎？

其於人也亦然。人聲之精者為言；文辭之於言，又其精也，尤擇其善鳴者而假之鳴。其在唐、虞，咎陶、禹，其善鳴者也，而假以鳴；夔弗能以文辭鳴，又自假於韶以鳴。夏之時，五子以其歌鳴。伊尹鳴殷，周公鳴周。凡載於《詩》、《書》六藝，皆鳴之善者也。周之衰，孔子之徒鳴之，其聲大而遠，傳曰：「天將以夫子為木鐸。」其弗信矣乎？其末也，莊周以其荒唐之辭鳴。楚，大國也，其亡也，以屈原鳴。臧孫辰、孟軻、荀卿，以道鳴者也；楊朱、墨翟、管夷吾、晏嬰、老聃、申不害、韓非、眘到、田駢、鄒衍、屍佼、孫武、張儀、蘇秦之屬，皆以其術鳴。秦之興，李斯鳴之。漢之時，司馬遷、相如、揚雄，最其善鳴者也。其下魏晉氏，鳴者不及於古，然亦未嘗絕也。就其善者，其聲清以浮，其節數以急，其辭淫以哀，其志弛以肆，其為言也，亂雜而無章。將天醜其德莫之顧邪？何為乎不鳴其善鳴者也？〔註62〕

韓愈繼承司馬遷「發憤著書」說，認為詩文是從古至今許多著名文學家「不平則鳴」的產物，他們對現實生活的感受越是強烈，積鬱越是深厚，如此，他們的文章也就越是真切獨特；反之，則雜亂無章。因此，韓愈認為創作新型的古文，必須要能夠抒發情性、感懷言志、反映現實、批判不公，才能使文章具有時代精神。相形之下，「文以志道」說，較為強調散文的濟世功能，有著明顯的局限性；而「不平則鳴」說，則較為偏重抒發作者個人喜怒哀樂之情，及抒寫作者在現實社會中的自我遭遇和心聲。事實上，二者正如同文與道的關係一樣，互為表裡；因文人不平則鳴，真情實感的作品才得以反映現實；現實之揭露，亦才得以志儒家之道。在〈荊潭唱和詩序〉曰：「夫和平之音淡薄，而愁思之音要妙，懽愉之辭難工，而窮苦之言易好也。是故

〔註62〕　〔清〕董誥：《全唐文》（清嘉慶內府刻本），卷555，頁5601～5602。

文章之作，恒發於羈旅莫野，至若王公貴人，氣滿志得，非性能而好之，則不暇以爲。」〔註63〕在〈柳子厚墓誌銘〉中，他又提出了類似「窮而後工」的觀點，都是說明了文學創作的一個根源，不外是宣洩對現實不滿和個人牢騷；如此，才能發爲感人的作品。

（四）惟陳言之務去

韓愈主張革新文體，建立新的文學語言，具體言之有兩點；一是「惟陳言之務去」〔註64〕（〈答李翊書〉）、「詞必己出」〔註65〕（〈南陽樊紹述墓志銘〉），要求語言新穎爲目標；二是「文從字順各識職」〔註66〕，要求文字妥貼流暢，合乎自然的語法規範。亦即在繼承傳統的基礎上進行革新創造，以復古求新變，才能使文章寫得通達流暢，不流於艱深，以充分表達作者的思想。所以韓愈強調「師其意，不師其辭」〔註67〕，爲文必須「能自樹立」〔註68〕（〈答劉正夫書〉）、「不蹈襲前人一言一句」〔註69〕（〈南陽樊紹述墓志銘〉），文思是經歷了「戛戛乎其難哉」〔註70〕、「汩汩然來矣」〔註71〕（〈答李翊書〉）這樣兩個階段，而每個階段都花去若干年的時間，才終於到達「浩乎其沛然矣」〔註72〕的境界。柳宗元提倡嚴肅認眞的創作態度，主張博採眾長而自鑄偉詞，反對盲目崇古與模擬剽竊。總之，韓柳二人都志在創造一種合乎時代特徵的語言，爲新體古文樹立新的典範。〔註73〕

（五）重文氣

韓愈在〈答李翊書〉曰：

氣、水也；言、浮物也；水大而物之浮者大小畢浮，氣之與言，猶是也；氣盛則言之短長，與聲之高下者皆宜。雖如是，其敢自謂幾

〔註63〕〔唐〕韓愈：《昌黎先生文集》（宋蜀本），卷21，頁153。
〔註64〕〔清〕董誥：《全唐文》（清嘉慶內府刻本），卷552，頁5577。
〔註65〕〔唐〕韓愈：《昌黎先生文集》（宋蜀本），卷34，頁227。
〔註66〕〔唐〕韓愈：《昌黎先生文集》（宋蜀本），卷34，頁227。
〔註67〕〔唐〕韓愈：《昌黎先生文集》（宋蜀本），卷18，頁137。
〔註68〕〔唐〕韓愈：《昌黎先生文集》（宋蜀本），卷18，頁137。
〔註69〕〔唐〕韓愈：《昌黎先生文集》（宋蜀本），卷34，頁227。
〔註70〕〔清〕董誥：《全唐文》（清嘉慶內府刻本），卷552，頁5577。
〔註71〕〔清〕董誥：《全唐文》（清嘉慶內府刻本），卷552，頁5577。
〔註72〕〔清〕董誥：《全唐文》（清嘉慶內府刻本），卷552，頁5577。
〔註73〕胥洪泉：《中國古代散文簡史》（重慶：西南師範大學出版社，2005年8月），頁145～146。

於成乎！雖幾於成，其用於人也，奚取焉！〔註74〕

就「氣」而言，古文家特重「文氣」，「歷代對文氣的說法，多以水來比喻，不外說明文章組織和結構的重要。」〔註75〕韓愈說「氣盛則言之短長，與聲之高下者皆宜。」此處把文氣〔註76〕和語言的關係比喻為水和浮物，他認為文氣是後天透過道德修養的自我完善，及刻苦學習聖人之學所培養起來的。有這樣的氣，就能自由地駕馭語言來表現自己的思想，而不必像駢文那樣受聲律對偶與四六句式所束縛。

據《舊唐書》曰：「常以為自魏晉已還，為文者多拘偶對，而經、誥之指歸，遷、雄之氣格，不復振起矣。」〔註77〕又李漢〈韓昌黎集序〉亦謂「秦漢以前，其氣渾然，至後漢曹魏，氣象萎爾。」〔註78〕

韓愈嘗言「非三代兩漢書不敢觀」〔註79〕（答李翊書），又以魏晉以還，文士多不善鳴〔註80〕。為文者亦未振「經、誥之指歸，遷、雄之氣格。」就氣格而言，即錢基博曰：「指歸本之六經，氣格融蛻兩漢。而所謂『遷、雄之氣格』者，又當分析而論，大抵行氣布局學司馬遷，選字造句出揚雄也。」〔註81〕

（六）奇險求異

韓愈為了改變文壇上因循模仿風氣，鼓勵士人們發揮其獨創性，以增加藝術風格的多樣化；是以主張創作古文，必須要追求文學風格的奇特。韓愈

〔註74〕〔清〕董誥：《全唐文》（清嘉慶內府刻本），卷552，頁5577。

〔註75〕王忠林、左松超、皮述民、金榮華、邱燮友、黃錦鋐、傅錫壬、應裕康：《中國文學史初稿》（臺北：萬卷樓圖書公司，2002年10月），頁562。

〔註76〕氣是中國古代文論的一個重要範疇，如孟子曰：「養浩然之氣。」（《孟子・公孫丑》）；曹丕則提出「文以氣為主」（《典論・論文》）。

〔註77〕〔五代〕劉昫：《舊唐書・列傳・韓愈》（臺北：臺灣中華書局，《四部備要》影印武英殿本），卷160，頁5。

〔註78〕〔清〕董誥：《全唐文》（清嘉慶內府刻本），卷744，頁7683。

〔註79〕〔清〕董誥：《全唐文》（清嘉慶內府刻本），卷552，頁5577。

〔註80〕馬通伯：《韓昌黎文集校注・卷四・送孟東野序》（臺北：華正，1986年10月），頁137。

〔註81〕錢基博：《韓愈志・韓文籀討集第六》（北京：中國書店，1988年3月），頁109。此外，錢氏更舉例說明韓愈能融氣格不襲字句之篇章為：「觀其〈平淮西碑〉、〈南海神廟碑〉，……橅範〈誥〉、〈頌〉，故為樸茂典重，而無一字一句襲《詩》、《書》。〈施先生墓銘〉、……髣髴崔蔡，出以矜慎簡練，而無一字一句襲班、范。祇是融其氣格，而不襲其字句。」詳見錢基博：《韓愈志・韓文籀討集第六》（北京：中國書店，1988年3月），頁123～124。

〈答劉正夫書〉曰：

> 夫百物朝夕所見者，人皆不注視也，及觀其異者，則共觀而言之。
> 夫文豈於是乎？漢朝人莫不能為文，獨司馬相如、太史公、劉向、
> 揚雄為之最。然則用功深者，其收名也遠。若皆與世沈浮，不自樹
> 立，雖不為當時所怪，亦必無後世之傳也。足下家中百物，皆賴而
> 用也，然其所珍愛者，必非常物。夫君子之於文，豈異於是乎？今
> 後進之為文，能深探而力取之，以古聖賢人為法者，雖未必皆是，
> 要若有司馬相如、太史公、劉向、揚雄之徒出，必自於此，不自於
> 循常之徒也。若聖人之道，不用文則已，用則必尚其能者，能者非
> 他，能自樹立，不因循者是也。有文字來，誰不為文，然其存於今
> 者，必其能者也。顧常以此為說耳。〔註82〕

意指平常的東西，大家都不太注意，但是新奇之物，一定會吸引許多人去觀
看，這樣的道理就和做文章差不多；所以，韓愈謂己所作文章「不專一能，
怪怪奇奇。不可時施，祇以自嬉。」〔註83〕（〈送窮文〉）一個作家創作時，
只要能夠樹立自我獨特的文學風格，別出心裁，不因循守舊，不人云亦云，
就能產生新奇的藝術效果，而為世所珍。此一古文主張，與其詩歌追求奇
崛險怪的風格有關，亦導致文人們因追求新奇，而陷入只重形式技巧的偏
頗。可是，若沒有這方面的執著追求，亦不可能有如此獨具匠心的創作誕
生。〔註84〕然創新又是十分需要勇氣的行為，不能抗拒非議譏評，創新勢必
會夭折；此點韓愈是抗得住的，在〈答李翊書〉說到當其遭到人們的非笑，
他的態度起初是「不知其非笑之為非笑」〔註85〕，後來是「笑之則以為喜，
譽之則以為憂」〔註86〕；最後差不多已經達到成功的地步，但仍不為人所
取，則抱定「用則施諸人，舍則傳諸其徒，垂諸文而為後世法」〔註87〕的主
意，可見他的勇敢與堅定。

　　韓愈、柳宗元二人合力提出一整套的古文理論主張，解決以前散文家沒

〔註82〕〔清〕董誥：《全唐文》（清嘉慶內府刻本），卷553，頁5589。
〔註83〕〔清〕董誥：《全唐文》（清嘉慶內府刻本），卷557，頁5630。
〔註84〕胥洪泉：《中國古代散文簡史》（重慶：西南師範大學出版社，2005年8月），
　　　　頁149。
〔註85〕〔清〕董誥：《全唐文》（清嘉慶內府刻本），卷552，頁5577。
〔註86〕〔清〕董誥：《全唐文》（清嘉慶內府刻本），卷552，頁5577。
〔註87〕〔清〕董誥：《全唐文》（清嘉慶內府刻本），卷552，頁5577。

有完全解決的問題，特別是他們提倡「文以志道、明道」，樹立了儒道合一的儒道地位。以儒學道統思想反對佛老之說，使創作散文同恢復王室綱倫結合；同時，韓愈提倡「不平則鳴」〔註88〕，突出了散文抒懷言情的功用，為後世散文發展奠定堅實的理論基礎。其門人李漢謂韓愈：「於文摧陷廓清之功比於武事，可謂雄偉不常者矣。」〔註89〕蘇軾更讚他為「文起八代之衰，而道濟天下之溺，忠犯人主之怒，而勇奪三軍之帥。」〔註90〕（〈潮州韓文公廟碑一首〉）他確乎是文壇上一騎當先的鬥士，無愧乎八家的魁首。此外，韓愈、柳宗元二人共同為中唐培養一批古文作家，使唐代古文運動取得重大成就。韓柳之後直至唐文宗即位這一時期（820～826），為古文運動興盛期之餘波，此時韓門弟子李翱、皇甫湜等繼續提倡古文，但一個過於強調「道」的觀念，將古文變成宣揚及討論孔孟之道的道學書；一個則發展韓愈散文奇險求異的主張，於是古文走上了崇道論理、好奇尚怪的狹窄道路，從而導致古文運動的衰弱。

四、韓柳對古文運動的貢獻

　　對於中唐古文運動的評價，學者作出了不同的分析和概括。韓愈、柳宗元為領導此一古文運動之主將，其功績應當受到肯定。茲就三個面向探究韓柳在中唐古文運動之貢獻與影響。其一，儒道之復興。從安史之亂後，唐王朝一直未能恢復元氣，外族入侵、藩鎮割據、宦官專權等種種社會矛盾又更發嚴重。貞元、元和年間，統治者有意革新，一大批關心國家命運的文人便起而指陳政治得失，尋求改革社會良方，國家曾一度呈現中興氣象。儘管文人們各自的政治派別不同，但都主張以孔孟之道來鞏固封建秩序，維護中央集權，反對藩鎮割據，減輕剝削以緩和階級矛盾。其中，韓愈倡言儒道的呼聲最高。韓愈為證明自己所傳之道的正統性與純潔性，反覆強調恢復堯、舜、禹、湯、文、武、周公、孔、孟的道統，在猛烈攻擊宗旨與儒道相背的佛教與老莊思想的同時，又對儒道內容加以整理，排除從兩漢以來不斷摻入的種種雜說，提出一套關於「聖人之道」的定義，從而改變漢晉以來的許多傳統觀念。如否定前人認為禮樂決定治亂的說法，韓愈主張治國的關鍵，在於統治者修身正心、任人唯賢。因此，首先要打破按地位貴賤和門第高低用人觀

〔註88〕〔唐〕韓愈：《昌黎先生文集》（宋蜀本），卷19，頁144。
〔註89〕〔清〕董誥：《全唐文》（清嘉慶內府刻本），卷744，頁7683。
〔註90〕〔宋〕蘇軾：《蘇文忠公全集‧東坡後集》（明成化本），卷15，頁561。

念，擴大出身貧寒而有才德之士參政之門，才能使國家真正達到長治久安的和平之世。由於韓愈對儒道的解釋，反映了大多數寒門士人的政治要求；再加上柳宗元之響應，所以聚集一批志同道合的文人，使古文運動具有相當廣泛的社會基礎而獲得成功。

其次，古文理論之發展成熟。韓愈以前的古文運動先驅大力宣揚儒家思想，雖成功掀起一股復古風潮，但他們的理論並不完整，具體含義也不盡相同；加上這些人寫作尚未完全擺脫駢儷習氣，還一昧模仿前人古文，所以自然無法形成一個有聲勢的散文革新運動。〔註91〕韓愈在前人建立之基礎上加以發展，如古文運動先驅強調，只有歌頌王道德政的文章才是「大雅正聲」；韓愈則主張謳歌國家盛明固然是明道，但才德之士大鳴不平，述其「窮苦怨刺之言」，同樣也是明道；這就促使文人們勇於寫出大量富有真情實感、反映現實不公的作品。又如古文運動先驅，將典謨誓誥之文奉為古文的最高標準，企圖以道代文，以內容代替形式，否認文章辭采等藝術形式的獨立性；韓愈則突破此限制，強調「學古道則欲兼通其辭」〔註92〕（〈題哀辭後〉），既要學古人之道，又要兼通其文辭；但文辭不是因襲模仿，而是「師其意不師其辭」〔註93〕，在文辭上要「能自樹立，不因循者是也」〔註94〕（〈答劉正夫書〉），亦即重視古文創作自身的創新與精進作者的文學修養，才能創造出文學價值足以壓倒駢文的新古文。韓愈吸收經驗，記取教訓，總結出一套較為完備的文體革新理論，柳宗元的見解與之一致，因此共同領導此番運動。

其三，韓愈、柳宗元還進一步將古文理論付諸實踐，創造新文體。須知駢文長期追求藝術性的結果，便是發展出諸多規則，如駢四儷六、聲律、平仄、用典等，那些規則雖有助於文人們突顯其寫作技巧，但也同樣地束縛其思想，迫使他們為了符合規定而犧牲個人情感，無法自由寫作。除少數奇才仍能不受限地創作出色的文章外，多數作品就顯得純粹只是堆砌文字，毫無個人特色。古文既是針對它的缺點改革，自然與之不同。韓愈、柳宗元在廣泛學習先秦兩漢散文與辭賦的基礎上，摒除冗長散漫、駢散夾雜式的文章結構，並根據當時口語提煉新的散文語言，創造出以奇句單行為主的「古文」

〔註91〕 吳小林：《唐宋八大家》（臺北：里仁書局，1999年12月），頁15。
〔註92〕 〔唐〕韓愈：《昌黎先生文集》（宋蜀本），卷22，頁163。
〔註93〕 〔唐〕韓愈：《昌黎先生文集》（宋蜀本），卷18，頁137。
〔註94〕 〔唐〕韓愈：《昌黎先生文集》（宋蜀本），卷18，頁137。

新文體。古文寫作方式自由，無特殊規定，不僅可間雜散駢，亦可或敘或議。韓柳還突破各種應用性散文體裁之侷限，對傳統應用文體進行全面性的改造，使作者能就其需求隨意發揮；如此的轉變，讓作家創造力得到高度的發揮，加上散文體裁的多樣化，寫作題材也得到進一步開拓。無論議論、敘事、寫景、抒情或寓言，散文都可以像詩賦一樣抒情寫景、感懷言志、興諷寓慨。他們大量優秀的作品，即為此新型散文之完美範例。此外，韓愈廣收門徒，柳宗元又對求教後輩悉心指點，他們傳授畢身寫作經驗，諄諄指導古文之寫作門徑，培養了大批青年作家，帶領寫作風潮，擴大了古文的影響，樹立古文在文壇上的權威，終於打垮駢文的主流地位，成為中唐以來最流行實用的文體。

可惜的是，韓愈的繼承者將古文片面性地朝著兩個方向發展：其一，得韓愈為文之淳厚者，尚平易，強調韓愈「道」的觀念，將古文變成宣揚及討論孔孟之道的道學書，代表者為李翱。另一方面，得韓愈為文之奇崛者，文尚怪奇，辭尚艱險，僅發展韓愈字句創新的主張，代表者為皇甫湜。在當時，李翱之文不若皇甫湜之盛行，而奇崛一派古文至晚唐孫樵、劉蛻輩，愈是變本加厲，一昧地追難求異，古文運動遂趨於末流。

綜上所述可知，唐代古文運動其實並非純粹的文學改革而已，它效力於唐代皇朝統治階級復興儒學、重振王綱的需要，透過文章復古，變革六朝以來的散文風格、體式、語言，以使散文更為完善地發揮經世致用的作用。〔註95〕唐代古文運動成就主要有二：其一，在政治思想方面，排斥佛老，加強儒家思想的統治地位；其二，在文學方面，對文體、文風和文學語言進行革新，確立一種切合實際，便於表情達意的新散文；並擴大古文的應用範圍，產生許多優秀的文學性散文，〔註96〕再由此促進其他文學形式，如傳奇、變文的發展；對宋代的詩文革新運動、明代前後七子的復古思潮、清代桐城派散文，產生了深遠的影響。

唐代古文運動在揚棄六朝華靡之駢文，提倡秦漢質樸之古文；北宋時代

〔註95〕胥洪泉：《中國古代散文簡史》（重慶：西南師範大學出版社，2005年8月），頁143。

〔註96〕唐代文學除了取得輝煌成就的詩歌外，古文的發展實際上亦佔有十分重要的地位，據《全唐文》所載，全書共一千卷，作家3,042人，文章達13,488篇，便可證明當時古文創作的盛況。詳見李珠海：《唐代古文家的文體革新研究》（臺北：臺灣大學中國文學研究所博士論文，2001年），頁101。

的古文運動，是針對晚唐五代輕薄藻飾之「今體」，而倡簡樸自然之古文。其改革對象實際上還包括西崑體的詩、駢文、賦。因此，宋代古文運動也可以稱之爲詩文革新運動。

晚唐、五代（907～960）時期，駢文復興，重新躍爲文壇主流，導致形式主義與浮靡文風再度泛濫。影響所及，古文不僅式微，甚至在創作方面也開始有輕內容、重形式的傾向產生。〔註97〕宋太祖結束五代的紛爭局面，國家歸於統一，爲恢復社會經濟之發展，便採促進農業生產，使人民休養生息政策。在歷經長期戰亂後，農民終於得以安心耕耘，收獲大增，社會經濟逐漸穩定，文化生活日益豐富。宋太祖記取前朝尚武而迅速覆滅之教訓，決心重文輕武，優待文人，特別是降臣、隱士，是以各級官吏多用文人，甚至連軍隊也改由文人領兵。爲網羅人才，又發展科舉制度、廣設學校、擴充官額，大大增加中小階級知識分子的參政機會，使得宋代取士之多，遷升之快，俸祿之厚皆屬空前。〔註98〕

五、北宋古文運動的醞釀

宋代（906～1279）之古文運動何以繼唐代而產生於北宋（906～1126）中期？此與古文運動領袖歐陽修密切相關；然其產生背景不似唐代明顯。宋初爲鞏固統治，宋太祖除採取一系列措施外，〔註99〕還於建隆三年（962）立下戒碑，告誡後代子孫「不得殺士大夫及上書言事人」〔註100〕、「有渝此誓者，天必殛之」〔註101〕，廣開言路的影響，使得文人思想活躍，好發議論。此外，宋太祖更鼓勵文武官僚廣置田產、縱情享樂，過奢華的生活，以滅其稱王之心，而北宋初期的文人，大多來自五代諸國，在君王禮遇下，使他們

〔註97〕 北宋建國後，太祖、太宗、眞宗等都相繼推行發展農業的相關政策，其中最大的變革在於佃戶除繳納規定的租額外，並不依存於地主之下，異於唐代的農村經濟制度，是以佃戶若經濟寬裕，亦可向地主購買土地，自立名戶，這對農業生產的積極性是一個很大的刺激；再加上大力改良農具、推廣良種、開墾荒地等措施之施行，農業生產富足，手工業、商業、交通運輸業等百業亦都日趨興盛，整個社會呈現繁榮的景象。

〔註98〕 譚家健：《中國古代散文史稿》（重慶：重慶出版社，2006 年 1 月），頁 359。

〔註99〕 例如於宰相之下，設中書（參知政事）治民，樞密使主兵，三司使理財，並在御史台之外，再設諫院，如此便可改變以往宰相集權過重的弊端，並加強監察制度。

〔註100〕 〔清〕潘永因：《宋稗類鈔》（清文淵閣四庫全書本），卷1，頁1。

〔註101〕 〔清〕潘永因：《宋稗類鈔》（清文淵閣四庫全書本），卷1，頁1。

的生活同於以往，那麼文學創作內容自然也就跟五代時期一樣，仍以歌功頌德與反映統治階級的享樂生活爲主，晚唐五代追求聲律辭采的浮靡文風自然流行文壇，士子多數創作皆採駢文體裁，辭藻華豔，風格綺麗。此時雖有少數文人有意變革文風，一時卻難以奏效，直到柳開與王禹偁大力提倡復古，以繼承韓愈之文，學習聖人之道號召天下士子，才使文壇風氣一度有所改變。〔註102〕此一初發階段的先驅者除柳開、王禹偁外，另有穆修、尹洙、石介、范仲淹、蘇舜欽等人。

（一）柳開首舉「尊韓」旗號

柳開（947～1000），字仲塗，號東郊野夫、補亡先生，大名（今屬河北）人。宋太祖開寶六年（973）進士，初爲宋州司寇參軍，官至殿中侍御史。少年時即酷好韓愈與柳宗元之古文，改名爲肖愈，字紹元，意謂肩負韓愈，承紹柳宗元，〔註103〕後又因自己「將開古聖賢之道于時也，將開今人之耳目使聰且明也，必欲開之爲其塗矣，使古今由于吾也。」〔註104〕（〈補亡先生傳〉）遂改名開，字仲塗，表其欲作聖人之志，足見其復興儒學之雄心大志。〔註105〕

柳開提出復古、尊韓、重道致用等主張，爲第一個挺身反對駢文的文人，《宋史・尹洙傳》曰：「自唐末歷五代，文格卑弱，至宋初，柳開始爲古文。」〔註106〕他認爲五代以來「人情貪競，時態輕浮」〔註107〕（〈上言時政表〉）、「今之所尚者之文也，輕淫侈靡，張皇虛詐」〔註108〕（〈答臧丙第三

〔註102〕葛曉音：《唐宋散文》（臺北：群玉堂出版事業有限公司，1992年9月），頁79。

〔註103〕〔元〕脫脫：《宋史・列傳・柳開》（臺北：臺灣中華書局，《四部備要》影印武英殿本），卷440，頁3。

〔註104〕〔宋〕柳開：《河東集》（臺北：臺灣商務印書館，《四部叢刊》影印舊鈔本），卷2，頁9。

〔註105〕柳開〈應責〉曰：「吾之道，孔子、孟軻、揚雄、韓愈之道；吾之文，孔子、孟軻、揚雄、韓愈之文」；〈上符興州書〉又曰：「師孔子而友孟軻，齊揚雄而肩韓愈」，爲人狂疏，自稱爲「大宋之夫子」。

〔註106〕〔元〕脫脫：《宋史・列傳・尹洙》（臺北：臺灣中華書局，《四部備要》影印武英殿本），卷295，頁4。

〔註107〕〔宋〕柳開：《河東集》（臺北：臺灣商務印書館，《四部叢刊》影印舊鈔本），卷10，頁64。

〔註108〕〔宋〕柳開：《河東集》（臺北：臺灣商務印書館，《四部叢刊》影印舊鈔本），卷6，頁36。

書〉）；駢文「華而不實，取其刻削爲工，聲律爲能。刻削傷于朴，聲律薄于德，無朴與德，于仁義禮知信也何？」〔註109〕（〈上王學士第三書〉）批評駢文有害於明道、致用，是以應當推行古道，復用古文，使民風歸於淳厚。但所謂古文，「非在辭澀言苦，使人難讀誦之，在于古其理，高其意，隨言短長，應變作制，同古人之行事，是謂古文也。」〔註110〕（〈應責〉）即巧妙運用當時之語言、文學體裁來提高個人創作的思想境界，蘊含古道於其中，注重將儒家傳統思想與靈活變化的形式相結合，因此柳開古文創作皆宗法韓愈，開北宋古文家宗韓之先河。〔註111〕

柳開繼承韓柳文以志道、明道的主張，提倡文道合一。其在〈上王學士第三書〉曰：「文章爲道之筌也，筌可妄作乎？筌之不良獲斯失矣」〔註112〕言明文章是傳達聖人之道的工具，必須文以明道，才能垂教於民。至於文與道的關係，〈上王學士第三書〉又曰：「女惡容之厚于德，不惡德之厚于容也；文惡辭之華于理，不惡理之華于辭也」〔註113〕，他認爲兩者間實有主次，道爲作者創作之目的，文爲表達之形式，文自當爲道服務，道重於文。

柳開的文學理論針對宋初浮靡文風加以抨擊，他強調爲文要重道致用、尙樸崇散、宣揚教化，爲北宋古文運動〔註114〕的先驅。然以柳開的主張與唐代相較，了無新意，加上散文創作成就不高，〔註115〕所以其「革弊復古」主

〔註109〕〔宋〕柳開：《河東集》（臺北：臺灣商務印書館，《四部叢刊》影印舊鈔本），卷5，頁26。

〔註110〕〔宋〕柳開：《河東集》（臺北：臺灣商務印書館，《四部叢刊》影印舊鈔本），卷2，頁6。

〔註111〕何寄澎：《北宋的古文運動》（臺北：幼獅文化事業公司，1992年8月），頁171。

〔註112〕〔宋〕柳開：《河東集》（臺北：臺灣商務印書館，《四部叢刊》影印舊鈔本），卷5，頁27。

〔註113〕〔宋〕柳開：《河東集》（臺北：臺灣商務印書館，《四部叢刊》影印舊鈔本），卷5，頁27。

〔註114〕宋代古文運動的理論與創作實踐皆發展於北宋，南宋散文皆繼承其主張而作，並無新的發展，故文學史稱之爲北宋古文運動。

〔註115〕柳開散文創作成就不高之原因有三：(1)某些文章仍未能避免生澀；(2)柳開學王通用補經典的方式闡發對聖人之言的理解，確立自己「宋之夫子」的地位，文章力求「能備六經之闕，辭訓典正」（〈補亡先生傳〉）所以無形中仍將模仿典謨雅頌看作古文的最高標準，連經史百家之言都視爲雜，背離韓柳革新古文的精神；(3)柳開竭力宣揚忠孝節烈觀念，強調人的得道出於天生，使不少文章都變成單調迂腐的論道之文。詳見葛曉音：《唐宋散文》（臺北：群玉堂出版事業有限公司，1992年9月），頁80。

張，在當時並沒有形成風潮，卻對後來古文發展產生一定的影響，爲歐陽修詩文革新運動的先聲。

（二）王禹偁主張宗經復古，講究平易文風

王禹偁（954～1001），字元之，濟州巨野（山東省巨野縣）人。宋太宗太平興國八年（983）進士，授成武縣（今屬山東）主簿，遷大理評事。〔註116〕入仕後直言敢諫，曾屢次外放，〔註117〕晚年因貶黃州，故世稱王黃州。他從詩賦與散文兩方面對浮靡文風進行批判，認爲「文自咸通（唐懿宗年號，元年爲860）後，流散不復雅。因仍歷五代，秉筆多豔冶。」〔註118〕（〈五哀詩·高錫〉）爲革除流弊，王禹偁主張宗經復古，取法韓柳改革古文的精神，認爲「夫文，傳道而明心也」〔註119〕、「姑能遠師六經，近師吏部，使句之易道，義之易曉，又輔之以學，助之以氣，吾將見子以文顯于時也」〔註120〕（〈答張扶書〉），他繼承韓愈「文從字順」的一面，提出「句之易道，義之易曉」的平易說，開一代平易文風。

王禹偁認爲復興古道固然應依道而據德，但更需通古達變，利物成務，使古爲今用。因此，文章當反映民生疾苦，以求興利於民。他的散文作品貫徹其主張，文章內容充實，感情充沛，語言曉暢，風格清新悅目，給當時文壇帶來一股新氣息，成爲歐陽修等人散文創作的先聲，對宋代散文平易曉暢特點的形成產生顯著影響。此外，由於他曾「三掌制誥，一入翰林，以文章

〔註116〕王禹偁九歲即能爲文。詳見〔元〕脫脫：《宋史·列傳·王禹偁》（臺北：臺灣中華書局，《四部備要》影印武英殿本），卷293，頁4～8。

〔註117〕太宗淳化二年（991），廬州尼姑道安誣徐鉉，當時王禹偁任大理評事，爲其雪冤，又抗疏論道安誣告之罪，觸怒太宗，被貶爲商州（今陝西商縣）團練副使。淳化四年（993）移官解州（今屬山西），同年秋召回京城，不久又外放，隨即召回，任禮部員外郎，再知制誥。宋太宗至道元年（995），時任翰林學士，復因謗訕朝廷的罪名，以工部郎中貶知滁州（今安徽滁縣），次年改知揚州。宋眞宗即位（997），再召入都，知制誥。撰修《太祖實錄》時因直書史事，引起宰相不滿，又遭讒謗，咸平元年（998）再次被貶知黃州（今湖北黃岡）。咸平四年（1001）冬改知蘄州（今湖北蘄春），卒於當地，享年四十八歲。

〔註118〕〔宋〕呂祖謙：《宋文鑒·皇朝文鑑》（臺北：臺灣商務印書館，《四部叢刊》影印宋刊本），卷14，頁121。

〔註119〕〔宋〕王禹偁：《小畜集·王黃州小畜集》（臺北：臺灣商務印書館，《四部叢刊》影印宋本配呂無黨鈔本），卷18，頁133。

〔註120〕〔宋〕王禹偁：《小畜集·王黃州小畜集》（臺北：臺灣商務印書館，《四部叢刊》影印宋本配呂無黨鈔本），卷18，頁134。

負天下之望」〔註 121〕，又數度於舉人中選拔人才，孫何、丁謂等都經其獎掖而知名，在他們的鼓吹下，古文曾流行一時，〔註 122〕可惜文人們積習難返，至其死後，古文又被拋諸腦後。

宋真宗（997～1022）時，翰林學士楊億（974～1021）、劉筠（971～1031）、錢惟演（約 977～1034）等十七位官廷侍臣與翰林學士，以唐代李商隱為宗，學其形式主義傾向寫詩，嚴守格律，模擬習氣甚重，他們將彼此唱和的詩編輯成集，共 250 首，題名為《西崑酬唱集》。此種靡靡之音正符合當時社會享樂風氣的需要，不少文人爭相仿傚，謂之西崑體；此風愈演愈烈，彌漫宋初詩壇，成為臺閣體的典型。此外，他們也模仿李商隱大寫駢文，發展其講究聲律、對偶、詞藻、典故之特點，即從前人著作中尋章摘句、撫拾故事，加以熔鑄錘鍊，組織成文，以追求形式美，由於內容貧乏，純屬應酬之作。

歐陽修〈記舊本韓文後〉曰：「是時天下學者，楊、劉之作號為時文，能者取科第、擅名聲，以誇榮當世。」〔註 123〕擅長時文，可榮耀其身的影響下，古文更趨沒落。西崑派流行日久，詞多浮豔。宋真宗大中祥符二年（1009），朝廷下詔復古，指責「近代以來，屬辭多弊，侈靡滋甚」〔註 124〕，命令文人寫作「必思教化為主，典訓是師」〔註 125〕。但此時沒有古文大家足以取代楊億、劉筠等人文學宗主地位，自此駢文又獨霸文壇，盛行四十年之久。

北宋為加強中央集權，君王大多採安內養外的政策，初期頗有成效，但很快地便引發連串的嚴重弊病。如文人領兵，使軍隊缺乏訓練，對外戰爭連連失利；擴充官額，使官僚機構龐大，冗員頗多；皇帝百官生活享樂無度、軍費開支龐大，加上每年必須繳納大量銀絹向遼與西夏求和，使得國家財政負擔沉重，只能轉嫁到百姓身上，致使往往「穀未離場，帛未下機，已非己

〔註 121〕〔宋〕王禹偁：《小畜集・王黃州小畜集》（臺北：臺灣商務印書館，《四部叢刊》影印宋本配呂無黨鈔本），卷 18，頁 132。

〔註 122〕葛曉音：《唐宋散文》（臺北：群玉堂出版事業有限公司，1992 年 9 月），頁 84。

〔註 123〕〔宋〕歐陽修：《歐陽文忠公集・外集》（臺北：臺灣商務印書館，《四部叢刊》影印元本），卷 23，頁 468。

〔註 124〕〔宋〕石介：《徂徠石先生全集・記》（清康熙五十六年刻本），卷 19，頁 107。

〔註 125〕〔宋〕石介：《徂徠石先生全集・記》（清康熙五十六年刻本），卷 19，頁 107。

有。」〔註126〕

　　隨著社會矛盾重重，國家貧弱日甚，政治改革聲浪湧現，促使官僚內部分裂成兩派，形成保守與革新的尖銳鬥爭。如宋仁宗慶曆年間，以呂夷簡為首的保守派與以范仲淹為首的革新派；宋神宗熙寧年間，以司馬光為首的守舊派與以王安石為首的變法派，彼此間的鬥爭，牽連者眾，涉及層面廣，無形中又加劇情況的惡化。所以，北宋一代始終充滿著尖銳的民族、階級與官僚內部的矛盾。這些情況都對北宋文學發展產生直接的影響。〔註127〕

　　宋仁宗（1022～1063）時，革新派士子為了順利推動政治改革，重振國勢，須得揭露先前國策內無以撫民，外無以抵禦的缺失，運用文學的力量宣傳造勢，並揭示其主張。然此時文用駢儷，詞襲花間，詩習西崑，這些文學體裁都無法勝任這個任務。當時古文的創作，除了西崑餘風猶勁外，唐、皇甫湜艱澀險怪的弊病竟又再度被繼承發展，若不改革此文風，即不能使古文發揮作用。因此，他們在改革政治同時，也提出復古明道要求；即建立文統，創作平易實用的古文來宣揚儒家道統，文道合一，以反浮豔。自宋初開始，文人們從不自覺到自覺，逐步形成聲勢浩大的文學革新運動。

（三）穆修以提倡韓柳文自任

　　穆修（979～1032），字伯長，鄆州（今山東鄆城）人。致力於提倡古文，尊崇韓柳古文，當時韓柳文集乏人問津，他集資刻印數百部，親自帶到京城大相國寺設攤銷售。天聖年間（1023～1031），與蘇舜元（1006～1054）、蘇舜欽兄弟共同創作古歌詩雜文，後來尹源（1005～1054）、尹洙兄弟又向他學習古文；而他們與富弼（1004～1083）、梅堯臣（1002～1060）、韓琦（1008～1075）、范仲淹等人也有頻繁往來，並且都主張透過政治革新完成文風的變革，以復興古道，〔註128〕形成頗具規模的文學集團。而穆修的文章大多抒寫鬱鬱不得志的愁悶，很少空談道論，議事通達，內容切實簡潔；可是他的創作並未完全擺脫駢文的影響，語言也較為拙澀。穆修是宋代首位不遺餘力推廣韓柳古文的學者，其弟子尹洙的古文創作日後又直接影響到歐陽修，從遊

〔註126〕〔元〕脫脫：《宋史・食貨志》（臺北：臺灣中華書局，《四部備要》影印武英殿本），卷173，頁8。

〔註127〕李道英：《唐宋古文研究》（北京：北京師範大學出版社，1997年5月），頁205。

〔註128〕葛曉音：《唐宋散文》（臺北：群玉堂出版事業有限公司，1992年9月），頁86。

蘇舜欽亦與歐陽修關係密切，自此北宋（960～1127）古文運動的興盛已略見端倪。〔註 129〕

（四）尹洙為文簡而有法

尹洙（1001～1047），字師魯，河南洛陽（今河南洛陽市）人。〔註 130〕世稱河南先生。長於《春秋》，主張研究聖人之言應「貫穿古今，深切著明，于俗易通，于時易行」〔註 131〕（〈送王勝之贊善一首〉），所作〈雜擬〉等政論文皆針對兵備、刑政、官吏考課、設學、祭祀、進諫等問題，提出切實可行的解決辦法，尤其在軍事邊防方面，能盡言利害。〔註 132〕尹洙文章簡而有法，他既繼承穆修明快簡潔的長處，又自有其辭約理精的特色。

（五）石介抨擊西崑派最力

石介（1005～1045），字守道，兗州奉符（今山東泰安縣東南）人。〔註 133〕讀書於徂徠山，世稱徂徠先生。石介生性狂狷，繼柳開重道輕文觀念，強調文章應該「本於教化仁義，根於禮樂刑政而後為之辭」〔註 134〕（〈上趙先生書〉），以充分發揮教化作用。同時他也是北宋古文家中抨擊西崑派最力者，作〈怪說〉指名批評楊億曰：

> 今楊億窮妍極態，綴風月，弄花草，淫巧侈儷，浮華纂組，刓鐫聖人之經，破碎聖人之言，離析聖人之意，蠹傷聖人之道，……而為楊億之窮妍極態，綴風月，弄花草，淫巧侈儷，浮華纂組，其為怪大矣。〔註 135〕

〔註 129〕何寄澎：《北宋的古文運動》（臺北：幼獅文化事業公司，1992 年 8 月），頁 180。

〔註 130〕尹洙少時以儒學知名於當時，後因護范仲淹而遭罷黜。詳見〔元〕脫脫：《宋史・列傳・尹洙》（臺北：臺灣中華書局，《四部備要》影印武英殿本），卷 295，頁 1。

〔註 131〕〔宋〕尹洙：《河南集・河南先生文集》（臺北：臺灣商務印書館，《四部叢刊》影印春岑閣鈔本），卷 5，頁 19。

〔註 132〕葛曉音：《唐宋散文》（臺北：群玉堂出版事業有限公司，1992 年 9 月），頁 91。

〔註 133〕傳載：「介為文有氣，嘗患文章之弊、佛老為蠹，著怪說、中國論，言去此三者，乃可以有為」。詳見〔元〕脫脫：《宋史・列傳・石介》（臺北：臺灣中華書局，《四部備要》影印武英殿本），卷 432，頁 4。

〔註 134〕〔宋〕石介：《徂徠石先生全集・書》（清康熙五十六年刻本），卷 12，頁 66。

〔註 135〕〔宋〕呂祖謙：《宋文鑑・皇朝文鑑》（臺北：臺灣商務印書館，《四部叢刊》

楊億之禍未必如此之大，石介欲撼動駢文的地位，自然盡力詆譭。〔註136〕至於石介古文艱澀險怪，但直言無忌，文章頗富氣勢，歐陽修〈徂徠石先生墓誌銘〉即曰：

> 其遇事發憤，作爲文章，極陳古今治亂成敗，以指切當世。賢愚善惡，是是非非，無所諱忌。世俗頗駭其言，由是謗議喧然，而小人尤嫉惡之，相與出力必擠之死。先生安然，不惑不變，曰：「吾道固如是，吾勇過孟軻矣。」〔註137〕

確實點出石介爲人爲文的基本特點。惟其持論偏激，加之喜愛標新立異，又曾任太學學官，生徒多，影響大，對慶曆以後形成的「太學體」新流弊，負有一定責任，反而對古文運動的發展，造成了另一障礙。〔註138〕

（六）范仲淹主張改革時弊

范仲淹（989～1052），字希文，蘇州吳縣（今江蘇省蘇州市）。宋眞宗大中祥符八年（1015）進士。相繼出任集慶軍節度推官、泰州海陵西溪鹽倉監官等職。宋仁宗親政後，擔任右司諫一職。皇佑四年（1052）病逝，諡文正。〔註139〕

天聖三年（1025），西崑體盛行，范仲淹〈上時務書〉提出「國之文章，應於風化。風化厚薄，見乎文章」，強調文章與社會風氣的關係，主張改革時弊，他建議皇帝「可敦諭詞臣，興復古道……以救斯文之薄而厚其風化也」〔註140〕。宋仁宗遂於天聖七年（1029）下詔明令革新文風，申誡浮華。明道二年（1033），宋仁宗親政，范仲淹得到任用，但不久就被呂夷簡（978～1040）排擠外放。景祐年間（1034～1037）重新召還朝廷，與呂夷簡在皇帝面前辯論時事，又被誣爲朋黨，罷黜免職，尹洙自請貶職，歐陽修責備諫官未盡職

影印宋刊本），卷107，頁899。

〔註136〕何寄澎：《北宋的古文運動》（臺北：幼獅文化事業公司，1992年8月），頁183～184。

〔註137〕〔宋〕呂祖謙：《宋文鑑‧皇朝文鑑》（臺北：臺灣商務印書館，《四部叢刊》影印宋刊本），卷140，頁1202。

〔註138〕王更生：《歐陽修散文研讀》（臺北：文史哲出版社，2001年10月），頁41。

〔註139〕范仲淹爲唐代宰相范履冰之後，宋代士大夫尚風節，自范仲淹提倡始之。詳見〔元〕脫脫：《宋史‧列傳‧范仲淹》（臺北：臺灣中華書局，《四部備要》影印武英殿本），卷314，頁1。

〔註140〕〔宋〕范仲淹：《范文正公文集》（臺北：臺灣商務印書館，《四部叢刊》影印明翻元刊本），卷7，頁64。

務，亦被貶爲夷陵令。慶曆三年（1043），仁宗起用范仲淹、富弼、韓琦、歐陽修等人，有意改革，〔註141〕革除文弊亦爲重要環節之一，以復興古道。

為掃除西崑習氣，從慶曆四年（1044）起，在京師始建太學，規定士人必須在學三百日，才能參加科舉。孫復（992～1057）、石介受范仲淹、韓琦推薦，擔任太學學官，之後胡瑗（993～1059）又加入執教，自「興建學校以來，天下學者日盛，務通經術，多作古文。」〔註142〕（歐陽修〈條約舉人懷挾文字箚子〉）此外，范仲淹更將策論、經義改列科舉考試之首，提高古文在文人們心中的地位，終使楊劉時文日趨衰微，而穆修、尹洙、歐陽修等人致力於古詩古文之寫作，亦正與此一背景有關。

（七）蘇舜欽以文反映現實

蘇舜欽（1008～1048），字子美，梓州銅山（今四川中江）人。個性豪放粗獷，駢文盛行時，獨與其兄蘇舜元及穆修作古文歌詩，用古調直刺時事，以反映民生疾苦。〔註143〕年紀雖少於歐陽修，卻不顧流俗非議，倡行古文，歐陽修佩服其精神，〔註144〕於〈蘇氏文集序〉曰：「獨子美爲於舉世不爲之時，其始終自守，不牽世俗趨舍，可謂特立之士也。」〔註145〕

蘇舜欽在政治上傾向同於范仲淹，因此，散文有相當一部分是上書給執政者的，內容對官吏貪贓枉法，百姓流離呻吟的社會現象剖析尤爲深入；甚至連墓誌、序文等體裁，透過自身經歷、交遊的闡述，揭露各級政府機關的黑暗腐敗，風格沉厚工穩，詳贍密實。就反映現實的深度而言，蘇舜欽超出宋初以來所有的古文家。〔註146〕

〔註141〕 范仲淹等人將改善吏治列爲關鍵，於《答手詔條陳十事》提出「明黜陟、抑僥倖、精貢舉、擇官長、均公田、厚農桑、修武備、減徭役、推恩信、重命令」等十項改革建議，即爲宋代史上的「慶曆新政」。

〔註142〕 〔宋〕歐陽修：《歐陽文忠公集·奏議》（臺北：臺灣商務印書館，《四部叢刊》影印元本），卷15，頁765。

〔註143〕 當時文人爲文多尚偶對，惟獨蘇舜欽與穆修愛好古文，一時地方豪俊皆與舜欽交游。詳見〔元〕脫脫：《宋史·列傳·蘇舜欽》（臺北：臺灣中華書局，《四部備要》影印武英殿本），卷442，頁3～7。

〔註144〕 此外，歐陽修還相當推許蘇舜欽的文章，稱其文章貴重而世當愛惜之。詳見何寄澎：《北宋的古文運動》（臺北：幼獅文化事業公司，1992年8月），頁198。

〔註145〕 〔宋〕歐陽修：《歐陽文忠公集·居士集》（臺北：臺灣商務印書館，《四部叢刊》影印元本），卷41，頁256。

〔註146〕 葛曉音：《唐宋散文》（臺北：群玉堂出版事業有限公司，1992年9月），頁96。

　　然而在西崑體沒落的同時，太學開始流行創作險怪奇澀的古文，時稱太學體。此一文風起因於孫復、石介、胡瑗等人復古過當所造成，盛行於孫復、胡瑗執教太學期間，自慶曆三年（1043）至嘉祐元年（1056），長達十三年。石介早年提倡古道便有以怪求名的傾向，加上他與孫復都是「迂闊矯誕之士」〔註147〕（蘇軾〈議學校貢舉狀〉），他們雖通經學古，卻不能施於政事，只知每日於太學「陳詩頌聖德」〔註148〕、「唐虞賡詠歌」〔註149〕（歐陽修〈讀徂徠集〉），甚至主張復興古道須得由全面恢復古制入手。石介弟子又皆以怪僻風格高中科第，此即鼓勵太學諸生只會高談唐堯虞舜，不切實務，遂使文章內容流於詭激，文風艱澀。期間歐陽修透過書信一直致力於扭轉太學文風，他曾兩次寫信婉言責備石介「近怪自異以惑後生」〔註150〕（〈與石推官第一書〉）、「自許太高，詆時太過」〔註151〕（〈與石推官第二書〉）。後又勸告石介弟子杜默勿只知歌功頌德，應以詩歌反映民間疾苦，卻未見成效。〔註152〕

　　總而言之，自柳開倡行古文，大批主張改革的人物相繼出現，顯示北宋古文運動醞釀期的活躍，綜合其理論大抵為：(1)推尊韓柳，持續推廣唐代古文運動的主張。(2)抨擊駢文頹靡文風，尤其是針對西崑派的尖銳批評。(3)強調文章須明道致用，以實施教化，宣揚儒道，亦或是將文章視為作家表達情感的工具。(4)提出具體創作要求，如柳開「古其理，高其意」、「隨言短長，應變作制」等。這些主張雖非新穎，然諸家繼承唐代古文運動的傳統，為古文體裁製造輿論，提供借鑒，驅使歐陽修等人進一步領導北宋古文運動獲得輝煌成就，成為北宋古文運動的先驅。〔註153〕而穆修、尹洙、范仲淹、蘇舜

〔註147〕〔宋〕蘇軾：《蘇文忠公全集・東坡奏議》（明成化本），卷1，頁797。

〔註148〕〔宋〕歐陽修：《歐陽文忠公集・居士集》（臺北：臺灣商務印書館，《四部叢刊》影印元本），卷3，頁15。

〔註149〕〔宋〕歐陽修：《歐陽文忠公集・居士集》（臺北：臺灣商務印書館，《四部叢刊》影印元本），卷3，頁15。

〔註150〕〔宋〕歐陽修：《歐陽文忠公集・外集》（臺北：臺灣商務印書館，《四部叢刊》影印元本），卷16，頁427。

〔註151〕〔宋〕歐陽修：《歐陽文忠公集・外集》（臺北：臺灣商務印書館，《四部叢刊》影印元本），卷16，頁426。

〔註152〕葛曉音：《唐宋散文》（臺北：群玉堂出版事業有限公司，1992年9月），頁87～89。

〔註153〕李道英：《唐宋古文研究》（北京：北京師範大學出版社，1997年5月），頁210。

欽等人對建立北宋散文明快切實的風格，更是貢獻良多。

六、北宋古文運動的完成

（一）歐陽修的古文理論

歐陽修（1007～1072），字永叔，號醉翁，晚年又號六一居士。吉州廬陵（今江西吉安縣）人。宋仁宗天聖八年（1030）進士。次年任西京（今洛陽）留守推官，即與尹洙等人研討古文，互相師友，又校訂《昌黎集》，刊行推廣，終使「其後天下學者亦漸趨於古，而韓文遂行于世」〔註154〕（〈記舊本韓文後〉）。此時正當北宋王朝由盛轉衰，各種矛盾日趨尖銳，弊病嚴重日甚，歐陽修支持范仲淹的政治改革，並針對一系列政治問題發表自己的見解，但亦因批評時政，屢遭貶謫，至饒州、夷陵、滁州等地。諡文忠。

歐陽修早年為應科舉，習作駢文與試帖詩，十七歲州試落第後，開始學習韓愈古文，自此傾心愛慕，「苦志探賾，至忘寢食，必欲并轡絕馳而追與之並」〔註155〕，他致力於倡行古文，導正文風，但無論是西崑體或太學體，他都未能改變局勢。直至宋仁宗嘉祐二年（1057），歐陽修知禮部貢舉，主持進士考試，歐陽修趁此良機，不顧社會壓力，決心力革其弊，凡是為文雕鏤怪澀者一概排抑之，〔註156〕錄取作古文的曾鞏、蘇軾、蘇轍等人，同時又向朝廷舉薦在古文方面已頗有成就的蘇洵與王安石，使文風為之一變。《宋史》曰：

> 國初楊億、劉筠猶襲唐人聲律之體；柳開、穆修志欲變古而力弗逮；
> 廬陵歐陽修出，以古文倡；臨川王安石、眉山蘇軾、南豐曾鞏起而
> 和之，宋文日趨於古矣。〔註157〕

在歐陽修極力獎引後進的影響下，名家輩出，後世所稱的唐宋古文八大家，

〔註154〕〔宋〕歐陽修：《歐陽文忠公集・外集》（臺北：臺灣商務印書館，《四部叢刊》影印元本），卷23，頁468。

〔註155〕〔元〕脫脫：《宋史・列傳・歐陽脩》（臺北：臺灣中華書局，《四部備要》影印武英殿本），卷319，頁1。

〔註156〕當時士大夫皆崇尚險怪奇澀之文，稱為「太學體」，歐陽修對之極為排斥，適其任禮部貢舉，凡為文尚險奇之考生則黜。詳見〔元〕脫脫：《宋史・列傳・歐陽脩》（臺北：臺灣中華書局，《四部備要》影印武英殿本），卷319，頁2。

〔註157〕〔元〕脫脫：《宋史・列傳・文苑一》（臺北：臺灣中華書局，《四部備要》影印武英殿本），卷439，頁1。

即有六位屬於此一時期，使得古文創作步入興盛期，呈現空前繁榮的局面。而北宋古文運動在歐陽修的領導下，形成一股強大力量，他們繼承前人的經驗重新發展，以完善的創作理論與出色的創作實踐，使古文運動徹底戰勝駢文，取得劃時代的決定性成就，確立文壇主流地位。

歐陽修繼承韓柳古文運動的傳統與文學主張，又吸取柳開、王禹偁、穆修、石介、蘇舜欽等革新詩文的思想主張和創作經驗，再根據自己的創作實踐與社會生活的需要，提出新的理論。〔註158〕茲闡述其重要論點如下：

1. 文道並重、道先文後

歐陽修在〈代人上王樞密求先集序書〉中曰：

> 某聞《傳》曰：「言之無文，行而不遠」。君子之所學也，言以載事，而文以飾言，事信言文乃能表見於後世。……故其言之所載者大且文，則其傳也彰；言之所載者不文而又小，則其傳也不章。〔註159〕

由文的藝術高低，影響「道」的內容是否傳之久遠，從而強調文的價值，要求事信言文。於〈與樂秀才第一書〉又曰：

> 古人之學者非一家，其為道雖同，言語文章未嘗相似。孔子之繫《易》，周公之作《書》，奚斯之作《頌》，其辭皆不同，而各自以為經。子游、子夏、子張與顏回同一師，其為人皆不同，各由其性而就於道耳。今之學者或不然，不務深講而篤信之徒，巧其詞以為華，張其言以為大。夫強為則用力艱，用力艱則有限，有限則易竭。又其為辭不規模於前人，則必屈曲變態以隨時俗之所好，鮮克自立。此其充於中者不足，而莫自知其所守也。〔註160〕

此即針對當時形式主義文風，注重追求華豔的缺失，文章千篇一律，毫無個人藝術風格可言。歐陽修藉此將文的作用提高到重要的地位，提出作品當有獨創性，不容因襲模仿，如此才能使「道」同而言語未嘗相似。他進一步主張文道並重，即思想性和藝術性並重的觀點，將道與文統一在儒家「聖人」之名下，先確定二者並重的地位，以糾正柳開、穆修、石介等人輕文，甚至

〔註158〕脊洪泉：《中國古代散文簡史》（重慶：西南師範大學出版社，2005 年 8 月），頁 178。

〔註159〕〔宋〕歐陽修：《歐陽文忠公集・外集》（臺北：臺灣商務印書館，《四部叢刊》影印元本），卷 17，頁 429～430。

〔註160〕〔宋〕歐陽修：《歐陽文忠公集・外集》（臺北：臺灣商務印書館，《四部叢刊》影印元本），卷 19，頁 448。

將文道混爲一談之偏向。

　　然而針對當時重文輕道的文風，「文」「道」兩者先後，便又產生疑問，歐陽修反對像駢文一樣爲文而文，唯務空談。認爲文章首重明道，因此道先文後，內容先於形式，意即思想性先於藝術性的觀點。而道之源於何處？歐陽修認爲只有從聖人的「經」中求得，於〈答祖擇之書〉曰：「夫世無師矣，學者當師經，師經必先求其意，意得則心定，心定則道純，道純則充於中者實，中充實則發爲文者輝光，施於世者果致。」〔註161〕〈答吳充秀才書〉又曰：「聖人之文雖不可及，然大抵道勝者，文不難而自至也。」〔註162〕他提高了文的作用，即認爲道唯有師法儒家六經才能求得，思想內容充實，文章就能得到完美的藝術形式。此外，〈與張秀才第二書〉亦曰：「君子之於學也，務爲道，爲道必求知古，知古明道，而後履之於身，施之於事，而又見於文章而發之，以信後世。」〔註163〕即主張儒道當與社會生活聯繫起來，成爲文章的具體內容，以反映現實。

2.窮而後工

　　歐陽修在韓愈「不平則鳴」論的基礎上，進一層提出「窮而後工」論點，從客觀上來證明文學和現實的密切關係。在〈梅聖俞詩集序〉中曰：

> 凡士之蘊其所有而不得施於世者，多喜自放於山巔水涯之外，外見蟲魚草木風雲鳥獸之狀類，往往探其奇怪。內有憂思感憤之鬱積，其興於怨刺，以道羈臣寡婦之所歎，而寫人情之難言，蓋愈窮而愈工。然則非詩之能窮人，殆窮者而後工也。〔註164〕

在〈薛簡肅公語文集序〉又曰：「失志之人，窮居隱約，苦心危慮，而極於精思，與其有所感激發憤，惟無所施於世者，皆一寓於文辭，故曰窮者之言易工也。」〔註165〕以說明文學與現實的密切關係。

〔註161〕〔宋〕歐陽修：《歐陽文忠公集・外集》（臺北：臺灣商務印書館，《四部叢刊》影印元本），卷18，頁442。

〔註162〕〔宋〕歐陽修：《歐陽文忠公集・居士集》（臺北：臺灣商務印書館，《四部叢刊》影印元本），卷47，頁287。

〔註163〕〔宋〕歐陽修：《歐陽文忠公集・外集》（臺北：臺灣商務印書館，《四部叢刊》影印元本），卷16，頁424。

〔註164〕〔宋〕歐陽修：《歐陽文忠公集・居士集》（臺北：臺灣商務印書館，《四部叢刊》影印元本），卷42，頁262。

〔註165〕〔宋〕歐陽修：《歐陽文忠公集・居士集》（臺北：臺灣商務印書館，《四部叢刊》影印元本），卷44，頁271。

3. 文簡意深、簡而有法

歐陽修反對西崑駢儷冗繁與太學險怪拙澀的文風，〈與石推官第一書〉一文曰：「君子之於學，是而已，不聞為異也。」〔註166〕〈與石推官第二書〉又曰：「書雖末事，而當從常法，不可以為怪。」〔註167〕主張文章應當精煉簡約，因此，他提倡學習韓愈「文從字順」〔註168〕與王禹偁平易自然的一面，使「其道易知而可法，其言易明而可行」〔註169〕（〈與張秀才第二書〉）。在〈論尹師魯墓誌〉中，他稱讚尹洙的古文「文簡而意深」〔註170〕，所謂「簡」即簡練明快，所謂「深」即深婉含蓄；同時也正是他自身對文章的要求。是以他又主張「簡而有法」〔註171〕（〈尹師魯墓誌銘〉），「簡」指為文工於裁剪，語言深婉含蓄；「法」指創作筆法，要求當使形象生動，寓有褒貶。歐陽修以此為準則，為精益求精，總是不厭其煩地修改自己的文章，精益求精，而且也要求別人遵循，此對宋代文風的形成，無疑產生很大的促進作用。〔註172〕至於對駢文的態度，韓、柳都反駢體而不廢駢句，歐陽修亦如此，文亦間有偶語儷詞而增色不少，確實表現了博採眾長，不持門戶之見的大家風範。〔註173〕

歐陽修繼承唐代古文運動的主要理論，又根據宋代古文發展的具體情形，結合自身的文學主張，熔冶成爐，奠定北宋古文運動的理論基礎，為宋代散文發展指明方向。此外，他自身的文學修養也很高，擅長各種文體，更用心於創作，成為當時文壇領袖。他的散文新創融合議論、敘事、寫景、抒

〔註166〕〔宋〕歐陽修：《歐陽文忠公集‧外集》（臺北：臺灣商務印書館，《四部叢刊》影印元本），卷16，頁426。

〔註167〕〔宋〕歐陽修：《歐陽文忠公集‧外集》（臺北：臺灣商務印書館，《四部叢刊》影印元本），卷16，頁427。

〔註168〕〔唐〕韓愈：《昌黎先生文集》（宋蜀本），卷34，頁227。

〔註169〕〔宋〕歐陽修：《歐陽文忠公集‧外集》（臺北：臺灣商務印書館，《四部叢刊》影印元本），卷16，頁424。

〔註170〕〔宋〕歐陽修：《歐陽文忠公集‧外集》（臺北：臺灣商務印書館，《四部叢刊》影印元本），卷23，頁466。

〔註171〕〔宋〕歐陽修：《歐陽文忠公集‧居士集》（臺北：臺灣商務印書館，《四部叢刊》影印元本），卷28，頁173。

〔註172〕李道英：《唐宋古文研究》（北京：北京師範大學出版社，1997年5月），頁227。

〔註173〕王更生：《歐陽修散文研讀》（臺北：文史哲出版社，2001年10月），頁45～46。

情的寫作手法，以增強散文的藝術性與實用功能，〔註174〕並從不同層面反映當時的社會風貌，富有變化，體現其文章與現實結合的文論主張。風格「紆徐委備，往復百折，而條達疏暢，無所間斷。氣盡語極，急言竭論而容與簡易，無艱難勞苦之態」〔註175〕（蘇洵〈上歐陽內翰第一書〉），這些都直接影響到曾鞏、王安石、蘇洵、蘇軾、蘇轍的創作，對宋代散文形成平易簡潔、委婉流暢的風貌有深遠的影響。〔註176〕

（二）曾鞏的古文理論

曾鞏（1019～1083），字子固，諡文定，建昌南豐（今江西南豐）人。宋仁宗嘉祐二年（1057）進士。他的政治態度溫和，思想保守，爲典型的儒家學者，一生平穩。曾鞏爲歐陽修的得意門生，在思想、文學上都與之相近。〔註177〕就文道關係來說，曾鞏繼承歐陽修文道並重、道先文後的理論，進而主張注重個人道德修養，認爲「蓄道德而能文章」〔註178〕（〈寄歐陽舍人書〉），並強調「學之有統，道之有歸」〔註179〕（〈新序目錄序〉），是以〈答李沿書〉文曰：

> 足下自稱有憫時病俗之心，信如是，是足下之有志于道而予之所愛且畏者也。末曰：「其發憤而爲詞章，則自謂淺俗而不明，不若其始思之銳也。」乃欲以是質於予。夫足下之書，始所云者欲至乎道也，而所質者則辭也，無乃務其淺，忘其深，當急者反徐之歟！夫道之大歸非他，欲其得諸心，充諸身，擴而被之國家天下而已，非汲汲乎辭也。其所以不已乎辭者，非得已也。〔註180〕

〔註174〕 李道英：《唐宋古文研究》（北京：北京師範大學出版社，1997 年 5 月），頁247。

〔註175〕 〔宋〕呂祖謙：《宋文鑒‧皇朝文鑑》（臺北：臺灣商務印書館，《四部叢刊》影印宋刊本），卷117，頁997。

〔註176〕 葛曉音：《唐宋散文》（臺北：群玉堂出版事業有限公司，1992 年 9 月），頁112。

〔註177〕 曾鞏爲文上下馳騁，以六經爲本，並斟酌司馬遷、韓愈之文。當時工於文詞者，少有望其項背者。詳見〔元〕脫脫：《宋史‧列傳‧曾鞏》（臺北：臺灣中華書局，《四部備要》影印武英殿本），卷319，頁9～10。

〔註178〕 〔宋〕曾鞏：《元豐類稿》（臺北：臺灣商務印書館，《四部叢刊》影印元本），卷16，頁126。

〔註179〕 〔宋〕曾鞏：《元豐類稿》（臺北：臺灣商務印書館，《四部叢刊》影印元本），卷11，頁85。

〔註180〕 〔宋〕曾鞏：《元豐類稿》（臺北：臺灣商務印書館，《四部叢刊》影印元

即認為文章首務為明道，先理後辭。李沿不以學道為急，卻汲汲乎辭，為務淺忘深之舉，是以曾鞏有重道輕文的傾向，認為講究文辭乃不得已之事。因而其文章偏重於闡發六經，提倡古道，學術性較強，而情韻辭采較歐陽修遠為遜色。〔註181〕

曾鞏認同歐陽修文簡意深、簡而有法的主張，是以創作古文時，皆用心於謀篇佈局與文字詳略的法度，使得其文結構嚴謹，層次井然，語言簡樸，條理清晰，形成典雅潔淨的特色。明清古文家對此頗為推崇，尤其是清代桐城派方苞，吸收歐陽修文論與曾鞏之作品風格，進而提出為文在字句鍛鍊方面須強調雅潔，並視之為衡量文章的重要標準。〔註182〕曾鞏作品法度嚴謹，段落分明，有章法可循，可資借鑒，便利初學，所以後世學古文者多從曾文入手；雖平正有餘，然風韻不足為其缺憾。但他深切反覆、善於自道的寫作筆法，卻對後代的古文作家影響很大。桐城派古文義法中寫作筆法的部分，便是直接繼承曾鞏而來的。〔註183〕

（三）王安石的古文理論

王安石（1021～1086），字介甫，號半山，諡號文，封荊國公，撫州臨川（今江西臨川）人，世稱王臨川，又稱王荊公。宋仁宗慶曆二年（1042）進士。〔註184〕他積極提倡改革，宋神宗即位後（1067），為振興北宋王朝，便支持他推行革新，史稱熙寧變法，〔註185〕是著名的政治家與思想家。他反對西崑「以雕繪語句為精新」與太學「辭弗顧於理，理弗顧於事」〔註186〕之類的

本），卷16，頁128。

〔註181〕 胥洪泉：《中國古代散文簡史》（重慶：西南師範大學出版社，2005年8月），頁198。

〔註182〕 胥洪泉：《中國古代散文簡史》（重慶：西南師範大學出版社，2005年8月），頁199。

〔註183〕 錢冬父：《唐宋古文運動》（臺北：群玉堂出版事業有限公司，1992年7月），頁92。

〔註184〕 王安石為曾鞏好友，其聲譽未及曾鞏，曾鞏薦之於歐陽修。詳見〔元〕脫脫：《宋史·列傳·王安石》（臺北：臺灣中華書局，《四部備要》影印武英殿本），卷327，頁1。

〔註185〕 嘉祐三年（1058），王安石即向宋仁宗上萬言書針砭時弊，要求改革，未經採用。宋神宗支持王安石進行熙寧變法，均輸、青苗、農田水利、免役、市易、保甲、方田均稅、保馬等新法相繼提出，涵蓋社會各層面，影響官僚、地主的利益，遭到強烈抵制，加上操之過急，反造成民眾生活的困擾。保守派又屢屢上書反對。宋神宗死後，司馬光接任宰相，盡廢新法，變法遂告失敗。

〔註186〕 〔宋〕王安石：《臨川集·臨川先生文集》（臺北：臺灣商務印書館，《四部叢

近世之文（〈上邵學士書〉）；因此，他和歐陽修一樣，主張「文以適用爲本」。王安石支持歐陽修的古文運動，他把詩文革新作爲推衍「新法」的一個重要組成部分，變法時即罷去科舉考試中的詩賦，並以新學〔註187〕爲標準，意圖使士子專心研究經義。

王安石繼承歐陽修道先文後的理論，進而主張文章是聖人用來宣揚禮教治政的工具，因此，提出文章的內容應有關「禮教治政」，「務爲有補於世」「以適用爲本」。於〈上人書〉一文曰：

> 嘗謂文者，禮教治政云爾。其書諸策而傳之人，大體歸然而已。而曰「言之不文，行之不遠」云者，徒謂辭之不可以已也，非聖人作文之本意也。

> 自孔子之死久，韓子作，望聖人於百千年中，卓然也。獨子厚名與韓並，子厚非韓比也，然其文卒配韓以傳，亦豪傑可畏者也。韓子嘗語人文矣，曰云云，子厚亦曰云云。疑二子者，徒語人以其辭耳，作文之本意，不如是其已也。孟子曰：「君子欲其自得之也。自得之，則居之安；居之安，則資之深；資之深，則取諸左右逢其原。」孟子之云爾，非直施於文而已，然亦可託以爲作文之本意。且所謂文者，務爲有補於世而已矣。所謂辭者，猶器之有刻鏤繪畫也。誠使巧且華，不必適用；誠使適用，亦不必巧且華。要之，以適用爲本，以刻鏤繪畫爲之容而已。不適用，非所以爲器也。不爲之容，其亦若是乎？否也。然容亦未可已也，勿先之，其可也。〔註188〕

指出文雖自有其重要性，然兩者的主次關係不能顛倒，否則不足爲文，表現出重內容輕形式的傾向，要求文學爲現實政治服務。在此觀念影響下，王安石之文，政治思想與學術性較強，形象性與藝術感染力較弱。〔註189〕

所謂文「以適用爲本」、「務爲有補於世」，即是強調文章的政治教化功能，將其視爲推動政治改革的工具。王安石的文學理論與其政治主張是一致的，

刊》影印明嘉靖本），卷76，頁462。

〔註187〕王安石與兒子、門人重新爲儒家經傳注疏訓釋，爲變法樹立理論依據，稱爲新學。

〔註188〕〔宋〕王安石：《臨川集·臨川先生文集》（臺北：臺灣商務印書館，《四部叢刊》影印明嘉靖本），卷77，頁470。

〔註189〕脣洪泉：《中國古代散文簡史》（重慶：西南師範大學出版社，2005年8月），頁194。

其作品也多是針對政治改革而作，內容充實，見識卓絕；政治色彩之濃，可說是唐宋八大家中最突出的一位。〔註190〕

　　王安石的散文直抒胸臆，簡潔精闢，不務文采，形成剛健峭拔的風格，成就最高者當屬政論文，如〈答司馬諫議書〉曰：

　　蓋儒者所爭，尤在於名實。名實已明，而天下之理得矣。今君實所以見教者，以爲侵官、生事、征利、拒諫，以致天下怨謗也。某則以謂：受命於人主，議法度而修之於朝廷，以授之於有司，不爲侵官；舉先王之政，以興利除弊，不爲生事；爲天下理財，不爲征利；闢邪說，難壬人，不爲拒諫。至於怨誹之多，則固前知其如此也。人習於苟且非一日，士大夫多以不恤國事，同俗自媚於眾爲善。上乃欲變此，而某不量敵之眾寡，欲出力助上以抗之，則眾何爲而不洶洶然？盤庚之遷，胥怨者民也，非特朝廷士大夫而已。盤庚不爲怨者故改其度，度義而後動，是而不見可悔故也。如君實責我以在位久，未能助上大有爲，以膏澤斯民，則某知罪矣，如曰今日當一切不事事，守前所爲而已，則非某之所敢知。〔註191〕

司馬光寫長達三千三百字的書信，批評王安石推行新法引起天下騷動，王安石以短短不到四百字的回信提出辯解，理足氣盛，充分展現王安石勁悍簡潔的文章風格。

（四）蘇洵的古文理論

　　蘇洵（1009～1066），字明允，號老泉，眉州眉山（今四川眉山縣）人。是蘇軾和蘇轍的父親，父子合稱爲「三蘇」。年少不學，喜任俠壯遊，二十七歲始知讀書，應進士與茂才異等皆不中，便閉門苦讀，精通六經百家，思想較爲活躍。〔註192〕蘇洵反對「慕遠而忽近，貴華而賤實」〔註193〕（蘇軾〈鳧繹先生詩集序〉）的形式主義文風，提倡有爲而作，務近貴實，因此，其作品

〔註190〕李道英：《唐宋古文研究》（北京：北京師範大學出版社，1997 年 5 月），頁255。

〔註191〕〔清〕蔡上翔：《王荊公年譜考略》（清嘉慶九年刻本），卷 16，頁 160～161。

〔註192〕傳載：「至和、嘉祐間，與其二子軾、轍皆至京師，翰林學士歐陽脩上其所著書二十二篇，既出，士大夫爭傳之，一時學者競效蘇氏爲文章。」詳見〔元〕脫脫：《宋史・列傳・蘇洵》（臺北：臺灣中華書局，《四部備要》影印武英殿本），卷 443，頁 2。

〔註193〕〔宋〕蘇軾：《蘇文忠公全集・東坡集》（明成化本），卷 24，頁 255。

大多直接或間接與社會現實有關，罕見浮豔文辭與應酬文字。〔註194〕此外，蘇洵在〈仲兄字文甫說〉文中，認為風、水「無意乎相求，不期而相遭，而文生焉。……故夫天下之無營而文生之者，唯水與風而已。」〔註195〕因此，「風行水上渙，此亦天下之至文。」〔註196〕他將「水」喻為文人的思想，「風」喻為觸發創作靈感的萬物，二者不期而遇，相互作用而自然成文。此類文章皆有感而發之作，方得以突顯個人的藝術技巧與獨特風格。如〈上歐陽內翰第一書〉文曰：

> ……孟子之文，語約而意盡，不為巉刻斬絕之言，而其鋒不可犯。
> 韓子之文，如長江大河，渾浩流轉，魚黿蛟龍，萬怪惶惑，而抑遏蔽掩，不使自露，而人自見其淵然之光，蒼然之色，亦自畏避，不敢迫視。執事之文，紆餘委備，往復百折，而條達疏暢，無所間斷。氣盡語極，急言竭論，而容與閒易，無艱難勞苦之態。此三者皆斷然自為一家之文也。〔註197〕

執事即指歐陽修，文中竭力推崇孟子、韓愈、歐陽修之文，但並不涉及他們所明之道，而突出強調他們的特色，可見他對獨特風格的重視。

　　蘇洵散文長於議論，立論精闢，說理透徹，有戰國縱橫家之風。其成就雖不及歐陽修、蘇軾、王安石，然在宋文中卓然自成，對當時文壇產生頗大影響。且其思想、文學理論及創作，對蘇軾、蘇轍都產生直接的影響。〔註198〕作品以論說文數量最多，尤以史傳論文最為出色，如〈六國〉一文曰：

> 六國破滅，非兵不利，戰不善，弊在賂秦而力虧，破滅之道也。
> 或曰：「六國互喪，率賂秦耶？」曰：「不賂者以賂者喪。蓋失強援，不能獨完，故曰『弊在賂秦』也」。秦以攻取之外，小則獲邑，大則得城。較秦之所得，與戰勝而得者其實百倍。諸侯之所亡，與

〔註194〕李道英：《唐宋古文研究》（北京：北京師範大學出版社，1997 年 5 月），頁257。

〔註195〕〔宋〕蘇洵：《嘉祐集》（臺北：臺灣商務印書館，《四部叢刊》影印宋鈔本），卷 14，頁 87。

〔註196〕〔宋〕蘇洵：《嘉祐集》（臺北：臺灣商務印書館，《四部叢刊》影印宋鈔本），卷 14，頁 87。

〔註197〕〔清〕張照：《唐宋文醇‧眉山蘇洵文二》（清文淵閣四庫全書本），卷 35，頁 350。

〔註198〕李道英：《唐宋古文研究》（北京：北京師範大學出版社，1997 年 5 月），頁260。

戰敗而亡者，其實亦百倍。則秦之所大欲，諸侯之所大患，固不在戰矣。思厥先祖父暴霜露、斬荊棘以有尺寸之地，子孫視之不甚惜，舉以予人，如棄草芥。今日割五城，明日割十城，然後得一夕安寢，起視四境，而秦兵又至矣。然則諸侯之地有限，暴秦之欲無厭，奉之彌繁，侵之愈急，故不戰而強弱勝負已判矣。至於顛覆，理固宜然。古人云：「以地事秦，猶抱薪救火，薪不盡，火不滅。」此言得之。

……嗚呼！以賂秦之地封天下之謀臣，以事秦之心禮天下之奇才，并力西向，則吾恐秦人食之不得下咽也。悲夫，有如此之勢，而為秦人積威之所劫，日削月割以趨於亡，為國者無使為積威之所劫哉！

夫六國與秦，皆諸侯，其勢弱於秦，而猶有可以不賂而勝之之勢。

苟以天下之大，下而從六國破亡之故事，是又在六國下矣。〔註199〕

文章借古諷今，論證六國滅亡之因在於爭相割地賂秦，北宋未吸取歷史教訓，一味向遼國納幣求和，但求苟安之舉，則又在六國之下。

（五）蘇軾的古文理論

蘇軾（1037～1101），字子瞻，號東坡居士，世稱蘇東坡。嘉祐二年（1057）進士。〔註200〕熙寧二年（1069），宋神宗起用王安石為參知政事，推行新法，期間蘇軾連續上書反對新法，未見採納，遂自請外放，歷任杭州通判，知密州、徐州、湖州。元豐二年（1079），革新派有人擇取字句，彈劾蘇軾作詩攻擊新法，被捕入獄，幾乎喪命，史稱「烏臺詩案」〔註201〕。幸神宗愛才，加上其弟蘇轍自請貶職以輕其罪，終得保全，翌年被貶至黃州。宋哲宗元祐元年（1086），高太后臨朝聽政，起用司馬光執政，棄用新法，蘇軾奉詔回京，連連遷升；由於他主張新法中亦有良策，不當盡廢，與保守派發生衝突，被迫外放，歷任杭州、穎州、揚州和定州。哲宗不滿保守派的作風，元祐八年（1093）親政後，起用革新派章惇、曾布等人，並表明紹述，追貶司馬光及

〔註199〕〔清〕張照：《唐宋文醇·眉山蘇洵文一》（清文淵閣四庫全書本），卷34，頁341～342。

〔註200〕嘉祐二年（1057）殿試中乙科，歐陽修語：「吾當避此人出一頭地。」足見蘇軾文采令歐陽修讚嘆之處。詳見〔元〕脫脫：《宋史·列傳·蘇軾》（臺北：臺灣中華書局，《四部備要》影印武英殿本），卷338，頁1。

〔註201〕〔宋〕李燾：《續資治通鑑長編》（清光緒七年浙江書局刻本），卷299，頁3724。

貶謫蘇軾、蘇轍等舊黨黨人，他被一貶再貶，從英州、惠州（均在今廣東省）一直到儋州（今海南島）。宋徽宗即位（1100），才遇赦北歸，次年病死於常州。南宋追諡文忠。

在文學方面，蘇軾精通詩、詞、賦、古文各類體裁，又兼擅書法、繪畫，是中國史上罕見的全才，繼歐陽修之後，成為文壇領袖。其以橫溢奔放的天分，博觀約取，廣泛地吸取前人的成果，完善古文理論，擴大運用範圍，並發展古文寫作手法，將古文的藝術性、實用性都向前推進一大步，為北宋古文運動集大成者。自此古文地位大致底定，駢文僅用於朝廷詔令、官員奏章與其他公式文章而已，古文徹底取得輝煌成就。以下將對蘇軾之所以能繼歐陽修之後，執北宋文壇牛耳之原因，略作闡述。

首先，是摒棄「文」「道」論的束縛。蘇軾繼承歐陽修文道並重、事信言文的主張，再予以發展。但其歷經曾鞏、王安石宣揚道先文後的概念後，表現出重內容輕形式的傾向；加上蘇軾認為文道非一，若不強調「文」的獨立性，使「有道有藝，有道而不藝，則物雖形於心，不形於手」〔註202〕（〈書李伯時山莊圖後〉），將「文」與「道」的關係講得更為透徹。文章既是反映現實的工具，亦是表達情感的手段，若純守其道，不重文采，就會出現內外不一，心手不應的情況。因此，蘇軾主張要在明道致用的同時，也得講究寫作技巧，即重視文章的社會功能，又要求藝術特徵，加強古文的形象性與文學色彩，為古文理論的重大發展，具有指標意義。〔註203〕

其次，蘇軾繼承歐陽修為文平易的主張，進而提出了著名的「文理自然」的創作原則，使文章無拘無束，揮灑自如，於〈答謝民師書一首〉文中曰：

> 所示書教及詩、賦、雜文，又見之熟矣。大略如行雲流水，初無定質，但常行於所當行，常止於所不可不止。文理自然，姿態橫生。
> 〔註204〕

〔註202〕〔宋〕蘇軾：《蘇文忠公全集・東坡集》（明成化本），卷23，頁250。

〔註203〕至於「道」，蘇軾同於歐陽修，認為文章內容不應侷限在闡發儒家經典，而是要結合現實，為有益於濟世之文。吳小林：《唐宋八大家》（臺北：里仁書局，1999年12月），頁324～325。此外，王更生的研究指出蘇軾超越「文統」、「道統」之爭，表現在創作上，便能綜合儒、釋、道的思想，而又有所突破，此一思想解脫，使作品題材廣泛，說理深刻明晰，使北宋詩文革新運動有了質的飛躍。詳見王更生：《蘇軾散文研讀》（臺北：文史哲出版社，2001年2月），頁56～75。

〔註204〕〔宋〕蘇軾：《蘇文忠公全集・東坡後集》（明成化本），卷14，頁555。

這雖是對他人作品的贊語，其實正是蘇軾自己的主張。他崇尚自然奔放，認為應使文章如行雲流水，舒捲自如，才能完整表達作者的思想感情，姿態橫生，富於變化，這也就是蘇文的特徵，其文章確乎「如萬斛泉源」（〈文說〉），「在藝術上達到了北宋古文運動中的最高水平。」〔註205〕

蘇軾繼承父親蘇洵有為而作的主張，既反對矯情、深僻之作，亦反對千篇一律；不僅包括西崑駢文，也包括太學艱澀古文；因此，他提倡文章內容、形式與風格的多樣化與獨創性，以革其弊。但獨創並不是好奇務新，而是要遵循法度，不受羈絆，以「出新意於法度之中，寄妙理於豪放之外」〔註206〕（〈書吳道子畫後〉）。要達到這種境地，則必須有駕馭語言的能力，所以蘇軾特別強調辭達，要求文人應當事物瞭然於心，使意之所至，筆亦隨之，把客觀事物與人們的微妙情感，恰如其分地用言辭表達。

蘇軾散文創作，各體兼擅，為其文學理論之實踐。把議論、敘事、寫景與抒情融合起來，既不囿於固定的寫作模式，內容又豐富多樣，是宋代散文的高峰，亦對明代公安派、竟陵派，清代桐城派產生深遠的影響。〔註207〕他的散文藝術成就最高，影響最大的便是山水遊記，而尤以〈前赤壁賦〉、〈後赤壁賦〉堪稱典範，為散文賦最高成就的代表作。〔註208〕今以〈前赤壁賦〉為例：

> 壬戌之秋，七月既望，蘇子與客泛舟遊於赤壁之下。清風徐來，水波不興。舉酒屬客，誦明月之詩，歌窈窕之章。少焉，月出於東山之上，徘徊於斗牛之間。白露橫江，水光接天。縱一葦之所如，凌萬頃之茫然。浩浩乎如馮虛御風，而不知其所止，飄飄乎如遺世獨立，羽化而登仙。

> 於是飲酒樂甚，扣舷而歌之。歌曰：「桂棹兮蘭槳，擊空明兮溯流光。渺渺兮予懷，望美人兮天一方。」客有吹洞簫者，倚歌而和之，其聲嗚嗚然，如怨如慕，如泣如訴，餘音裊裊，不絕如縷。舞幽壑之潛蛟，泣孤舟之嫠婦。

> 蘇子愀然，正襟危坐而問客曰：「何為其然也？」客曰：「『月明星

〔註205〕王更生：《蘇軾散文研讀》（臺北：文史哲出版社，2001年2月），頁69。

〔註206〕〔宋〕蘇軾：《蘇文忠公全集・東坡集》（明成化本），卷23，頁251。

〔註207〕脅洪泉：《中國古代散文簡史》（重慶：西南師範大學出版社，2005年8月），頁215。

〔註208〕譚家健：《中國古代散文史稿》（重慶：重慶出版社，2006年1月），頁376。

稀，烏鵲南飛』，此非曹孟德之詩乎？西望夏口，東望武昌，山川相
繆，郁乎蒼蒼，此非孟德之困於周郎者乎？方其破荊州，下江陵，
順流而東也，舳艫千里，旌旗蔽空，釃酒臨江，橫槊賦詩，固一世
之雄也，而今安在哉！況吾與子，漁樵於江渚之上，侶魚蝦而友麋
鹿；駕一葉之扁舟，舉匏樽以相屬；寄蜉蝣於天地，渺滄海之一粟。
哀吾生之須臾，羨長江之無窮；挾飛仙以遨遊，抱明月而長終；知
不可乎驟得，託遺響於悲風。」

蘇子曰：「客亦知夫水與月乎？逝者如斯，而未嘗往也。盈虛者如彼，
而卒莫消長也。蓋將自其變者而觀之，則天地曾不能以一瞬；自其
不變者而觀之，則物與我皆無盡也。而又何羨乎？且夫天地之間，
物各有主。苟非吾之所有，雖一毫而莫取；惟江上之清風，與山間
之明月，耳得之而為聲，目遇之而成色。取之無禁，用之不竭。是
造物者之無盡藏也，而吾與子之所共適。」

客喜而笑，洗盞更酌。肴核既盡，杯盤狼藉。相與枕藉乎舟中，不
知東方之既白。〔註209〕

蘇軾藉記遊赤壁，抒發遭貶後的苦悶，及以達觀性格求得解脫的人生態度。
作者靈活運用主客對話的手法，深刻表達了自己思想感情的波折、掙扎與解
脫的過程，情、景、理水乳交融，展現經歷世變的東坡，在人生哲理的探討
後，最後回歸品味造物者所提供之清風明月中，以自在豁達安頓自己，實為
膾炙人口的千古名作。

（六）蘇轍的古文理論

蘇轍（1039～1112），字子由，晚年自號潁濱遺老。嘉祐二年（1057）進
士。〔註210〕其政治立場與蘇軾一樣，遭遇也與之相似，一生顛沛流離。蘇轍
和父兄一樣，大力寫作古文，他繼承孟子「養浩然之氣」〔註211〕、曹丕「文
以氣為主」〔註212〕及韓愈「氣盛言宜」〔註213〕的主張，提倡養氣說，在〈上

〔註209〕〔宋〕蘇軾：《蘇文忠公全集‧東坡集》（明成化本），卷19，頁214～215。

〔註210〕蘇轍為文汪洋澹泊，與其為人相似，不願與人知，然而其才氣仍無法遮掩。
詳見〔元〕脫脫：《宋史‧列傳‧蘇轍》（臺北：臺灣中華書局，《四部備要》
影印武英殿本），卷339，頁1。

〔註211〕〔春秋戰國〕孟軻撰；〔漢〕趙岐注：《孟子》（臺北：臺灣商務印書館，《四
部叢刊》影印宋大字本），卷3，頁21。

〔註212〕〔南北朝〕蕭統編；〔唐〕李善注：《文選》（胡刻本），卷52，頁1155。

樞密韓太尉書〉一文曰：

> 轍生好爲文，思之至深，以爲文者氣之所形。然文不可以學而能，
> 氣可以養而致。孟子曰：「我善養吾浩然之氣。」今觀其文章，寬厚
> 宏博，充乎天地之間，稱其氣之小大。太史公行天下，周覽四海名
> 山大川，與燕趙間豪俊交遊，故其文疎蕩，頗有奇氣。此二子者，
> 豈嘗執筆學爲如此之文哉？其氣充乎其中，而溢乎其貌，動乎其言，
> 而見乎其文，而不自知也。〔註214〕

「氣」指作者的思想，精神狀態，亦即作品中所表現的氣勢。蘇轍認爲氣不
是先天賦予的，而是靠後天培養，並強調養氣對文章的重要作用。養氣包括
兩方面，一是加強內心修養，如孟子；二是增加社會閱歷，如司馬遷之行天
下，突破孟子、曹丕等人的文氣說。〔註215〕

蘇轍散文成就最高的當屬記敘文，如〈黃州快哉亭記〉一文曰：

> 江出西陵，始得平地，其流奔放肆大。南合湘沅，北合漢沔，其勢
> 益張；至於赤壁之下，波流浸灌，與海相若。清河張君夢得，謫居
> 齊安，即其廬之西南爲亭，以覽觀江流之勝；而余兄子瞻名之曰快
> 哉。
>
> 蓋亭之所見，南北百里，東西一舍。濤瀾洶湧，風雲開闔。晝則舟
> 楫出沒於其前，夜則魚龍悲嘯於其下。變化倐忽，動心駭目，不可
> 久視。今乃得玩之几席之上，舉目而足。西望武昌諸山，岡陵起伏，
> 草木行列，煙消日出，漁夫樵父之舍，皆可指數。此其之所以爲快
> 哉者也。至於長洲之濱，故城之墟，曹孟德、孫仲謀之所睥睨，周
> 瑜、陸遜之所騁騖。其流風遺跡，亦足以稱快世俗。
>
> ……士生於世，使其中不自得，將何往而非病？使其中坦然不以物
> 傷性，將何適而非快？今張君不以謫爲患，收會計之餘功，而自放
> 山水之間，此其中宜有以過人者。將蓬戶甕牖，無所不快，而況乎

〔註213〕 〔清〕董誥：《全唐文》（清嘉慶內府刻本），卷552，頁5577。

〔註214〕 〔宋〕呂祖謙：《宋文鑒・皇朝文鑑》（臺北：臺灣商務印書館，《四部叢刊》
影印宋刊本），卷119，頁1010。

〔註215〕 孟子養氣說重在提高人格修養，不是針對文章創作而論，而曹丕文氣說重在
先天的體氣，不是後天的修養見識，兩者都不及蘇轍的養氣說精當。詳見肯
洪泉：《中國古代散文簡史》（重慶：西南師範大學出版社，2005年8月），
頁205～206。

濯長江之清流，挹西山之白雲，窮耳目之勝以自適也哉！不然，連
山絕壑，長林古木，振之以清風，照之以明月，此皆騷人、思士之
所以悲傷憔悴而不能勝者。烏睹其爲快也哉？〔註216〕

蘇轍由「快哉」二字破題，寓情於景，以抒發個人感慨。

　　蘇軾將古文理論、創作發展成熟，臻於至盛，往後之人難以突破其成
就，象徵著北宋古文運動的結束。弟子黃庭堅（1045～1105）、秦觀（1049～
1100）、張耒（1054～1114）、晁補之（1053～1110）被稱爲蘇門四學士，陳師
道（1053～1102）也都是受到蘇軾教益的文壇名士。他們的理論與創作受到蘇
軾的影響，且皆因主張政治改革而遭受打擊，使文章多有慷慨之辭，並各有
特色。只是他們詩詞方面的成就較高，以致文名爲其所掩，且造詣遠遜於蘇
軾。〔註217〕

　　北宋古文運動是繼承唐代古文運動的文學理論、創作實踐與歷史教訓的
條件持續發展而成的，透過對抗西崑駢文與太學古文之反覆過程，形成適應
時代進步與語言發展的新型古文，各式體裁及藝術風格都在此時期臻於齊
備，樹立典式，把散文推向一個成功而嶄新的領域，具有承先啓後的重要作
用，明、清古文即深受其影響。

第三節　發揚明代唐宋派的精神

　　古文發展至唐、宋達到高峰，「金元散文，少有足觀」〔註218〕。明代（1638
～1643）古文直承唐宋，儘管未能出現像韓、柳、歐、蘇那樣的文宗巨匠，
但諸派迭起，名家輩出，爲我國散文發展史續寫不少傳世佳作。明朝二百七
十餘年間，散文的發展大體可分爲初期、中葉、晚明三個階段，茲就文壇風
尚簡述於下。

一、明代初期文風

　　明初作家歷經元末的社會大動亂，古文方面大多延續著元代的創作習

〔註216〕〔宋〕呂祖謙：《宋文鑒・皇朝文鑑》（臺北：臺灣商務印書館，《四部叢刊》
　　　　影印宋刊本），卷83，頁702。
〔註217〕李道英：《唐宋古文研究》（北京：北京師範大學出版社，1997年5月），頁
　　　　213。
〔註218〕陳耀南：《典籍英華・下冊・歷史文學》（香港：人人書局，1980年），頁
　　　　197。

慣，題材也多與民間各種社會矛盾有關；加上明初亦將元代所崇尚之程朱理學立爲官方正統，是以明初古文家「大都把載道或明道作爲文章的首要標準。」〔註 219〕代表作家有宋濂（1310～1381）、劉基（1311～1375）、高啓（1336～1374）、方孝孺（1357～1402）等。但明太祖晚年爲徹底施行中央集權，不僅大興冤獄，還改以八股取士，使得文人思想創作受到限制，而略有衰微之勢。

　　明永樂、成化（1403～1487）數十年間，楊士奇（1365～1444）、楊榮（1371～1440）、楊溥（1372～1446）等臺閣重臣，號稱「三楊」。他們作詩融合官方提倡之程朱理學，敘述上層官僚的生活內容，表現的思想情感皆「雅正平和」，有濃厚的道學氣；且大多爲應制、唱和之作。此外，其內容主題多著眼於點綴太平盛世，歌功頌德，表現出政治平穩、陶然悠然的滿足心態，形成一個御用詩派，故稱其詩爲「臺閣體」，頗受上層官僚的歡迎，並作爲典範而廣泛地影響明初詩壇八十餘年。由於作品缺乏現實內容，多是粉飾太平的應酬之作，只追求「雍容典雅」的風格，千篇一律，缺乏生氣。《四庫全書總目提要・明詩綜一百卷》曰：「永樂以迄宏治，沿三楊臺閣之體，務以春容和雅，歌詠太平，其弊也冗沓膚廓，萬喙一音，形模徒具，興象不存。」〔註 220〕直至前後七子擬古運動興起，才廓清此一不良詩風。

二、明代中葉復古運動

（一）前後七子的文學主張

1. 文必秦漢，詩必盛唐

　　爲反對臺閣體歌功頌德、粉飾現實的浮靡文風，明孝宗弘治（1488～1505）時，「前七子」舉起復古旗幟，倡「文必秦漢」〔註 221〕，使知四書而外，尚有古書，八股之上，尤有古文，力反臺閣之習。成員包括李夢陽（1473～1530）、何景明（1483～1521）、徐禎卿（1479～1511）、邊貢（1476～1532）、康海（1475～1540）、王九思（1468～1551）和王廷相（1474～1544）七人，以李夢陽、何景明爲代表。爲了與後來嘉靖、隆慶年間（1522～1572）出現

〔註 219〕周寅賓：《明清散文史》（長沙：湖南人民出版社，2004 年 6 月），頁 11。

〔註 220〕〔清〕永瑢：《四庫全書總目提要・集部・總集類五》，收入《國學基本叢書》（臺北：臺灣商務印書館，1968 年），卷 190，頁 85。

〔註 221〕〔清〕張廷玉：《明史・列傳・李夢陽》（臺北：臺灣中華書局，《四部備要》影印武英殿本），卷 286，頁 7。

的李攀龍、王世貞等七子區別，稱「前七子」。他們的文學活動正如李夢陽所說：「暇則酒食會聚，討訂文史，朋講群詠，深鉤賾剖，乃咸得大肆力於弘學，於乎亦極矣。」〔註222〕（〈熊士選詩序〉），代表著弘治、正德年間發軔於京師的一股文學潮流，是以不像「後七子」帶有明確的宗派意識，當時另有王守仁（1472～1529）、陸深（1477～1544）、顧璘（1476～1545）、朱應登（1477～1526）等，都與這一潮流的形成有關。

前七子皆為弘治間進士，屬少年新進，以才氣自負。對國運危機的敏銳感受、對官場腐敗和士風苟且之現狀的深刻不滿，都促使他們強烈反對當時流行的臺閣體詩文和千篇一律的八股習氣。

前七子崛起文壇之後，復古主張迅速風行天下，成為文學思想主流，掀起一場文學復古運動。但他們一些具體的文學見解不盡相同，創作上各呈特色。如李夢陽在復古模擬上堅持主張「刻意古範」〔註223〕，句模字擬，逼肖前人；何景明思想較靈活，主張對古人作品要「領會神情」〔註224〕、「不仿形跡」〔註225〕。其實，前七子的文學主張與創作實踐，主要是為了擺脫程朱理學、官方政治對文學的約制，以追求文學的獨立性，追求文學中自然的、真實的情感表現。但由於過分強調復古，文學創造性顯得不足，而給文壇帶來新的流弊。

明世宗嘉靖、穆宗隆慶年間，出現了「後七子」，繼承前七子的文學主張，同樣強調「文必秦漢，詩必盛唐」〔註226〕，以漢魏、盛唐為楷模，「謂文自西京、詩自天寶而下，俱無足觀」〔註227〕，「無一語作漢以後，亦無一字不出漢以前」〔註228〕，相互鼓吹，彼此標榜，使復古運動聲勢更為浩大。成員包括李攀龍（1514～1570）、王世貞（1526～1590）、謝榛（1495～1575）、宗臣（1525～1560）、梁有譽（1521～1556）、徐中行（1517～1578）和吳國倫

〔註222〕〔明〕賀復徵：《文章辨體彙選》（清文淵閣四庫全書寫本），卷300，頁2203。
〔註223〕〔清〕黃宗羲：《明文海・書五》（清涵芬樓鈔本），卷151，頁1424。
〔註224〕〔清〕黃宗羲：《明文海・書五》（清涵芬樓鈔本），卷151，頁1424。
〔註225〕〔清〕黃宗羲：《明文海・書五》（清涵芬樓鈔本），卷151，頁1424。
〔註226〕〔清〕張廷玉：《明史・列傳・李夢陽》（臺北：臺灣中華書局，《四部備要》影印武英殿本），卷286，頁7。
〔註227〕〔清〕張廷玉：《明史・列傳・李攀龍》（臺北：臺灣中華書局，《四部備要》影印武英殿本），卷287，頁9。
〔註228〕〔明〕王世貞：《藝苑卮言・增補藝苑卮言》（明萬曆十七年刻本），卷5，頁54。

（1524～1593），以李攀龍、王世貞爲代表。因在前七子之後，故稱「後七子」；又有「嘉靖七子」之名。後七子復古擬古，主格調，講法度，互相標榜，廣立門戶。在文壇上活躍的時間比前七子長。一開始結集詩社，推謝榛爲長，後以李攀龍爲領袖。李氏死後，王世貞繼之主持文壇達二十幾年。李攀龍復古觀點最執固，但創作上富於才力，時有雄邁之作。謝榛的文學主張較開明，最富於個性。王世貞晚年放棄復古，肯定直寫性靈，不求藻飾。梁有譽摹擬之病較少，富獨立性。宗臣長於散文，〈報劉一丈書〉名動一時。徐中行爽健蒼勁，吳國倫懇切樸實。

2. 以摹擬為創作

前後七子以摹擬爲創作的途徑。他們認爲秦漢的文，盛唐的詩，各家風格不同，光彩自異；後人應遵守一字一句摹擬，漸漸可得古人神髓，而自成名家。當然，他們的理論主張並不是完全一致的，有些人後來表現出某種重視獨創和性靈的傾向。

前後七子盲目尊古，刻意摹擬，走進食古不化的形式主義胡同，所寫散文內容貧乏，因而未久即一蹶不振，亦終告失敗。

（二）唐宋派

自前七子李夢陽、何景明等人倡言復古後，當代文人之古文創作大多摹擬古人，使得作品不僅缺乏作者自身之思想，使用之文字也過於古奧，流弊甚烈。此時文壇中逐漸蘊釀起一股力量與之對抗，名爲「唐宋派」。代表人物爲王愼中（1509～1559）、唐順之（1507～1560）、茅坤（1512～1601）、歸有光（1506～1571）等。

據黃毅先生的研究指出，王愼中與唐順之在嘉靖十一年（1532）相識於京師，「此時王愼中作文，已有曾鞏風度，並對前七子模擬秦漢古文的做法頗有不滿。」〔註229〕嘉靖十五年（1536），王愼中始明確提出學習宋代文章的主張，在〈再上顧未齋〉中曰：

> 二十八歲以來，始盡取古聖賢經傳，及有宋諸大儒之書，閉門掃几，伏而讀之，論文繹義，積以歲月，忽然有得。追思往日之謬，其不見爲大賢君子所棄，而終於小人之歸者，誠幸矣。〔註230〕

〔註229〕黃毅：《明代唐宋派研究》（上海：上海古籍出版社，2008年3月），頁9。
〔註230〕〔明〕王愼中：《遵巖集》（臺北：臺灣商務印書館，《景印文淵閣四庫全書・集部・別集類・1274冊》影印本），卷21，頁508。

顯然當時王愼中已有初步的文學觀念,「標誌著唐宋派的形成。」〔註231〕而王愼中針對前後七子的擬古弊病,也具體提出爲文改宗歐、曾之主張。唐順之得聞此說後,也大爲讚賞,而成爲此派之早期成員。

在當時前七子正盛之際,王愼中等人之主張並不被接受,連後來加入唐宋派行列的茅坤,原先認爲文當以六經爲本,《史記》爲法,但在與唐順之往復討論,及自身深入鑽研三年後才認同,足見當時唐宋派推行之不易。爲宣傳文學主張,茅坤編《唐宋八大家文鈔》一百六十四卷,此書刊行後極爲盛行,不但擴大唐宋古文的影響,同時也提高此派的「知名度」〔註232〕。因此,黃毅曰:「茅坤的入盟,壯大了唐宋派的聲勢,王愼中、唐順之也以他們的創作實踐,擴大了唐宋派的影響。」〔註233〕

唐宋派崛起後,批評前後七子只懂得一味抄襲,毫無個人特色,缺乏靈魂。因此,將前後七子之學秦漢,改爲學習唐宋文,使得作品文字自佶屈聱牙進步到文從字順,文風趨於平易暢達,此爲該派之一大貢獻。此外,唐宋派相當重視在古文中直抒胸臆,開日後公安派性靈說之先河。

另一方面,唐宋派過於重視道,致創作受到束縛,同時也減輕其影響力。雖然整體來說,唐宋派古文成就超過前後七子,但基於這樣的原因,而無法根本改變文壇局面。不過,對於糾正前後七子的形式主義,和奠定唐宋八大家的地位,卻頗有貢獻。

除此之外,唐宋派對後世文學影響最大者,當屬歸有光的創作實踐,且對清代桐城派的影響重大。歸有光巧妙地將《史記》的白描手法與平話小說的表現手法結合,重新發展出另一種創作技巧。他運用此種技法與簡潔生動的語言,創作大量即景抒情的古文,題材多爲社會中下階層的日常生活,〈先妣事略〉、〈項脊軒志〉等皆爲此類作品。

歸有光新創的寫作方式,便於生動描繪主題與表現作者的性情,相當符合桐城派的創作需求,因此,深受尊崇,被視爲明代文章之唯一正統。最爲明確的例子,便是姚鼐編選《古文辭類纂》時,於明獨取歸有光,以上繼唐宋八家之文統,於清僅取方苞、劉大櫆,足見其受重視之程度。

當然,清代桐城派之所以獨尊歸有光,不單是因爲他創立了這種寫作技

〔註231〕黃毅:《明代唐宋派研究》(上海:上海古籍出版社,2008年3月),頁10。
〔註232〕劉一沾、石旭紅:《中國散文史》(臺北:文津出版社,1995年6月),頁287。
〔註233〕黃毅:《明代唐宋派研究》(上海:上海古籍出版社,2008年3月),頁15。

巧。其實尚有兩大因素：其一，歸有光以簡練之筆寫日常之事，卻又情趣盎然，相當符合桐城派「雅潔」的標準；唐宋派其他人的文章「難免蕪雜疵累」〔註234〕。其二，歸有光道宗程朱，其學醇厚，正與桐城派之義理根基相同；唐宋派其他人「或信奉王學，或程朱陸王兼取，其學駁而不純」〔註235〕。是以自方苞以來，即以之為典範，學習其具體的文章技法。

三、晚明時期諸派競起

（一）公安派的文學主張——獨抒性靈，反對摹擬

明代中期，自前後七子興盛以來，雖曾有唐宋派起而抗爭，但文壇始終以之為首，而不足矯正其流弊。至晚明時期，公安派挺身而起，再度公開抨擊前後七子的擬古陋習。代表人物是袁宗道（1560～1600）、袁宏道（1568～1610）、袁中道（1570～1623）三兄弟，由於籍屬湖北公安人，故稱「公安派」。其重要成員還有江盈科（1553～1605）、陶望齡（1562～1609）、黃輝（1559～1621）等人。其中袁宏道聲譽最高，為公安派的領袖。

公安派為文主張「獨抒性靈，不拘格套」〔註236〕，強調個性的表現。在中國歷來的文學傳統中，性靈往往是「被長期抹煞掩藏的」〔註237〕，在經由其發前人之所未發後，使得文人能夠在文章中抒發個人喜怒哀樂等真性情，大大提高文學創作的自由度，是以該派所作古文大多清新活潑，自然率真。然而缺點為侷限在抒寫閒情逸致之類的題材，思想較貧乏，有些作品甚至流於輕率、淺薄。

（二）竟陵派的文學主張——幽深孤峭

為革公安派作品過於俚俗、浮淺之弊，以竟陵人鍾惺（1574～1624）、譚元春（1586～1637）為首的「竟陵派」，應勢而起，又稱「竟陵體」或鍾譚體。欲以「幽深孤峭」〔註238〕之文風加以匡正。

所謂「幽深孤峭」，指刻意雕琢字句，喜用怪字險韻來求新求奇，而為該

〔註234〕黃毅：《明代唐宋派研究》（上海：上海古籍出版社，2008 年 3 月），頁 117。
〔註235〕黃毅：《明代唐宋派研究》（上海：上海古籍出版社，2008 年 3 月），頁 117。
〔註236〕〔明〕袁宏道：《袁中郎全集》（明崇禎刊本），卷 1，頁 1。
〔註237〕張夢新：《中國散文發展史》（杭州：杭州大學出版社，1998 年 1 月），頁 413。
〔註238〕〔清〕張廷玉：《明史・列傳・鍾惺》（臺北：臺灣中華書局，《四部備要》影印武英殿本），卷 288，頁 8。

派之創作特色，形成艱澀隱晦的風格。雖然這樣的方式，在某種程度來說，確實改善了公安派的缺點，但卻又造成更為嚴重的形式主義流弊。因而，此派文章大多冷僻苦澀，佶屈聱牙。竟陵派繼承公安派「獨抒性靈，不拘格套」及反對擬古之主張，對於廓清前後七子之剽竊文風亦有效發揮實際作用，且對晚明小品及以後小品文大量產生有一定促進之功，然其作品題材狹窄，語言艱澀，又自我束縛其創作的發展。

（三）愛國文社

明代以八股文取士，文人為求取功名，需要有個互為切磋文章，交流學問的場所，因此，結社成風，多者數十人，少者數人。其中，影響最為巨大的當屬晚明之復社與幾社。

1. 復社

由於晚明萬曆年間，朝政日趨腐敗；天啓年間甚至出現閹黨擅權的情形，身為朝廷大員的官吏，不思改善，反倒與之合流，是以張溥（1602～1641）、張采（1596～1648）等人深感痛心，便決定集郡中名士，合併江南幾十個文社，以復興古學為號召，並以東林黨後繼自居，名為復社。試圖藉此矯治政壇的不良風氣，進而達到挽救晚明危機的目標。

復社的古文主張與前後七子基本相同，但卻略有不同，即不全盤否定兩漢之後的古文，如張溥即曾編選《漢魏六朝百三家集》，以提倡魏晉六朝的文章。此外，復社成員大多滿懷愛國熱情，以宗經復古，切實尚用為旨，又積極參與政治鬥爭，因此，作品內容注重反映社會現實，如揭露權奸宦官、同情民生疾苦、謳歌殉明烈士等，情感真切激動，具有強烈的現實主義傾向。這就有別於前後七子的摹擬，更異於公安、竟陵派的閒逸，標誌著明末文風新的重大轉向。

2. 幾社

張溥創立復社的同時，陳子龍（1608～1647）與同邑夏允彝（1596～1645）等創立幾社，與復社相呼應。主要成員有徐孚遠（1599～1665）、彭賓（生卒年不詳）、杜麟徵（生卒年不詳）、周立勛（生卒年不詳）等人。其立社宗旨、古文主張皆與復社相同；同時，亦積極參與政治鬥爭，意圖以復興古學，來重振晚明頹勢。因此，他們的創作自然也以揭露民生疾苦，指摘時政為主要題材。

復社、幾社皆因愛國之心號召而成之文社，雖然他們以復古爲名，以求達到中興晚明的目標，但實際上與前後七子的盲目尊古、擬古不同。他們的作品，大多爲歌頌壯烈成仁、宣傳忠義的愛國作品，「對激勵身臨尖銳政治鬥爭與民族矛盾的官吏、士子和百姓的愛國主義精神，起了積極作用。」〔註239〕

綜觀歷代古文發展，明代文壇爲史上最多流派崛起之時代。諸派主張雖各有異同，成就不一，但在其努力下，形成一股潮流，不斷推動明代古文的前進發展。總而言之，明代古文大致可區分爲三類：其一，明初時期，以程朱理學爲古文之首要標準；其二，明中葉前後七子之「文必秦漢，詩必盛唐」，與晚明之復社、幾社，展開了一連串的明代文學復古運動；其三，明中葉之唐宋派，與晚明之公安派、竟陵派，抨擊前後七子純爲剽竊之復古文風，而發展出白描技法，與「獨抒性靈，不拘格套」的嶄新文論，對清代桐城派的古文創作及文論方面，皆有相當深遠的影響。

四、清初時期啓桐城派之端緒

明代文學之弊有二：一是摹擬剽竊。二是空疏不學。明末清初文人力矯其弊，文壇展現了新的面貌。

明末文學復古運動興盛，艾南英倡豫章社、陳子龍倡幾社、婁東二張之張溥、張采倡復社，又有一派受竟陵派影響，以仿秦文之鈎章棘句爲尚，文翔鳳（生卒年不詳）、王思任（1572～1646）爲其代表。古文在歷經各派的對抗後，發展更爲蓬勃，使得清初古文創作相當盛行，思想也充滿儒家與程朱理學色彩。在清初之明末遺學中，與桐城派關係最爲密切者，當屬艾南英與錢謙益。〔註240〕

此外，清初三先生爲反對晚明文學之剽竊、空虛，欲建立明經載道之實用文學，專心於道之探討，是以文論較其作品出色許多。由於三先生已奠定文論的基礎，三大家雖偶有文論，但多致力於追求文章創作的藝術技巧，因而出現不少佳作。清初古文即以三先生與三大家先後爲文壇正宗，桐城三祖之文學觀念與主張，都曾或多或少地受其影響。〔註241〕

〔註239〕張夢新：《中國散文發展史》（杭州：杭州大學出版社，1998年1月），頁426。
〔註240〕張榮輝：《清代桐城派文學之研究》（臺北：政治大學中國文學研究所碩士論文，1966年），頁99。
〔註241〕張榮輝認爲「整體而論，汪琬、顧炎武、錢謙益、艾南英以上四人，桐城派

其後的戴名世，亦受清初古文諸名家之影響，進一步提出具體文論，與桐城初祖方苞互為切磋，其說雖未成系統，也未有後人繼承；但經由方苞之發展，使戴名世之部分主張得以藉由桐城派之名，讓清代文人窺見其說。

（一）明末遺學

1. 艾南英

艾南英（1583～1646），字千子，號天傭子。東鄉（古屬臨川郡，今屬江西撫州地區）人。著有《天傭子集》十卷。少年時即有文名，卻七挫於場屋。天啟四年（1624），始鄉試中舉。又因對策中譏諷魏忠賢（1568～1627），罰停三科（課）不得參與會試。崇禎元年（1627），魏忠賢伏誅，始得以參與，但仍屢試不第。萬曆年末，時文腐爛，科舉既然機會渺茫，致力於文學改革，遂以時文名天下。艾南英衍歸有光之說，大約在明、萬曆末年至天啟初年間創豫章社。成員包括陳際泰（1567～1641）、羅萬藻（？～1647）、章世純（1575～1644）、陳宏緒（1597～1665）、楊廷麟（？～1646）等；社中有「江西四家」之說，即指章世純、羅萬藻、陳際泰與艾南英，世稱「章、羅、陳、艾」，在當時文壇影響極大。〔註 242〕他們不滿明代前後七子「文必秦漢」之擬古說，又致力於時文的寫作；同時反對竟陵派因襲六朝駢儷，追求硬瘦艱澀、幽深孤峭的文風。

艾南英兼擅古文與時文，欲融時文與古文於一體，要「以今日之文，救今日之為文者。」〔註 243〕他認為古文與時文技巧相通的觀念，影響其後的戴名世，〈甲戌房書序〉曰：

> 自科舉取士而有所謂時文之說，於是乎古文乃亡。……世俗之言既舉古文、時文區畫而分別之，則其法必自有所為時文之法，然而其所為時文之法者陋矣。謬悠而不通於理，腐爛而不適於用。……然則何以救之？亦救之以古文之法而已矣。〔註 244〕

受其影響至為深刻，與桐城派關係很密切。然初未為桐城文家引而入之。故論桐城文學之淵源，當以桐城派自認所承之古文家為準。」詳見張榮輝：《清代桐城派文學之研究》（臺北：政治大學中國文學研究所碩士論文，1966年），頁 106。

〔註 242〕〔清〕張廷玉：《明史・列傳・艾南英》（臺北：臺灣中華書局，《四部備要》影印武英殿本），卷 288，頁 9。

〔註 243〕〔清〕黃宗羲編：《明文海》（清涵芬樓鈔本），卷 311，序 102，頁 3025。

〔註 244〕〔清〕戴名世：《南山集・補遺》（清光緒二十六年刻本），卷下，頁 258～

方苞亦受其影響，提出以古文通於時文，以時文通於古文的主張，促使士子致力於研求時文技巧之餘，也顧及古文創作的需要。簡單地說，即因爲方苞將古文的地位提昇至與時文一樣，因而引起士子學習古文的意願，進而促進桐城派的發展與傳播。

艾南英尊崇司馬遷、韓愈與歐陽修的古文，他在〈與友人論文書・二〉文中指出：「千古文章，獨一史遷。史遷而後，千有餘年，能有史遷之神者，獨一歐公。」〔註245〕在〈答夏彝仲論文書〉曰：「每見六朝及近代王李崇飾字句者，輒覺其俚。讀《史記》及昌黎、永叔古質典重之文，輒覺其雅。然後知浮華與古質，則俚雅之辨也。」〔註246〕〈與陳人中論文書〉一文亦曰：「夫韓歐者，吾人之文所由以至於秦漢之舟楫也。由韓歐而能至於秦漢者無他，韓歐得其神氣而御之耳。」〔註247〕可見其於古文俚雅之見解，艾氏主張文以古質爲雅，而斥崇飾字句爲俚，以求神氣爲尚。〈艾氏再與周介生論文書〉又曰：「昔友陳與羅，巨刃摩天揚。蛟龍盤大幽，鬼語爭割強。凌獵經與史，嘈雜奏笙簧。近者思簡淡，淨洗十年殃。先民有典型，震澤方垂裳。」〔註248〕進一步欲將文章之嘈雜變爲簡淡。諸多論述，都切中方苞「雅潔」說之觀點，是以其說當對方苞有所影響。〔註249〕

爲了推廣自己的主張，艾南英還曾擬以編輯古文選集，作爲正面的典範。據〈艾氏再與周介生論文書〉所述，艾氏本欲從秦漢至元之文章中挑選學文模範，名曰《歷代詩文選》；又選取明代諸家名作爲文集，名曰《皇明古文定》，雖然最終未成，但卻爲清代諸家，以選輯作品標示一派宗旨開了先河。爲姚鼐《古文辭類纂》起了示範作用。除此之外，他搜集「生吞活剝」、「不顧義類」、「鉤章棘句」、「生硬套用」、「溢美飾非」、「以文爲戲」的八股文，編寫了《文剿》、《文妖》、《文腐》、《文冤》、《文戲》等五書，作爲反

259。

〔註245〕　〔明〕賀復徵編：《文章辨體彙選》（清文淵閣四庫全書寫本），卷248，頁1832。

〔註246〕　〔明〕賀復徵編：《文章辨體彙選》（清文淵閣四庫全書寫本），卷248，頁1826。

〔註247〕　〔明〕賀復徵編：《文章辨體彙選》（清文淵閣四庫全書寫本），卷248，頁1828。

〔註248〕　〔清〕黃宗羲編：《明文海》（清涵芬樓鈔本），卷159，書13，頁1498。

〔註249〕　張榮輝：《清代桐城派文學之研究》（臺北：政治大學中國文學研究所碩士論文，1966年），頁101。

面的鑒戒，欲從正反兩面來點明文章創作之禁忌所在，總之，是以反摹擬，貴獨創爲尚。但惜其創作並不出色，書遂不傳。然於〈艾氏再與周介生論文書〉文中，曾概述其義，其中隱以義法爲鑒；〔註250〕此當爲方苞義法說之先聲。

2. 錢謙益

錢謙益（1582～1664），字受之，號牧齋，晚號蒙叟、東澗老人，學者稱虞山先生。江蘇常熟人。萬曆三十八年（1610）進士。錢謙益學問淵博，泛覽子、史、文籍與佛藏，爲東林黨的領袖之一。〔註251〕

錢謙益反對明代唐宋派、公安派與竟陵派文風，認爲「文章者，天地英淑之氣，與人之靈心結習而成者也」〔註252〕，主張必須「根于志，溢于言，經之以經史，緯之以規矩，而文章之能事備矣。」〔註253〕創作時則須兼具「獨至之性，旁出之情，偏詣之學」〔註254〕，再將「深情畜積於內，奇遇薄射於外，輪囷結轖，朦朧萌析」〔註255〕，最後再顯露眞情之所至。文章既要能「陶冶性靈」〔註256〕，又不能除盡「古人之高文大篇，所謂鋪陳終始，排比聲韻者」〔註257〕，因此他主張自古人名作中，習得其鋪陳、聲韻，卻又不能落於摹擬之窠臼，須得自作者之靈心，以經史規矩爲經緯，根志溢言於文中，以體現其性情之自然。同時亦主張積累學問以反對空疏文風。究其文論，概與桐城文論中先天才質、後天學識、觀摹古法、情感眞切等主張相接近，實可

〔註250〕張榮輝：《清代桐城派文學之研究》（臺北：政治大學中國文學研究所碩士論文，1966年），頁101。

〔註251〕順治三年（1646），命錢謙益爲禮部侍郎兼管秘書院事，錢謙益自此仕於清廷。詳見《清史稿校註·文苑一》（臺北：國史館，1986年），卷491，頁11139。

〔註252〕〔清〕錢謙益：《牧齋初學集·李君實恬致堂集序》（臺北：臺灣商務印書館，《四部叢刊》影印明崇禎本），卷31，序4，頁286。

〔註253〕〔清〕錢謙益：《牧齋有學集·序·周孝逸文槀序》（臺北：臺灣商務印書館，《四部叢刊》影印清康熙本），卷19，頁176。

〔註254〕〔清〕錢謙益：《牧齋初學集·馮定遠詩序》（臺北：臺灣商務印書館，《四部叢刊》影印明崇禎本），卷32，序5，頁305。

〔註255〕〔清〕錢謙益：《牧齋初學集·虞山詩約序》（臺北：臺灣商務印書館，《四部叢刊》影印明崇禎本），卷32，序5，頁295。

〔註256〕〔清〕錢謙益：《牧齋有學集·序·湖外野吟序》（臺北：臺灣商務印書館，《四部叢刊》影印清康熙本），卷18，序，頁166。

〔註257〕〔清〕錢謙益：《牧齋初學集·曾房仲詩序》（臺北：臺灣商務印書館，《四部叢刊》影印明崇禎本），卷32，序5，頁299。

窺其影響之跡。

關於文道二統之傳，錢謙益主張歐陽修乃得自司馬遷之眞傳，而傳於歸有光，是以將歸有光列於唐宋八大家之後，校刻《震川先生全集》而序之。之後姚鼐編選《古文辭類纂》，自唐宋以下，僅選明、歸有光之作，以配方苞、劉大櫆，實爲錢謙益所啓發。〔註 258〕

（二）清初文壇正宗

1. 三先生──顧炎武、黃宗羲、王夫之

清初文壇由於反對晚明文學之剽竊、空虛，是以欲建立明經載道之實用文學。顧炎武、黃宗羲、王夫之即因之而起，合稱「三先生」，於學風、文風的轉移，起了關鍵性的作用。他們皆爲明末遺老，對於滿清外族入關，自覺有一份責任，但又不願入朝任官，所以一生皆以著述爲務，專心於潛研學術。他們反對模仿擬古、言之無物的作品，主張窮經致用、明經載道之務實文學，視文章爲載道之工具，要求創作必須益於人心世道，代聖賢立言；一改晚明文章之流弊，影響清初古文之發展、文壇風尚與桐城三祖文論之成型。

顧炎武（1613〜1682），原名絳，字忠清。明亡後，因慕文天祥（1236〜1283）學生王炎午（1252〜1324）爲人，改名炎武，字寧人，亦自署蔣山傭。學者尊爲亭林先生。蘇州府崑山縣（今江蘇崑山）人。〔註 259〕

顧炎武致力於經世致用之學，同時注重士子人格，於《日知錄》文中曰：「保天下者，匹夫之賤與有責焉耳矣。」〔註 260〕又於〈廉恥〉一文申明禮義廉恥四者之中，恥尤爲要，「所以然者，人之不廉而至於悖禮犯義，其原皆生於無恥也，故士大夫之無恥，是謂國恥。」〔註 261〕

經世致用的主張，歷來雖爲儒家所重，文人也都以之爲立身處事之目標，由於時代背景的影響，加上明末遺老的共同強調，首次形成風潮。顧炎武將其思想具體融入於文學理論中，《日知錄》曰：

> 文之不可絕於天地間者，曰明道也、紀政事也、察民隱也、樂道人

〔註 258〕 張榮輝：《清代桐城派文學之研究》（臺北：政治大學中國文學研究所碩士論文，1966 年），頁 99〜100。

〔註 259〕 《清史稿校註・儒林二》（臺北：國史館，1986 年），卷 488，頁 11019。

〔註 260〕 〔清〕顧炎武：《日知錄》（清乾隆刻本），卷 13，頁 253。

〔註 261〕 〔清〕顧炎武：《日知錄・廉恥》（清乾隆刻本），卷 13，頁 259。

之善也。若此者有益於天下，有益於將來，多一篇，多一篇之益矣。

若夫怪力亂神之事，無稽之言，勦襲之說，諛佞之文，若此者有損
於己，無益於人，多一篇，多一篇之損矣。〔註262〕

顧氏首倡「行己有恥」〔註263〕、「博學於文」〔註264〕的觀念。以「博學」力
矯明末空談心性之弊；以「文以載道」觀，倡導經世致用。這種實學的態度
已啓清代文學重視學問、義理的風氣。〔註265〕

桐城三祖吸收這種文學觀，將之納入桐城古文之基本文論，以求發揮文
人的效用，進而對時世有所貢獻。至於對士子人格之要求，雖與桐城所主張
的德行修養不同，但顧炎武對士子自身品性的要求，可能也或多或少地影響
桐城三祖之觀點，使其注意到文章實際上是反映作者自身景況的。

黃宗羲（1610～1695），字太沖，號梨洲，世稱南雷先生，晚年自稱梨洲
老人，學者稱梨洲先生。浙江餘姚人。〔註266〕黃宗羲不滿明代文學摹擬剽竊
之風格，主張文學理應反映現實與作者之眞實情感，因此，文章表現出崇高
的民族氣節和堅強意志。這些與梅曾亮之因時立言及桐城文論之情感眞切等
主張亦有幾分相似。

王夫之（1619～1692），字而農，號薑齋，又號夕堂，或署一瓢道人、雙
髻外史，晚年居住於衡陽之石堂山，又自署船山病叟，學者稱爲船山先生。
〔註267〕湖南衡陽人。王夫之學問淵博，對天文、曆法、數學、地理學等均有
研究，尤擅經學、史學、文學。

王夫之《讀四書大全說》曰：「盡天地之間，無不是氣，即無不是理也。」
〔註268〕他認爲氣屬主體物質，而理爲客觀規律。他就《周易》對天地陰陽相
生相剋說之論述出發，認爲陰陽各相對成象，如剛柔、寒溫、生殺等，相對

〔註262〕〔清〕顧炎武：《日知錄》（清乾隆刻本），卷19，頁371。

〔註263〕〔清〕顧炎武：《日知錄》（清乾隆刻本），卷13，頁258。

〔註264〕〔清〕顧炎武：《日知錄》（清乾隆刻本），卷7，頁126。

〔註265〕郭紹虞認爲「其論文之足以見其學者見解者，則爲義理考據詞章三位一體的
文學觀，這是清代一般文人學者共同的主張，而其意實發自顧黃。」詳見郭
紹虞：《中國文學批評史・下卷》（天津：百花文藝出版社，2001年4月），
頁291。

〔註266〕《清史稿校註・儒林一》（臺北：國史館，1986年），卷487，頁10969。

〔註267〕《清史稿校註・儒林一》（臺北：國史館，1986年），卷487，頁10973。

〔註268〕〔清〕王夫之：《讀四書大全說》（清同治四年湘鄉曾國荃金陵刊船山遺書之
一），卷10，頁353。

者必相爲仇，然又「互以相成，無終相敵之理」〔註269〕，因此得以絪縕生化，氣遂變化日新。此與姚鼐陰陽剛柔風格說有些差距，但天地萬物皆可爲理，盡可融入於文之看法則是相同的。

2.三大家——侯方域、魏禧、汪琬

清初古文創作，較爲著名者，爲侯方域、魏禧、汪琬三人，號稱「清初三大家」。根據《四庫全書總目》曰：

> 古文一脈，自明代膚濫於七子，纖佻於三袁，至啓禎而極敝。國初風氣還淳。一時學者始復講唐宋以來之矩矱。而琬與寧都魏禧、商邱侯方域稱爲最工。宋犖嘗合刻其文以行世。然禧才雜縱橫，未歸於純粹；方域體兼華藻，稍涉於浮夸；惟琬學術既深，軌轍復正，其言大抵原本《六經》，與二家迥別，其氣體浩瀚，疏通暢達，頗近南宋諸家，蹊逕亦略不同。廬陵、南豐固未易言，要之接跡唐、歸，無愧色也。〔註270〕

三子復講唐宋文之法度，於風氣之轉移，起了重要影響，也下開桐城古文的取徑。〔註271〕

侯方域（1618～1654），字朝宗。河南商邱人。少年時，曾主持復社，並與東南名士交遊，名氣甚盛。順治八年（1651）中鄉試副榜。〔註272〕他仿效歸有光之白描，又融貫韓歐古文之筆法，而形成清新奇峭的風格。創作尤以人物傳記見長，善於自細節描繪中，勾勒出人物特色與性格，藝術成就較高。

魏禧（1624～1681），字冰叔，一字凝叔，號裕齋，一號勺庭。江西寧都人。魏禧一生最重氣節，入清後，即絕意仕進，隱居於翠微峰。〔註273〕他主張士子當以明道理、識時務、重廉恥、畏名義爲要務，是以其散文以人物傳記最爲突出，多表彰堅持志節、抗敵殉國之士。

〔註269〕〔清〕王夫之：《張子正蒙注》（清船山遺書本），卷1上，頁14。

〔註270〕〔清〕永瑢：《四庫全書總目提要》，收入《國學基本叢書》（臺北：臺灣商務印書館，1968年），卷173，集部26，頁2971。

〔註271〕郭紹虞於〈古文家之文論〉一節中，視侯魏汪三氏爲桐城派之前驅。詳見郭紹虞：《中國文學批評史・下卷》（天津：百花文藝出版社，2001年4月），頁296～310。

〔註272〕《清史稿校註・文苑一》（臺北：國史館，1986年），卷491，頁11136。

〔註273〕《清史稿校註・文苑一》（臺北：國史館，1986年），卷491，頁11133。

汪琬（1624～1691），字苕文，號鈍翁。曾居太湖堯峰山，學者稱爲堯峰先生。江蘇長洲人。順治十二年（1655）進士，康熙年間（1662～1722）舉博學鴻詞科，授編修。〔註274〕汪琬文論以才氣爲主，〈答陳靄公書一〉曰：「文之所以有寄託者，意爲之也，其所以有力者，才與氣舉之也，於道果何與。」〔註275〕

此三家的文學主張，對桐城派頗具影響。如侯氏主張才與法合。〈倪涵谷文序〉曰：「自文正公殁而天下失其宗，十年以來，後起之俊秀乃務求之繁淫怪誕，以示吾之才高而且博，而先民之規矩蕩然無復存者矣。夫天下之眞才未有肯畔於法者，凡法之亡，由於其才之僞也。」〔註276〕魏禧〈陸縣圃文序〉曰：「變者，法之至者也，此文之法也。」〔註277〕

汪琬更是重視爲文法度，〈答陳靄公書二〉曰：

> 如以文言之，則大家之有法，猶奕師之有譜，曲工之有飾，匠氏之有繩度，不可不講求而自得者也。〔註278〕

又曰：

> 後之作者，惟其知字而不知句，知句而不知篇，於是有開而無闔，有呼而無應；有前後而無操縱頓挫，不散則亂闒。……古人之於文也，揚之欲其高，斂之欲其深，推而遠之欲其雄。……而及其變化離合，一歸於自然也，如神龍之蜿蜒，而不露其首尾。蓋凡開闔呼應、操縱頓挫之法，無不備焉，則本今之所傳，唐宋諸大家舉如此也。前明二百七十餘年，其文嘗屢變矣。而中間最早卓卓知名者，亦無不學於古人而得之。羅圭峰學退之者也；歸震川學永叔者也；王遵巖學子固者也；方正學、唐荊川學三蘇者也。其他，楊文貞、李文正、王文恪又學永叔、子瞻，而未至者也。前賢之學於古人者，非學其詞也，學其開闔呼應、操縱頓挫之法，而加變化焉，以成一家者是也。後生小子，不知其說，乃欲以剽竊摹擬當之，而古

〔註274〕《清史稿校註·文苑一》（臺北：國史館，1986 年），卷 491，頁 11147。

〔註275〕〔清〕汪琬：《堯峰文鈔》（臺北：臺灣商務印書館，《四部叢刊》影印林佶寫刻本），卷 32，頁 374。

〔註276〕〔清〕侯方域：《壯悔堂文集》（上海：上海古籍出版社，《續修四庫全書·集部·別集類·1405 冊》影印清順治刻增修本），卷 1，頁 625。

〔註277〕〔清〕魏禧：《魏叔子文集外篇·敘》（清寧都三魏全集本），卷 8，頁 213。

〔註278〕〔清〕汪琬：《堯峰文鈔》（臺北：臺灣商務印書館，《四部叢刊》影印林佶寫刻本），卷 32，頁 375。

文於是乎亡矣。〔註279〕

可見汪氏論學古人文章之目的，在於主張才氣要歸於節制，以呼應開闔，操縱頓挫，避免散亂；而爲文之法在於學習古人名作中開闔呼應、操縱頓挫之法，再加以變化成作家自身之風格，而非只是單純地剽竊摹擬。同時，汪氏又力倡雅正文字，〈文戒示門人〉曰：「昌明博大，盛世之文也。」〔註280〕

至於汪琬的才氣說，與桐城文論之先天才質、後天學識相似；爲文之法，亦與桐城文論之觀摹古法、格局句式雷同。此外，汪琬〈跋王于一遺集〉曰：「夫以小說爲古文辭，其得謂之雅馴乎？既非雅馴，則其歸也，亦流爲俗學而已矣。」〔註281〕正與方苞古文義法忌雜小說，以求語言雅潔之看法一樣。

尤師信雄曾於《桐城文派學述》比較清初三大家之古文，曰：

> 三子者皆傾力於詩文，而以文章名世；侯朝宗才盛而能軌於法，魏叔子深於義理，而才足以運法，汪堯峰才弱而醇於學，亦不失古人之法。觀其所作，朝宗才華艷發，而爲才子之文；冰叔理充氣足，每作策士之高論；堯峰則深醇雅正，發而爲儒者之文。要皆各有其特色，而以唐宋爲依歸。……蓋三家之文皆祈嚮唐宋，矩矱韓歐，於清初諸家襃然首舉。雖未能建立系統之理論，成其風會，蔚爲宗派，然能揚棄七子之餘波，一變晚明浪漫頹廢之風氣，深植清世古文運動之根基，而爲桐城派之先導。〔註282〕

侯方域初以六朝爲宗，繼而取法韓歐，爲才子之文；魏禧則取法蘇洵，爲策士之文；汪琬則取法歐陽修、歸有光，爲儒者之文。三人之才學文章，各有特色，然皆「祈嚮唐宋，矩矱韓歐」。就三大家的文論與作品可知，汪琬對桐城派的影響最大，魏禧次之，侯方域爲末；但無論多寡，他們的主張，確實深植清世古文運動之根基，爲桐城派奠定了有利的發展條件。

（三）桐城派之啟發者——戴名世

戴名世（1653～1713）字田有，一字褐夫，號南山，別號憂庵，安徽桐

〔註279〕〔清〕汪琬：《堯峰文鈔》（臺北：臺灣商務印書館，《四部叢刊》影印林佶寫刻本），卷32，頁375。

〔註280〕〔清〕汪琬：《堯峰文鈔》（臺北：臺灣商務印書館，《四部叢刊》影印林佶寫刻本），卷1，頁104。

〔註281〕〔清〕汪琬：《鈍翁前後類稿》（濟南：齊魯書社，《四庫全書存目叢書》影印清康熙刻本），卷48，頁786。

〔註282〕尤信雄：《桐城文派學述》（臺北：文津出版社，1989年1月），頁2～3。

城人。少年即有文名，所作時文爲天下傳誦。康熙二十五年（1686）由貢生入京師國子監，由於勇於敢言，太學諸生皆稱爲狂士，而「諸公貴人畏其口，尤忌嫉之。」〔註283〕

康熙三十年（1691），方苞與戴名世在京師同貢於太學認識，其後二十年兩人往來甚密，常針對古文創作與文論的理念互爲切磋，而並盛名於時。〔註284〕戴名世〈方靈皋稿序〉曰：「蓋靈皋自與余往復討論，面相質正者且十年。每一篇成，輒舉以示余，余爲之點定評論，其稍有不愜於心，靈皋即自毀其稿。而靈皋尤愛慕余文，時時循環諷誦。……靈皋於《易》、《春秋》訓詁不依傍前人，輒時有獨得。而余平居好言史法，以故余移家金陵，與靈皋互相師資。」〔註285〕此文作於康熙三十八年（1699），是年方苞中江南鄉試第一，戴名世因作此文相贈，並於文中敘及與方苞的文墨交誼。

康熙四十一年（1702），戴名世由江寧遷桐城南山，欲將歸隱，其門人尤雲鄂將生平所抄戴氏古文百餘篇刊行，因戴氏卜居南山岡，文集遂以《南山集偶鈔》命名，即後著名之《南山集》，方苞爲其作序。康熙四十八年（1709），年五十七始中舉，中會試第一名，殿試以一甲二名及第，授翰林院編修，參與明史館之編纂。

康熙五十年（1711）冬十月，左都御史趙申喬（1644～1720）即彈劾戴名世，奏本曰：

> ……題爲特參狂妄不謹之詞臣，以肅官方，以昭法紀事。……翰林院編修戴名世，妄竊文名，恃才放蕩。前爲諸生時，私刻文集，肆口游談，倒置是非，語多狂悖，逞一時之私見，爲不經之亂道。徒使市井書坊翻刻貿鬻，射利營生。識者嗤爲妄人，士林責其乖謬。聖明無微不察，諒俱在洞鑒之中。今名世身膺異數，叨列巍科，猶不追悔前非，焚削書板。似此狂誕之徒，豈容濫廁清華！臣與名世素無嫌怨，但法紀所關，何敢狗隱不言。……祈勅部嚴加議處，以爲狂妄不謹之戒。〔註286〕

〔註283〕《清史稿校註·文苑一》（臺北：國史館，1986年），卷491，頁11172。

〔註284〕曾光光：〈戴名世與桐城派關係辨析〉，《安徽史學》第5期（2008年），頁93。

〔註285〕〔清〕戴名世：《南山集·序》（清光緒二十六年刻本），卷3，頁41。

〔註286〕國粹學報社：《古學彙刊·記桐城方戴兩家書案》（臺北：力行書局，1964年），頁1311。

當時清廷爲穩固君權，正大興文字獄，鎮壓有民族意識的漢族知識分子，康熙見此奏本，隨即命刑部加以徹查。戴名世、作序之方苞，刻書之尤雲鄂（生卒年不詳），還有文集中〈與余生書〉之余湛（生卒年不詳）與方、戴兩家有服之親屬三百餘人皆被逮入獄，顯示了專制時代的濫施淫威。

　　據《古學彙刊‧記桐城方戴兩家書案》所載，戴名世於獄中供稱：「我〈與余生書〉內有方學士名，即方孝標。他作的《滇黔紀聞》，內載永曆年號。我見此書，即混寫悖亂之語，罪該萬死。」〔註287〕〈與余生書〉乃其與學生余湛討論關於搜集南明史料之事的書札。〔註288〕審訊兩年，即據此文判決，曰：「查戴名世書內，欲將本朝年號削除，寫入永曆大逆等語，據此，戴名世照律凌遲處死。」〔註289〕罪名定讞，時余湛已死獄中，方苞幸得李光地營救，得脫免於難，而戴名世與尤雲鄂俱論死，其他人得以寬釋。戴名世遭禍後，人隱其姓名曰宋潛虛，平生未及著書，已作之文亦多散失。咸豐間戴鈞衡搜集整理爲《潛虛先生集》，往後流傳之《南山集》皆本於此。

　　戴名世認爲談及南明歷史，宜比照蜀漢烈祖昭烈皇帝劉備（221～223）、宋懷宗趙昺（1278～1279），用永曆紀年，方爲適當。清廷若就此定罪，則略顯不足；然而遍查《南山集》，卻又別無悖逆之語，「故此案頗引人懷疑」。〔註290〕

　　戴名世古文向來多以稱頌節義之士，控訴滿清酷行爲主題，如〈畫網巾先生傳〉文末贊曰：

〔註287〕國粹學報社：《古學彙刊‧記桐城方戴兩家書案》（臺北：力行書局，1964年），頁1312。

〔註288〕余湛偶然巧遇犁支，於言談間曾論及南明桂王之事。犁支本是南明桂王宮中的太監，自桂王被吳三桂殺後，他便皈依佛教，削髮爲僧。由於犁支所述爲親身經歷，所述之事應當比較可靠。戴名世得知後，忙趕至余生處，但犁支已離去，二人未能晤面。戴名世於是囑咐余生把所聽到的情況寫給他，並與方孝標《滇黔紀聞》加以對照，考其異同，發現一些可疑之處。於是戴名世又寫信給余生，詢問犁支下落，欲與其「面談共事」。那封信便是後來使戴名世獲罪的〈與余生書〉。而余湛早年雖師事於戴名世，後已多年未與之聯繫，期間僅通過此信，卻因信件內容涉及敏感，被捕入獄，而病死其中。詳見國粹學報社：《古學彙刊‧記桐城方戴兩家書案》（臺北：力行書局，1964年），頁1308。

〔註289〕國粹學報社：《古學彙刊‧記桐城方戴兩家書案》（臺北：力行書局，1964年），頁1313。

〔註290〕吳孟復：《桐城文派述論》（合肥：安徽教育出版社，2001年7月），頁62～63。

自古守節之士，不肯以姓字落人間者，始於明永樂之世。當是時，一夫守義，而禍及九族，故多匿跡而死，以全其宗黨。迨崇禎甲申後，其令未有如是之酷也；而以余所聞，或死或遁，不以姓名里居示人者頗多。有使弔古之士，莫能詳焉，豈不可惜也夫！如畫網巾先生事甚奇；聞當時有馬耀圖者，見而識之，曰：「是為馮生舜也？」至其生平，則又不能言焉。余疑其出於附會，故不著於篇。〔註291〕

於文中詳述順治二年（1645），滿清於福建境內屠殺漢人的血腥事件。

此外，再加上戴名世〈八月庚申及齊師戰於乾時我師敗績〉曰：「今夫《春秋》之義，莫大於復仇。仇莫大於國之奪於人，而君父之死於人也，故吾力能報焉，而有以洗死者之恥，上也；其次，力不能報，而報之不克而死；最下則忘之；又最下則事之矣。」〔註292〕

康熙帝本就打算興以文字獄的大案，向那些假藉網羅明末文獻，纂修明史之名，實際上卻暗地鼓吹反清之文人們，宣示嚴懲不貸的決心與態度。而戴名世的慕明心態明顯，又屢作文章攻擊清廷之所作所為，相當符合那些自詡為明朝遺民，而一再於民間醞釀反清情緒者之形象；此時正逢趙申喬上奏彈劾，種種的巧合，遂使戴名世成為殺雞儆猴的犧牲品。

學界在定位戴名世與桐城派的關係時，觀點不一。有的認定其為桐城始祖，〔註293〕如周中明〈應恢復戴名世桐城派鼻祖的地位〉曰：「本文認為應恢復戴名世桐城派鼻祖的地位，其根據：一、戴名世首先豎起了『振興古文』的大旗；二、戴名世的古文創作成就傑出，在他的周圍形成了一個作家群，為桐城文派的創立奠定了雛形；三、方苞的古文成就與戴名世的栽培分不開；四、戴名世奠定了桐城文派以程朱理學為道統，以司馬遷、韓愈、歐陽修、歸有光等為代表的古文文統；五、桐城派文論與戴名世的文學主張一脈

〔註291〕〔清〕戴名世：《南山集・傳》（清光緒二十六年刻本），卷8，頁133。

〔註292〕〔清〕戴名世：《南山集・雜著》（清光緒二十六年刻本），卷12，頁195。此外，關愛和認為「戴氏以復仇詮釋《春秋》大義的弦外之音，是任何一個親歷明清社會變革的士人都能會意於心的。」詳見關愛和：〈《南山集》案與清代士人的心路歷程——以戴名世、方苞為例〉，《史學月刊》第12期（2003年），頁24。

〔註293〕俞樟華整理出學界以戴名世為始祖的意見中，尚有其究竟是否歸屬於桐城派的歧見，但他們皆相當肯定戴名世所給予桐城派的積極影響。詳見俞樟華：〈近十幾年來戴名世研究綜述〉，《文史知識》第1期（1997年），頁66。

相承。」〔註294〕

有的認為戴名世為桐城先驅。如楊向奎〈戴名世集序〉曰:「戴氏年長於望溪,與之同執文壇牛耳,後因《南山集》案發,導致身敗名裂,書亦遭毀禁,然其在文學方面的影響,則久而彌固,故以戴氏為桐城派之先驅,絕非過分之言。」〔註295〕

有的認為戴名世與桐城派的建立並無關聯,不能視其為先驅。如曾光光〈戴名世與桐城派關係辨析〉曰:「戴名世與桐城派的創建並無關涉,只是與方苞有著密切往來,並持有相近文學、學術觀點的桐城籍學者。……既然戴名世與方苞之間是一種同學、學友關係,且方苞在當時文壇的影響之大無人出其右,自然也就不存在方苞的古文之學『師承』於戴名世的問題。……《南山集》在近一百年的時間裡受到政府的嚴密追查銷毀,使戴名世的文風、思想都不可能在當時產生影響,而這一百年正好是桐城派發展的顛峰時期。」〔註296〕

諸家論述,各有其長,然依筆者之見,戴名世確實與桐城派的形成無關;且其文論後來經過桐城三祖之發展,與桐城文論所講求的主張已有所不同;加上《南山集》案發後,被嚴密查禁近一百年,戴名世的文風、思想無法直接影響當世,只能藉由方苞義法之傳而有所窺見,是以自然不可稱其為始祖、先驅。但也不能忽視戴名世與方苞間的文學交流,確實促進桐城文論成型的貢獻,故筆者認為戴名世當為桐城派之啟發者。以下探討戴名世的文學主張:

1. 率其自然

戴名世認為文章體裁雖殊,創作內容也因不同作者而有不同變化,但就其要旨,實則歸一。〈與劉言潔書〉曰:

> 僕平居讀書,考文章之旨,稍稍識其大端。竊以為文章之為道,雖變化不同,而其旨非有他也,在率其自然而行其所無事。即至篇終語止,而混茫相接,不得其端。此自左、莊、馬、班以來,諸家之

〔註294〕周中明:〈應恢復戴名世桐城派鼻祖的地位〉,《安徽大學學報(哲學社會科學版)》第3期(1994年),頁55。

〔註295〕〔清〕戴名世撰、王樹民編校:《戴名世集》(北京:中華書局,1986年2月),頁7。

〔註296〕曾光光:〈戴名世與桐城派關係辨析〉,《安徽史學》第5期(2008年),頁93～96。

旨，未之有異也。〔註297〕

〈李潮進稿序〉亦曰：「今夫文之為道，雖其辭章格制各有不同，而其旨非有二也，第在率其自然而行其所無事。此自左、莊、馬、班以來，諸家之旨未之有異也」〔註298〕；〈送蕭端木序〉曰：「蓋余平居為文，不好雕飾，第以為率其自然而行其無所事，文如是止矣。」〔註299〕可見戴名世主張文章貴在自然流露作者的真性情，是以為文時不應雕飾，而是率其自然之性，以行其文。

戴名世體認到在為文前，即須耗其精力熟讀萬卷書，行文時又要求不受前人成規所限，率其自然以展現作者性情，是相當困難的事，是以乃就其自身的創作經驗提供給士子們參考。〈與劉言潔書〉曰：

> 蓋文之為道，難矣。今夫文之為道，未有不讀書而能工者也，然而吾所讀之書而吾舉而棄之，而吾之書固已讀，而吾之文固已工矣。夫是一心注其思，萬慮屏其雜，直以置其身於埃壒之表，用其想於空曠之間，遊其神於文字之外，如是而后，能不為世人之言，不為世人之文，斯無以取世人之好。故文章者，莫貴於獨知。今有人於此焉，眾人好之，則眾人而已矣，君子好之，則君子而已矣。是故君子恥為眾人之所好者，以此也。彼眾人者，耳剽目竊，徒以雕飾為工，觀其菁華爛漫之章，與夫考據排纂之際，出其有惟恐不盡焉，此其所以枵然無有者也。〔註300〕

戴氏認為凡為文者，必先屏其雜慮，專心注思於創作；使其意志若浮於埃壒空曠之間，遊神於文字之外；如此，言便能獨異於世人，文便能獨高於天下。而那些不思精進，僅以剽竊古人之作為己文者，則只能藉由雕飾文章來突出作品；表面上雖看似菁華爛漫，實際上皆可有可無，毫無存在的價值。此說與姚鼐之「道與藝合，天與人一」之主張有些類似之處，詳見第四章所述。

2. 質平兼具

為文率其自然後，創作要依據何種方式，才能使文章之藝術表現突出，

〔註297〕〔清〕戴名世：《南山集・書》（清光緒二十六年刻本），卷5，頁89。
〔註298〕〔清〕戴名世：《南山集・序》（清光緒二十六年刻本），卷3，頁46。
〔註299〕〔清〕戴名世：《南山集・贈序》（清光緒二十六年刻本），卷6，頁102。
〔註300〕〔清〕戴名世：《南山集・書》（清光緒二十六年刻本），卷5，頁89。

思想獨具呢？戴名世認爲應當要掌握文之質平。〈章泰占稿序〉曰：

> 質者，天下之至文者也；平者，天下之至奇者也。莫質於素，而本
> 然之潔。纖塵不染，而采色無不受焉。莫平於水，而一川泓然，淵
> 涵渟蓄，及夫風起水湧，魚龍出沒，觀者眩駭，是故於文求文者，
> 非文也；於奇求奇者非奇也。……夫爲文而至於質且平，則其品甚
> 高，而知者甚少，非世俗之所能爲，亦非世俗之所能識也。今夫浮
> 華濃豔，刊落之無遺，而後眞實者以存。潦水既盡，寒灘以清。此
> 其所以造於質且平也。假使世俗而爲之，則其所爲質且平者，枯槁
> 頑鈍而無一有，安在其文，亦安在其奇也？〔註301〕

戴氏指出「質」爲天下至文，「平」爲天下至奇，然箇中道理知者甚少，「非
世俗之所能爲，亦非世俗之所能識也」，須「置其身於埃壒之表，用其想於空
曠之間，遊其神於文字之外」〔註302〕，方能感悟獨知之理。文之「質」若能
如素帛一般，本潔而不染，那麼外在虛飾的采色，即無法入於其中，即爲天
下至文；文之「平」若能如一川泓水一般，平日淵蓄其力量，待風起水湧時，
魚龍忽而騰躍，使觀者一見便驚駭不已，即爲天下至奇。作者爲文若能兼顧
質平者，則文品自高。而世俗之人，大多好文而惡質，好奇而惡平，一昧追
求文飾奇崛，使得文章風格趨於浮華濃豔，待刊落無遺後，但覺其文枯槁頑
鈍，內無一物，則根本不足謂爲文，更遑論奇？

　　戴名世主張爲文兼具質平，則風格自然呈現樸美之境，堪稱爲君子之
文。〈與劉言潔書〉曰：

> 君子之文，淡焉泊焉，略其町畦，去其鉛華，無所有乃其所以無所
> 不有者也。僕嘗入乎深林叢落之中，荊榛礙吾之足，土石封吾之目，
> 雖咫尺莫能盡焉，余且惴惴焉，懼跬步之或有失也。及登覽乎高山
> 之巔，舉目千里，雲煙在下，蒼然茫茫，與天無窮。頃者遊於渤海
> 之濱，見夫天水渾淪，波濤洶湧，徜悅四顧，不復有人間。嗚呼！
> 此文之自然者也。〔註303〕

其以自身的創作體驗爲例，闡述文章具有的自然情致之美；淡泊無華的風格，
正是爲文率其自然所欲追求的境界。

〔註301〕〔清〕戴名世：《南山集‧序》（清光緒二十六年刻本），卷3，頁56。

〔註302〕〔清〕戴名世：《南山集‧書》（清光緒二十六年刻本），卷5，頁89。

〔註303〕〔清〕戴名世：《南山集‧書》（清光緒二十六年刻本），卷5，頁89～90。

3. 精氣神渾一

戴名世將道家的精氣神〔註304〕運用在文論上。所謂「精」，在〈答伍張兩生書〉一文曰：

> 太史公纂〈五帝本紀〉：「擇其言尤雅者」，此精之說也。蔡邕曰：「鍊余心兮浸太清」。夫惟雅且清則精，精則糟粕、煨燼、塵垢、渣滓，與凡邪僞剝賊，皆刊削而靡存，夫如是之爲精也。〔註305〕

可知「精」即注重文辭之擇雅煉清，使文章之思想純正，語言質樸，風格簡潔。〔註306〕戴名世在〈己卯科鄉試墨卷序〉又再進一步闡釋，曰：

> 夫言之行世而垂遠，則又不可以無文。君子冥心孤詣，其與古人之載籍，沉浸釀鬱，得其精華，而去其糟粕，舉筆而爲之，灑灑自遠，雖歷年之多，而常新不敝。此所謂擇焉而精者也。〔註307〕

語言用以行文，若不經一番擇雅煉清之工夫，那麼與口語何異，又怎能行之久遠？君子必先熟讀古人之載籍，沉浸其中，取其精華，去其糟粕後，再融合自身之修養、才情，舉筆爲文自然文思泉湧，片刻即成。如此大作，雖歷經多年，觀之仍有新意，具有長久的藝術生命力。此種看法，與方苞要求之語言雅潔的確有幾分神似。

除了文辭須擇雅煉清外，尚須刪繁就簡，使內容盡屬精要之文，〈張五貢文集序〉曰：

> 始余之從事於文章，年不過二十。一日山行，遇一賣藥翁，相與語，因及文章之事。翁曰：「爲文之道，吾贈君兩言，曰割愛而已。」余謾應之，已而別去，私自念翁所言良是。歸視所文，見其辭采工麗可愛也；議論激越可愛也；才氣馳驟可愛也，皆可愛也，

〔註304〕精氣神本爲人類身體的要素，其概念起源於先秦著作，如《老子》、《莊子》、《管子》、《孟子》、《黃帝內經》等，皆曾有所闡述，並具體提出「存精」、「養氣」、「守神」等養生之道；此種主張後來被道家視爲基本學說而持續發揚。漢魏時，由於中醫學的興盛，使得精氣神之說得以自中醫學的角度切入，從生理、病理及形神關係等方面進行剖析；同時道學亦從煉養角度進行更深入的探究，是以取得重大突破與發展。成就最大的應屬內丹學，其廣泛吸取儒、道、佛及中醫學、天文學等相關理論，結合實踐，深入闡發精氣神之說，使其趨於完善，而爲中華氣功學傳統理論之一。

〔註305〕〔清〕戴名世：《南山集·書》（清光緒二十六年刻本），卷5，頁88～89。

〔註306〕李禕：《戴名世散文研究》（廣州：暨南大學中國古代文學碩士論文，2006年），頁44。

〔註307〕〔清〕戴名世：《南山集·補遺》（清光緒二十六年刻本），卷下，頁261。

則皆可割也。如是而吾之文其可存者不及十二三矣。蓋昔嘗讀陸士
衡之言曰：「苟背義而傷道，文雖愛而必捐。」由翁之意推之，則雖
於道無傷，於義無背，亦有當捐而去之者，而況背義與傷道者乎。
翁之論較陸士衡則精矣，余自聞此論，而文章之真諦秘鑰始能識
之。〔註308〕

為文之初，必肆其才氣，騁其文采，思欲納天地萬物於文中，而忽略文章主
題，使文辭繁冗浮泛而無足觀。那些內容雖與文章旨趣無涉，卻是作者心力
之所結，要讓其將多餘文辭刪去，形同「割愛」般的不捨，一旦決心捐而去
之，則文章即可達到簡雅醇淨之效。此觀點後來為方苞所吸收，進而提出雅
潔說，成為桐城文論的基礎精義之一。〔註309〕

所謂「氣」，〈答伍張兩生書〉曰：

有物焉，陰驅而潛率之。出入於浩渺之區，跌宕於沓靄之際；動如
風雨，靜如山嶽；無窮如天地，不竭如山河，是物也傑然有以充塞
乎兩間，而蓋窮冒乎萬有。嗚呼，此為氣之大過人者，豈非然哉。

〔註310〕

可知「氣」即「氣勢」，為作者將其精神思想陰驅潛率於創作時的體現。戴名
世認為文氣之展，於浩渺沓靄之間，當能自由來去，如此動則若風雨驟至，
靜則若山嶽無移，勢之所貫，當如天地江河之無窮，文章才得以蘊含萬物，
而充塞其間。簡單地說，氣為作者將其內在精神思想化為文辭的一種力量，
來自於作者平日涵養積累的道德修養與真情實感，發之為文便呈現出洶湧澎
湃、汪洋恣肆的氣勢。〔註311〕是以戴名世〈再與王靜齋先生書〉曰：「竊以為
文章非苟然作也，要在於明其體，平其心，養其氣，捐其近名之心，去其欲
速之見，夫如是而去其古也不遠矣。」〔註312〕即言明為文要務在於明體、平
心、養氣，且捐名去速，如此涵蓄一段時日，舉筆為之，即灑灑自遠，而為
近古之大作。

〔註308〕〔清〕戴名世：《南山集・序》（清光緒二十六年刻本），卷2，頁34。
〔註309〕王奇峰：《戴名世古文研究》（鄭州：鄭州大學中國古代文學碩士，2006年），
　　　　頁22。
〔註310〕〔清〕戴名世：《南山集・書》（清光緒二十六年刻本），卷5，頁89。
〔註311〕李禕：《戴名世散文研究》（廣州：暨南大學中國古代文學碩士論文，2006
　　　　年），頁45。
〔註312〕〔清〕戴名世：《南山集・書》（清光緒二十六年刻本），卷5，頁84。

所謂「神」，其義有二，一為文章神韻。〈答伍張兩生書〉曰：

> 今夫語言文字也，文也，而非所以文也；行墨蹊徑，文也，而非所
> 以文也。文之為文必有出乎語言文字之外，而居乎行墨蹊徑之先。
> 蓋昔有千里馬牝而黃，伯樂使九方皋視之，九方皋曰：「牡而驪。」
> 伯樂曰：「此真知馬者矣。」夫非有聲色臭味足以娛悅人之耳目口
> 鼻，而其致悠然以深，油然以感，尋之無端而出之無跡者，吾不得
> 而言之也。夫惟不可得而言，此其所以為神也。〔註313〕

可見神即為作者品性、學識、才質之展現。戴名世認為神「居乎行墨蹊徑之
先」，即在筆落之際，心之所嚮，意之所表，便有所定。但神並無法直接從語
言文字的敘述表達出來，而是含藏其中，僅能藉由細細品味才得以窺見其神
之所在。

二為傳神，即藉由細節的描繪，使其形象鮮明躍於紙上，足以表現其個
性特徵。戴名世以畫家寫生為例，〈有明歷朝小題文選序〉曰：「寫生之技莫
妙於傳神，然亦莫難於傳神。」〔註314〕

神既尋之無端，出之無跡，卻又不得而言之，那麼要如何習古人之神，
從而轉化為自我之神呢？戴名世主張自形以求之，即藉由摹擬古人字句，以得
其為文之形。但所謂摹擬，並非單純地剽竊字句，而是就古人名作中，挑選其
精要之處學習。他於〈書歸震川文集後〉文中，舉歸有光為例，認為歸氏為文
即因不「句句而摹之，字字而擬之」〔註315〕，故能「得子長之神」〔註316〕。
簡單地說，摹擬古人之作只是學文者求神之途徑，待體會其神後，便應脫去
其形，融入自己的學識、性情於其中，從而轉化為自己獨具之神。

戴名世據方舟（方苞兄，生卒年不詳）「須有魂焉以行乎其中，文而無魂
焉，不可作也」〔註317〕之說加以推闡，〔註318〕強調「魂」應有所區分。在〈程
偕柳稿序〉曰：

> 凡有形者謂之魄，無形者謂之魂，有魄而無魂者，則天下之物皆僵

〔註313〕〔清〕戴名世：《南山集‧書》（清光緒二十六年刻本），卷5，頁89。
〔註314〕〔清〕戴名世：《南山集‧補遺》（清光緒二十六年刻本），卷下，頁263。
〔註315〕〔清〕戴名世：《南山集‧序》（清光緒二十六年刻本），卷4，頁82。
〔註316〕〔清〕戴名世：《南山集‧序》（清光緒二十六年刻本），卷4，頁82。
〔註317〕〔清〕戴名世：《南山集‧序》（清光緒二十六年刻本），卷3，頁57。
〔註318〕王奇峰：《戴名世古文研究》（鄭州：鄭州大學中國古代文學碩士論文，2006
年），頁24。

且腐，而無復有所爲物矣。今夫文之爲道，行墨字句其魄也；而所
謂魂也者，出之而不覺，視之而無跡者也。……文章生死之幾，在
於有魂無魂之間，而執魂之一言以觀世俗之文，則雖洋洋大篇，足
以譁世而取寵，皆僵且腐而已，而豈可以謂之文乎？〔註319〕

戴氏認爲有形者謂之「魄」，無形者謂之「魂」，以天下之物必同時具有「魂」、
「魄」爲例，來解釋爲文之道。若僅有其一，則文章皆僵且腐，譁世取寵而
已，不可謂爲文。此外，魄爲有形，魂爲無形，兩者的關係，正如形與神之
間的關係一樣；初學在習其魄，以得其魂；後合二者以仿其形；待知古人之
神，則脫去其形，融入自己日常積累之所得，以轉化爲自我獨具之神，而爲
妙善之文。

　　精、氣、神爲文章審美要素之所在，〔註320〕戴名世主張三者應聚凝而渾
於一，運用擇雅煉精的文辭，將作者平日累積之物，以陰驅潛率之姿，展現
無窮之浩氣，其間則隱含幽深的神韻，充分表現出作者修養、構思與作品所
達到的藝術境界。〔註321〕此外，戴名世所講究的氣、神之主張，後來被劉大
櫆、姚鼐所吸收，加以推衍弘揚後，分別提出「神氣」說與「神理氣味格律
聲色」說，可謂爲桐城文論之先河。〔註322〕

4. 道法辭〔註323〕兼備

　　戴名世極爲推崇艾南英，對其文學主張也甚是服膺。〔註324〕〈己卯行書
小題序〉曰：

在昔選文行世之遠者，莫盛於東鄉艾氏，余嘗側問其緒言曰：「立言
之要，貴合乎道與法，而制舉業者，文章之屬也，非獨兼夫道與法
而已，又將兼有辭焉。」是故道也，法也，辭也，三者有一之不備

〔註319〕〔清〕戴名世：《南山集・序》（清光緒二十六年刻本），卷3，頁57。
〔註320〕王奇峰：《戴名世古文研究》（鄭州：鄭州大學中國古代文學碩士論文，2006年），頁21。
〔註321〕趙棟棟：《桐城文派的形成及其古文理論意義之闡釋》（西安：陝西師範大學文藝學碩士論文，2006年），頁18。
〔註322〕王奇峰：《戴名世古文研究》（鄭州：鄭州大學中國古代文學碩士，2006年），頁24。
〔註323〕戴名世〈宋嵩南制義序〉中闡述此主張時，曾改稱爲理法辭。但究其文章，皆以道法辭爲旨，故本文仍以道法辭爲述。
〔註324〕王奇峰：《戴名世古文研究》（鄭州：鄭州大學中國古代文學碩士，2006年），頁19。

焉，不可謂之文也。〔註325〕

戴名世自艾南英所發而未盡之言論中，體悟到文章的創作要素即為道法辭。他從艾氏所述的概念出發，進一步探究，形成具體的文論。

關於「道」，〈己卯行書小題序〉曰：

> 今夫道具載於四子之書，幽遠閎深，無所不具，乃自漢唐諸儒相繼訓詁箋疏，卒無當於大道之要，至宋而道始大明，乃程朱之後，已有浸淫而背其師說者，況以諸生學究，懷利祿之心胸，而欲使之闡明義理之精微，固已難矣。〔註326〕

〈與何屺瞻書〉亦曰：

> ……聖人之道衰，……至宋之儒者而發皇恢張，始以大明於天下，故學者終其身守宋儒之說足矣。〔註327〕

顯然戴名世所說的道，分為「聖人之道」與「文章之道」。〔註328〕所謂「聖人之道」，即儒家之說，其內容已具體載於四書，漢唐諸儒雖相繼訓詁其義，卻無當於道，遂使聖人之道衰；直至宋代，程朱始闡明義理之精微，使道之大義明示於天下；而後之學者為求文名，背離師說，胡亂浸淫，道之真義愈發不明，因此學者欲求聖人之道，則終身信守程朱之學即可。

所謂「文章之道」，即義理，而文章所闡述之義理應當發聖人之道的精微，因此內容應當言之有物，方為足觀。〈答趙少宰書〉曰：

> 夫有所為而為之謂之物；不得已而為之謂之物。近類而切事，發揮而旁通，其間天道具焉，人事備焉，物理昭焉，夫是之謂物也。夫子之釋乾之九三，曰：「修辭立其誠，所以居業也。」惟立誠故有物，苟其不然，則雖菁華爛熳之章，工麗可喜之作，《中庸》所謂「不誠無物」也，君子之所不取也。〔註329〕

在他看來，義理等同於物，其別有二，一是下筆前即有明確宗旨，乃有所為而為之；二是一時情感湧發，遂率其自然而作，乃不得已而為之。不管是有所為或不得已而為之文，作者皆須藉由事類之所近，切入發揮，使文章內容

〔註325〕〔清〕戴名世：《南山集·序》（清光緒二十六年刻本），卷4，頁75～76。

〔註326〕〔清〕戴名世：《南山集·序》（清光緒二十六年刻本），卷4，頁76。

〔註327〕〔清〕戴名世：《南山集·書》（清光緒二十六年刻本），卷5，頁96。

〔註328〕趙棟棟：《桐城文派的形成及其古文理論意義之闡釋》（西安：陝西師範大學文藝學碩士論文，2006年），頁16。

〔註329〕〔清〕戴名世：《南山集·書》（清光緒二十六年刻本），卷5，頁90。

具天道，備人事，昭物理，三者齊收方可謂爲義理。此外，天道、人事、物理均須出於「誠」，即要求忠於作者自身的情感、個性，於文辭中確實描寫出所欲表達之事理；〔註330〕如此方爲立誠，所言方爲有物；反之則無物。無物之文，即便經過作者的巧飾，爲「工麗可喜之作」，仍爲君子所不取。

既知君子所取文章之道的標準，在於是否符合立誠有物，然文章取材之範圍應當如何選擇呢？〈與何屺瞻書〉曰：

> 余讀集中所載，有云：「經義始於宋，作者但依傍宋人門徑足矣，唐已不近，況高談秦漢乎。」足下之言云爾，余以爲非也。……至於文章之道，未有不縱橫百家而能成一家之文者也。〔註331〕

可見戴名世認爲士子習文不當侷限於宋儒門徑，應先縱橫百家，瞭解其優劣之所在，再就自身的經驗與才識融貫其長，方能重新改造爲創新之言，以成一家之文。是以〈初集原序〉曰：「欲上下古今，貫穿馳騁，以成一家之言」〔註332〕；〈自訂時文全集序〉亦曰：「平日所窺探於經史及諸子者，條貫融釋，自闢一徑而行。」〔註333〕至於名作之缺者，戴名世亦主張列於文中，以明告後學，〈與洪孝儀書〉曰：「非敢苟於論古人也，正所以愛古人也，愛古人亦所以愛來者也。」〔註334〕

關於「法」，〈己卯行書小題序〉曰：

> 且夫道一而已，而法則有二焉，有行文之法，有御題之法。御題之法者，相其題之輕重緩急，審其題之脉絡腠理，布置謹嚴，而不使一毫髮之有失，此法之有定者也。至於向背往來，起伏呼應，頓挫跌宕，非有意而爲之，所云文成而法立者，此行文之法也，法之無定者也。〔註335〕

戴名世認爲道雖分爲文章之道與聖人之道，但文章之道旨在發揚聖人之道的義理，故可歸結爲一。所謂法，指爲文之形式，大抵爲二，一爲御題，即就題目之旨要，審定文章的格局句式，以嚴謹的態度預先構思行文之布置，如

〔註330〕趙棟棟：《桐城文派的形成及其古文理論意義之闡釋》（西安：陝西師範大學文藝學碩士論文，2006年），頁15～16。

〔註331〕〔清〕戴名世：《南山集·書》（清光緒二十六年刻本），卷5，頁95～96。

〔註332〕〔清〕戴名世：《南山集·序》（清光緒二十六年刻本），卷3，頁38～39。

〔註333〕〔清〕戴名世：《南山集·序》（清光緒二十六年刻本），卷3，頁52。

〔註334〕〔清〕戴名世：《南山集·書》（清光緒二十六年刻本），卷5，頁97。

〔註335〕〔清〕戴名世：《南山集·序》（清光緒二十六年刻本），卷4，頁76。

此方能確保所寫的文章主題明確，脈絡連貫，此屬有定之法。二為行文，即就審定的格局句式，輔以起伏呼應、頓挫跌宕之筆法，使文章之勢有高有低，而突出其氣、神之所在，此屬無定之法。有定之法，有其規矩法度可供遵循；無定之法，無法用語言文字傳述，只能依據作者自身的涵養體會，於為文時表現出來，此為其差別所在。戴名世主張為文當兼具此二法，方可寫出獨具特色的好文章。

戴名世認為文章作法，源於史傳及唐宋八大家文學傳統，〔註336〕因此他在講法時，常以之為例；如〈丁丑房書序〉，他以史家之法為例，指出其立傳必使其人鬚眉謦咳如生，且不同人之鬚眉謦咳又有所別，無雷同之處；主張學習文章之法，當自史傳及唐宋八大家入手，故曰：「吾未聞文章之事而可廢夫《史》、《漢》、歐、曾之法者。」〔註337〕方苞吸取戴名世之文論，也主張學習史傳及唐宋八大家的寫作手法，成為桐城派文學創作論之一，桐城派在文學創作上能取得如此大的成就，與其對史傳文學研習的傳統是密切相關的。

關於「辭」，〈己卯行書小題序〉曰：

> 道與法合矣，又貴其辭之修焉。辭有古今之分，古之辭，《左》、《國》、莊、屈、馬、班以及唐宋大家之為之者也；今之辭，則諸生學究懷利祿之心胸之為之者也。其為是非美惡，固已不待辨而知矣。〔註338〕

戴名世就艾南英「立言之要，貴合乎道與法，……非獨兼夫道與法而已，又將兼有辭焉」〔註339〕之說出發，主張文章之道、法應相結合，並顧及文辭之修正。所謂辭，即文辭，其有古今之分。古者若《左》、《國》、莊、屈、馬、班以及唐宋大家之為之者，皆屬古文之文辭；今者若諸生學究懷利祿之心胸之為之者，皆屬八股文之文辭。戴名世有感於當代文人為晉於仕途，僅用心力於鑽研八股文的創作，加上急於求成，導致其文辭千篇一律，既無根基，又無自我之風格，是以刻意強調古文辭，〈李潮進稿序〉曰：

> 世之人廢古文辭不觀，而別有所以為制舉之文，曰：「時文之法度

〔註336〕趙棟棟：《桐城文派的形成及其古文理論意義之闡釋》（西安：陝西師範大學文藝學碩士論文，2006年），頁17。

〔註337〕〔清〕戴名世：《南山集‧補遺》（清光緒二十六年刻本），卷下，頁260。

〔註338〕〔清〕戴名世：《南山集‧序》（清光緒二十六年刻本），卷4，頁76。

〔註339〕〔清〕戴名世：《南山集‧序》（清光緒二十六年刻本），卷4，頁76。

則然。」此制舉之文之所以衰也。今夫文之爲道，雖其辭章格制
各有不同，而其旨非有二也，第在率其自然而行其所無事。此自
左、莊、馬、班以來，諸家之旨未之有異也，何獨於制舉之文而棄
之。〔註340〕

〈甲戌房書序〉亦曰：「世有好古篤學之君子，其必以余言爲然，相與振興古
文，一洗時文之法之陋。」〔註341〕也就是說，戴名世認爲無論以何種文學體
裁創作，都必須以古文辭爲基礎，方可寫出言而有物的作品，故習文首重古
文。他以自身爲例，〈答伍張二生書〉曰：「不佞自初有知識即治古文，奉子
長、退之爲宗師，暇從事於制舉之文，於諸家獨好歸太僕、唐中丞，於今十
餘年矣。世俗之穨也，文章風氣尤壞甚。」〔註342〕

　　然而學習古辭，並不是指直接取用，〈上劉木齋先生書〉曰：「田有生於
山林巖石之間，獨立無與，徒以年少志大，不肯稍有苟且雷同，所爲文字尤
不悅世俗。」〔註343〕可見若單就摹擬而爲文，則爲世俗之文字，沒有存在的
價值。爲文之辭，應當以古辭爲本，脫化爲獨具創意的新辭。簡單地說，即
與韓愈「辭必己出」之主張相同。

　　戴名世就所有文學體裁，習文皆須以古辭爲基礎之觀點，進一步主張文
學技巧雖有所變化，體裁講究雖有所差別，然其道法皆同；因此主張以古文
爲八股文，以八股文爲古文，並具體實踐於他的創作。他的八股文、古文作
品都極爲出色，因此逐漸使當代士子注意到古文的創作，其中影響最大的即
爲方苞。〔註344〕

　　道、法、辭爲文章創作要素之所在，〈己卯行書小題序〉曰：

> 自舉業之雷同，相從爭爲腐爛，則如艾氏所云，因其辭以累夫道與法
> 者亦時有之，故曰：「三者有一之不備焉，而不可謂之文也。」〔註345〕

〔註340〕〔清〕戴名世：《南山集・序》（清光緒二十六年刻本），卷3，頁46。
〔註341〕〔清〕戴名世：《南山集・補遺》（清光緒二十六年刻本），卷下，頁259。
〔註342〕〔清〕戴名世：《南山集・書》（清光緒二十六年刻本），卷5，頁94。
〔註343〕〔清〕戴名世：《南山集・書》（清光緒二十六年刻本），卷5，頁92。
〔註344〕魏際昌、吳占良認爲「他隸籍桐城，在康熙年時文、古文都極有名，而且是
　　　　桐城派創始人方苞的前輩、好友。方苞所強調於古文中的義法、辭章許多方
　　　　面是受了戴名世的影響的。……因爲他的特殊貢獻在於改造時文，振興古
　　　　文，高標義法，揭示史法。」詳見魏際昌、吳占良：〈桐城古文學派與蓮池書
　　　　院〉，《文物春秋》第3期（1996年），頁22。
〔註345〕〔清〕戴名世：《南山集・序》（清光緒二十六年刻本），卷4，頁76。

　　戴名世以道、法、辭爲評定是否足以稱之爲文的標準。是以一篇作品須兼備文章之道；御題之有定之法、行文之無定之法；古辭爲本，新辭爲用等條件，才可稱之爲文。

第三章　桐城派的古文家及其古文創作

　　方苞（1668～1749）古文「義法」之創立，爲桐城文派的發展奠定了基礎。所謂「言有物」，「言有序」，即內容與形式統一。方苞〈儲禮執文稿序〉謂今人於文所當致力者有二：「理正而皆心得，辭古而必己出」〔註 1〕是也。蓋所言「理」與「辭」，亦即義法之謂也。桐城派之文論，即以「義法」爲中心，逐步豐富發展，成爲一個體系。桐城派之文章，在思想上多爲「闡道翼教」而作；在文風上，力求「清眞雅正」，頗具特色。本章以桐城派古文家爲切入點，概述其所處之時代，錄取其主要作品，從具體的謀篇布局、遣詞用字、內容思想等要素分析，再結合作家生平境遇，以探究作家的創作心態和「道」與「義法」文學理論在作品中的體現；從而揭示清代政治、思想和文化上之變遷，桐城派作家因而所做之新的突破與變化。此對進一步認識自桐城三祖以來，文學理論轉變之背景、趨嚮、方法，具有積極的溯源意義。

第一節　康乾盛世之桐城三祖

　　爲探究各作家對體現桐城派文學主張之實踐，能有更加清晰之認識，並藉以比較不同作家如何掌握不同文體的要求，同時也能表現出個人風格和技巧；本章就桐城派重要作家略舉其中代表作品二十餘篇入手；在選文時，雖非「各體兼備」，已力求全面。所擇作品具有如下特點：其一，既盡量擇選膾炙人口之傳世名篇，亦選些較有特點，但不一定廣爲人知者，以見該作家之

〔註 1〕　〔清〕方苞：《方望溪先生全集》（臺北：臺灣商務印書館，《四部叢刊初編》影印本），卷 4，頁 56。

創作風貌；其二，盡量包含不同文體之作品，力求呈現多樣文體面貌；其三，兼顧不同角度、不同內容之作品，以顯示桐城派作家獨特之表現力及創作成就。另外，本文中僅部分引用之作品，屬全文較長之篇章者，又某些篇章屬桐城派古文家在文學理論上之重要文獻者，限於篇幅，將其附錄於本文之末，俾便查閱，特此說明。

一、桐城派創始者──方苞

　　方苞（1668～1749），字鳳九，一字靈皋，號望溪，學者稱望溪先生。祖籍安徽桐城，寄籍上元（今屬南京市）。於〈與劉拙修書〉中，自言「僕少所交，多楚越遺民，重文藻，喜事功，視宋儒為腐爛」〔註2〕，康熙三十年（1691）遊學京師後，受學術氛圍的影響，輟文求經，尊奉程朱理學和唐宋散文，與人論平生抱負，以「學行繼程朱之後，文章介韓歐之間」〔註3〕為其行身祈嚮。康熙三十八年（1699）於江南鄉試奪魁，四十五年（1706）一舉進士擢第，因母病回鄉，未應殿試。於青年時期即負文名，有「韓歐復出」之譽。〔註4〕

　　康熙五十年（1711），戴名世（1653～1713）《南山集》文字獄案發，方苞為該書作序，而被牽連入獄達十五月，判為死刑。在獄中仍堅持潛研三禮，五十一年（1712）著成《禮記析疑》和《喪禮或問》。康熙五十二年（1713），經大學士李光地竭力營救，清聖祖遂以「方苞學問，天下莫不聞」〔註5〕，免死出獄，充籍漢軍，並命方苞以白衣平民身分入值南書房，為聖祖（1662～1722）、世宗（1722～1735）、高宗（1735～1795）三朝效力，曾任武英殿修書總裁、翰林院侍講、內閣學士兼禮部侍郎等職。七十五歲時自請免職，告老還鄉，年八十二卒。〔註6〕方苞之古文理論提倡義法，並要求文章寫作雅

〔註2〕〔清〕方苞：《望溪集・文集・書》（清咸豐元年戴鈞衡刻本），卷6，頁93。

〔註3〕〔清〕王兆符：《方望溪先生全集・望溪先生文集序》（臺北：臺灣商務印書館，《四部叢刊初編》影印本），頁1。

〔註4〕陳耀東：《方苞劉大櫆姚鼐散文選》（上海：古籍出版社；香港：三聯書店聯合出版，1990年12月），頁3。

〔註5〕〔清〕方苞：《望溪集・文集・雜文》（清咸豐元年戴鈞衡刻本），卷18，頁269。另附書影於附錄四（圖1）。

〔註6〕方苞一開始入南書房作文學侍從，後來改至養蒙齋編修《樂律》。康熙六十一年，充武英殿修書總裁。雍正九年（1731）解除旗籍，授詹事府左春坊左中允，次年遷翰林院侍講學士。雍正十一年，提升為內閣學士，任禮部侍郎，充《一統志》總裁。雍正十三年（1735），充《皇清文穎》副總裁。乾隆元年

潔，是清代桐城文論之兩大基石，與劉大櫆、姚鼐合稱桐城三祖。散文有近六百篇傳世，收於《方望溪先生全集》。

方苞古文爲世所稱，皆嚴守義法，並將文以載道，裨益教化視爲自任，形成雅潔醇厚的風格，今引錄名篇〈獄中雜記〉爲例：

康熙五十一年三月，余在刑部獄，見死而由竇出者，日四三人。有洪洞令杜君者，作而言曰：「此疫作也。今天時順正，死者尚希，往歲多至日十數人。」余叩所以。杜君曰：「是疾易傳染，遘者雖戚屬不敢同臥起。而獄中爲老監者四，監五室。禁卒居中央，牖其前以通明，屋極有窻以達氣。旁四室則無之，而繫囚常二百餘。每薄暮下管鍵，矢溺皆閉其中，與飲食之氣相薄；又隆冬，貧者席地而臥，春氣動，鮮不疫矣。獄中成法，質明啓鑰，方夜中，生人與死者並踵頂而臥，無可旋避，此所以染者眾也。又可怪者，大盜、積賊、殺人重囚，氣傑旺，染此者十不一二，或隨有瘳。其駢死，皆輕繫及牽連佐證，法所不及者。」

余曰：「京師有京兆獄，有五城御史司坊，何故刑部繫囚之多至此？」，杜君曰：「邇年獄訟，情稍重，京兆、五城即不敢專決；又九門提督所訪緝糾詰，皆歸刑部；而十四司正副郎好事者，及書吏、獄官、禁卒，皆利繫者之多，少有連，必多方鉤致。苟入獄，不問罪之有無，必械手足，置老監，俾困苦不可忍，然後導以取保，出居于外，量其家之所有以爲劑，而官與吏剖分焉。中家以上，皆竭資取保；其次，求脫械居監外板屋，費亦數十金；惟極貧無依，則械繫不稍寬，爲標準以警其餘。或同繫，情罪重者反出在外，而輕者，無罪者罹其毒。積憂憤，寢食違節，及病，又無醫藥，故往往至死。」

余伏見聖上好生之德，同於往聖，每質獄辭，必於死中求其生；而無辜者乃至此。儻仁人君子爲上昌言：「除死刑及發塞外重犯，其輕繫及牽連未結正者，別置一所以羈之，手足毋械。」所全活可數計哉！或曰：「獄舊有室五，名曰現監，訟而未結正者居之。儻舉舊典，

_____

（1736），再次入南書房，充《三禮書》副總裁。乾隆四年，被讒革職，仍留三禮館修書。乾隆七年，因病告老還鄉，乾隆帝賜翰林院侍講銜，仍在家著書，乾隆十四年（1749）病逝。

可小補也！」杜君曰：「上推恩，凡職官居板屋。今貧者轉繫老監，而大盜有居板屋者，此中可細詰哉！不若別置一所，爲拔本塞源之道也。」余同繫朱翁、余生及在獄同官僧某，遘疫死，皆不應重罰。又某氏以不孝訟其子，左右鄰械繫入老監，號呼達旦。余感焉，以杜君言汎訊之，眾言同，於是乎書。

凡死刑獄上，行刑者先俟於門外，使其黨入索財物，名曰「斯羅」。富者就其戚屬，貧則面語之。其極刑，曰：「順我，即先刺心；否則，四支解盡，心猶不死。」其絞縊，曰：「順我，始縊即氣絕；否則三縊加別械，然後得死。」惟大辟無可要，然猶質其首。用此，富者賂數十百金，貧亦罄衣裝；絕無有者，則治之如所言。主縛者亦然，不如所欲，縛時即先折筋骨。每歲大決，勾者十四三，留者十六七，皆縛至西市待命，其傷於縛者，即幸留，病數月乃瘳，或竟成痼疾。

余嘗就老胥而問焉：「彼於刑者、縛者，非相仇也，期有得耳；果無有，終亦稍寬之，非仁術乎？」曰：「是立法以警其餘，且懲後也；不如此，則人有幸心。」主梏扑者亦然。余同逮以木訊者三人：一人予二十金，骨微傷，病間月；一人倍之，傷膚，兼旬愈；一人六倍，即夕行步如平常。或叩之曰：「罪人有無不均，既各有得，何必更以多寡爲差？」曰：「無差，誰爲多與者！」孟子曰：「術不可不慎。」信夫！

部中老胥，家藏偽章：文書下行直省，多潛易之，增減要語，奉行者莫辨也。其上聞及移關諸部，猶未敢然。功令：大盜未殺人，及他犯同謀多人者，止主謀一二人立決；餘經秋審，皆減等發配。獄辭上，中有立決者，行刑人先俟於門外。命下，遂縛以出，不羈晷刻。有某姓兄弟，以把持公倉，法應立決，獄具矣。胥某謂曰：「予我千金，吾生若。」叩其術，曰：「是無難，別具本章，獄辭無易，取案末獨身無親戚者二人，易汝名，俟封奏時潛易之而已。」其同事者曰：「是可欺死者，而不能欺主讞者；倘復請之，吾輩無生理矣。」胥某笑曰：「復請之，吾輩無生理，而主讞者亦各罷去。彼不能以人之命易其官，則吾輩終無死道也。」竟行之，案末二人立決。主者口呿舌撟，終不敢詰。余在獄，猶見某姓，獄中人羣指曰：「是

以某某易其首者。」胥某一夕暴卒，眾皆以爲冥謫云。

　　凡殺人，獄辭無謀故者，經秋審入矜疑，即免死。吏因以巧法。有
　郭四者，凡四殺人，復以矜疑減等，隨遇赦。將出，日與其徒置酒
　酣歌達曙。或叩以往事，一一詳述之，意色揚揚，若自矜詡。噫！
　渫惡吏忍於鬻獄，無責也；而道之不明，良吏多以脫人於死爲功，
　而不求其情。其枉民也，亦甚矣哉！

　　姦民久於獄，與胥卒表裏，頗有奇羨。山陰李姓，以殺人繫獄，每
　歲致數百金。康熙四十八年，以赦出。居數月，漠然無所事。其鄉
　人有殺人者，因代承之。蓋以律非故殺，必久繫，終無死法也。五
　十一年，復援赦減等謫戍。嘆曰：「吾不得復入此矣！」故例，謫戍
　者移順天府覊候，時方冬停遣，李具狀求在獄，候春發遣，至再三，
　不得所請，悵然而出。〔註7〕

康熙五十年（1711），方苞同鄉好友戴名世在其文集《南山集》中，表達憤世
疾俗和反滿思明思想，被告發並遭殺害。方苞因《南山集》案，被牽下獄。
本文是作者於康熙五十一年（1712）三月，身在獄中耳聞目睹的眞實紀錄。
作者幾乎不加評語，只是以看似冷靜、客觀的語氣，詳述其在獄中之見聞和
感想。通過大量而確鑿之事實爲線索，從一個側面揭露清朝司法制度之腐朽
與黑暗。作者善於用古代史書中之敘事手法，將一些複雜之事件組合起來，
文筆簡潔有力。全文分爲三大部分。第一節記敘獄中瘟疫盛行、死者枕藉之
慘狀及其成因。第二節鋪寫劊子手及吏卒對受刑者勒索之種種事例，極盡敲
骨吸髓之能事。第三節以下述說獄中胥吏玩法舞弊之種種花樣，及其與姦民
內外勾結、榨取錢財之卑劣行徑。此三部分內容勾勒出一幅活生生的人間地
獄圖。

　　此文名爲〈雜記〉，但所記繁而不雜。作者以獄中普通囚犯大批死亡之悲
慘場景開始，以殺人囚徒李某依依不捨地離開監獄之反常現象作結；中間穿
插有關獄訟之各類人物事件，開合跌宕，前後照應有序，布局謀篇，獨具匠
心。由淺入深，將各種各樣的事件、人物安排得井井有條，敘事手法活潑多
變，環環相接，正是方苞古文「義法」「言之有物」、「言之有序」理論在創作
實踐上之體現。在行文結構、修辭方面，簡練雅潔，醇厚精嚴，不枝不蔓，

〔註7〕　〔清〕方苞：《方望溪先生全集》（臺北：臺灣商務印書館，《四部叢刊初編》
　　　　影印本），卷6，頁115。

明白曉暢，體現了桐城講求辭語「雅潔」之風格。作者高超的布局手法與駕馭文字的功力，都頗值得借鑑。

另引錄〈左忠毅公逸事〉爲例：

> 先君子嘗言：鄉先輩左忠毅公視學京畿，一日，風雪嚴寒，從數騎出，微行入古寺。廡下一生伏案臥，文方成草；公閱畢，即解貂覆生，爲掩戶。叩之寺僧，則史公可法也。及試，吏呼名至史公，公瞿然注視；呈卷，即面署第一。召入，使拜夫人，曰：「吾諸兒碌碌，他日繼吾志事，惟此生耳。」

> 及左公下廠獄，史朝夕獄門外。逆閹防伺甚嚴，雖家僕不得近。久之，聞左公被炮烙，旦夕且死；持五十金，涕泣謀於禁卒，卒感焉。一日，使史更敝衣草屨、背筐，手長鑱，爲除不潔者；引入，微指左公處，則席地倚牆而坐，面額焦爛不可辨，左膝以下，筋骨盡脫矣。史前跪，抱公膝而嗚咽。公辨其聲，而目不可開，乃奮臂以指撥眥，目光如炬，怒曰：「庸奴！此何地也？而汝來前！國家之事，糜爛至此。老夫已矣，汝復輕身而昧大義，天下事誰可支拄者？不速去，無俟奸人構陷，吾今即撲殺汝！」因摸地上刑械，作投擊勢。史噤不敢發聲，趨而出。後常流涕述其事以語人，曰：「吾師肺肝，皆鐵石所鑄造也。」

> 崇禎末，流賊張獻忠出沒蘄、黃、潛、桐間，史公以鳳廬道奉檄守禦。每有警，輒數月不就寢，使將士更休，而自坐幄幕外；擇健卒十人，令二人蹲踞而背倚之，漏鼓移則番代。每寒夜起立，振衣裳，甲上冰霜迸落，鏗然有聲。或勸以少休，公曰：「吾上恐負朝廷，下恐愧吾師也。」

> 史公治兵，往來桐城，必躬造左公第，候太公、太母起居，拜夫人於堂上。余宗老塗山，左公甥也，與先君子善，謂獄中語乃親得之於史公云。〔註8〕

左忠毅公，即左光斗（1575～1625），字遺直，又字共之，號浮丘，又號蒼嶼，安徽桐城人。明神宗萬曆三十五年（1607）進士，由中書舍人遷御史；敢言

〔註8〕 〔清〕方苞：《方望溪先生全集》（臺北：臺灣商務印書館，《四部叢刊初編》影印本），卷9，頁122。

直諫，不畏權要，因彈劾魏忠賢而被害，死於獄。本文自左光斗「視學京畿」寫起，敘述其為國掄才之用心；次寫左公於獄中受到嚴酷的炮烙之刑，以為後段其門生史可法（1601～1645）偽裝成清潔工人探監作伏筆；接著，則以簡潔的文字，善用白描手法，於人物形貌、動態、語言之細節中，傳神地表現出左公之大義凜然，具體刻畫其剛毅正直、先國家後私情的崇高品德。同時作者深刻地揭示了人物內心的矛盾，左光斗出於愛才和以國家大事為重，壓抑了對史可法的師生之誼；史可法由「抱公膝而嗚咽」變為「噤不敢發聲」，從而透露出其內心之創痛和對老師之敬畏。寫得有聲有色，可歌可泣。由本文可見方苞為文確實能做到雅潔，合乎義法之要求。

二、桐城派中繼者——劉大櫆

　　劉大櫆（1698～1780），字耕南，一字才甫，號海峰。安徽桐城人。雍正七年（1729）、十年（1732）應順天鄉試，皆中副榜貢生，終身未中舉人。早年教授鄉里，雍正四年（1726），劉大櫆年二十九歲時遊於京師，亦以教書為業，時方苞已頗具盛名，一見其文，即讚之曰：「如方某何足算哉？邑子劉生乃國士爾。」一時名噪京城，士大夫多願與其結交，自是劉大櫆便師事方苞，深得推許。乾隆六年（1741），方苞薦舉劉大櫆應博學鴻詞科試，考官本已選上他，但終為同鄉宰相張廷玉（1672～1755）所黜；後廷玉獲知此事，深感悵惜，遂於乾隆十五年（1750），舉薦其參試經學特科，然劉大櫆對經學並不擅長，因而未成。一生曾入江蘇、湖北、山西學幕，助評文卷，直至六十歲時，方授為安徽黟縣教諭，後被聘為歙縣問政書院山長，又主講安慶敬敷書院，終其身皆教文、評文，以此成才甚眾。年八十餘，因病回鄉，門人來省疾者，猶強起與之論文。年八十三歲卒，有《海峰文集》、《海峰詩集》等傳世。〔註9〕

　　方苞講「義法」，重在文章內容，劉大櫆繼承方苞之觀點而有所發展，主要講「神氣音節」，重在藝術規律之探討，認為衡量文章美不美之標準是能否達到「神」、「氣」的自然流露。「神」是指文章中自然天成、不落痕跡，又能充分展示作者精神面貌特徵之化工境界；「氣」是指文章中具體體現此種化工境界，並帶有作者個性、氣質之行文氣勢。今引錄著名的〈海舶三集序〉

〔註9〕　〈文苑劉大櫆傳附吳定‧傳稿〉（臺北：國立故宮博物院藏，清國史館本），文獻編號701004876。另附書影於附錄四（圖2）。

爲例：

> 乘五板之船，浮於江淮，滃然雲興，勃然風起，驚濤生，巨浪作。
> 舟人僕夫失色相向，以爲將有傾覆之憂，沉淪之慘也。又況海水之
> 所汩沒，渺爾無垠，天吳睒睗，魚鼈撞衝；人於其中，萍飄蓬轉，
> 一任其挂胃奔馳，曾不能以自主；故往往魄動神喪，不待檣摧櫓折，
> 而夢寐爲之不寧。

> 顧乃俯仰自如，吟詠自適，馳想於沉瀯之虛，寄情於霞虹之表；翩
> 然而藻思翔，蔚然而鴻章著，振開寶之餘風，髣髴乎杜甫、高、岑
> 之什。此所謂神勇者矣。

> 余謂不然。人臣懸君父之命於心，大如日輪，響如霆轟；則其於外
> 物也，視之而不見其形，聽之而不聞其聲。彼其視海水之蕩潏，如
> 重茵莞席之安；視崇島之岠峿當前，如翠屏之列，几硯之陳；視百
> 靈怪物之出沒而沉浮，如佳花、美竹、奇石之星羅於苑囿，歌聲出
> 金石。若夫風潮澎湃之音，彼固有不及知者，而又何震慴恐懼之
> 有！

> 翰林徐君亮直先生，以康熙某年之月日，奉使琉球，歲且及周，歌
> 詩且千百首，名之曰《海舶三集》。海內之薦紳大夫，莫不聞而知之
> 矣。後二十餘年，先生既歸老於家，乃命大櫆爲之序。〔註10〕

徐亮直，名葆光（？～1723），江蘇長州人。康熙五十七年（1718）以翰林院編修奉命出使琉球。出使期間寫下百篇詩稿，彙編名爲《海舶三集》。後劉大櫆應邀作序。序文不論詩而讚詩作者忠於君命。主要是表彰徐亮直以君國大事爲重，因而臨危不懼，泰然吟詩。全文先寫人們浮游江淮、漂流大海，面對驚濤巨浪之驚慌情狀，只有「神勇者」始能悠游自適。從遠處落筆，層層折入，似與本題無關。突然接以「余謂不然」四字，將上文一筆勾銷，再說明徐亮直非一般舞文弄墨之輩，而是負有神聖使命和更高精神境界之人，道出序文主旨。最後交代徐亮直寫詩以及爲它作序之原委。本文構思、布局，別具一格。它撇開對詩集本身之評價，而著重刻劃作者之爲人膽識和精神面貌。全文僅四百來字，卻氣勢雄健，以三「視」、三「如」句的鋪

〔註10〕〔清〕劉大櫆：《海峰文集·序》（上海：上海古籍出版社，《續修四庫全書·集部·別集類·1427 冊》影印清刻本），卷 4，頁 366。

張排比，由江淮而海上，由日輪雷霆而金石苑囿，境界瑰麗。再加上音韻鏗鏘、文采煥然，使得文章具有辭賦之美，是劉大櫆於字句求音節、進而求「神氣」之散文理論最佳注腳。

另引錄〈遊萬柳堂記〉爲例：

> 昔之人貴極富溢，則往往爲別館以自娛，窮極土木之工，而無所愛惜。既成，則不得久居其中，偶一至焉而已；有終身不得至者焉。而人之得久居其中者，力又不足以爲之。夫賢公卿勤勞王事，固將不暇於此，而卑庸者類欲以此震耀其鄉里之愚。

> 臨朐相國馮公，其在廷時無可訾亦無可稱，而有園在都城之東南隅。其廣三十畝，無雜樹，隨地勢之高下，盡植以柳，而榜其堂曰「萬柳之堂」。短牆之外，騎行者可望而見。其中徑曲而深，因其窪以爲池，而累其土以成山，池旁皆蒹葭，雲水蕭疏可愛。

> 雍正之初，予始至京師，則好遊者咸爲予言此地之勝。一至，猶稍有亭榭。再至，則向之飛梁架於水上者，今欹臥於水中矣。三至，則凡其所植柳，斬焉無一株之存。

> 人世富貴之光榮，其與時升降，蓋略與此園等。然則士苟有以自得，宜其不外慕乎富貴。彼身在富貴之中者，方殷憂之不暇，又何必朘民之膏以爲苑囿也哉！〔註11〕

萬柳堂是清康熙年間，大學士馮溥於北京所修建之私家名園，景色秀麗。據記載，康熙時開博學鴻詞科，待詔者常集會於此園。〔註12〕本文之題目看似一篇遊記，然著眼點並非記遊，而是借題發揮。文中僅寥寥數語，已描繪出萬柳堂清爽幽雅景致。而作者三次遊覽萬柳堂之經歷，眼看著萬柳堂一次比一次衰敗，先是亭倒橋塌，最後連柳樹竟一株無存，致名存實亡。文末揭示「人世富貴之光榮，其與時升降，蓋略與此園等」之眞理。文章以議論開篇，以議論結束，旨在抨擊權貴們大肆揮霍資財建造別墅花園，只爲炫耀身份，而不知富貴不可恃，物極必反，盛極必衰，樂極生悲之理。文中揭露達官顯貴之奢靡入木三分，「刺世」之鋒芒盡顯。

〔註11〕 〔清〕劉大櫆：《海峰文集》（上海：上海古籍出版社，《續修四庫全書・集部・別集類・1427冊》影印清刻本），卷5，頁437。

〔註12〕 李玫：《中國文史經典講堂——明清小品選評》（香港：三聯書店，2006年6月），頁206。

三、桐城派集大成者——姚鼐

　　姚鼐（1731～1815），字姬傳，一字夢穀，安徽桐城人。因仰慕陶淵明人格，以其飲酒詩（十五）「若不委窮達，素抱深可惜」〔註13〕，爲自身修持之理想，號其室爲「惜抱軒」，世稱惜抱先生。鼐幼嗜學，伯父姚範（1702～1771）授以經文，後從劉大櫆學習古文。乾隆十五年（1750）中舉，先後六次赴京參加禮部會試，直到第六次乾隆二十八年（1763）時才得中進士，授翰林院庶吉士。後歷任山東、湖南鄉試副考官、會試同考官和刑部廣東司郎中等職。乾隆三十八年（1773），以資望被選入四庫全書館充纂修官。然到館隔年（1774）即以疾爲由，同時辭去刑部郎中與纂修官二職。〔註14〕乾隆四十年（1775）春季南下，自此絕意仕途。〔註15〕

　　自乾隆四十二年（1777）起，至嘉慶二十年（1815）去世爲止，姚鼐先後主講於揚州梅花書院、安慶敬敷書院、歙縣紫陽書院、南京鍾山書院，將近四十年皆是在書院擔任教職，弟子遍及南方各省。〔註16〕年八十五歲卒於鍾山書院，有《惜抱軒全集》傳世。

　　康熙後期至乾隆初期，方苞與劉大櫆的文章已先後聞名天下，文論也頗具影響力。繼之而起的姚鼐，他吸收方苞義法、劉大櫆神氣之主張，進一步提出文論；任教期間，亦竭力於傳授桐城古文義法，影響所及，使得當時桐

〔註13〕 陶淵明飲酒詩（十五）：「貧居乏人工，灌木荒餘宅。班班有翔鳥，寂寂無行跡。宇宙一何悠，人生少至百。歲月相催逼，鬢邊早已白。若不委窮達，素抱深可惜。」

〔註14〕 〔清〕錢儀吉：《清朝碑傳全集》（臺灣：大化書局，排印本），卷141，頁639～647。

〔註15〕 就各家所論，姚鼐辭官大致有三大因素：一是因爲其任職刑部，不平之冤屢見不鮮，他無力改變現狀，也不想與之同流。二是因爲滿清的高壓統治，讓其畏於仕途之險惡。三是因爲四庫全書館幾乎是漢學天下，其主張不受重視，因而萌生去意。官職生涯讓姚鼐有感於仕宦之途險阻重重，心疲神勞；辭官後，但覺暢然，如此的心情轉折，充分表現在他的遊記創作中，如〈登泰山記〉；是以往後大學士于敏中、梁國治雖以高官厚祿勸說任職，姚鼐均予以辭卻。另附書影於附錄四（圖3）。

〔註16〕 乾隆四十二年（1777），姚鼐應兩淮鹽運使朱子穎之聘，主講揚州梅花書院；乾隆四十六年（1781）至安慶，主講敬敷書院；乾隆五十四年（1789）至歙縣，主講紫陽書院；乾隆五十六年（1791），至南京，主講鍾山書院，後又改至敬敷書院主講四年；嘉慶十一年（1806），再度主講鍾山書院，晚年卒於院中。門下著名弟子入籍姚門，基本都是在姚鼐主講鍾山書院時。詳見吳孟復：《桐城文派述論》（合肥：安徽教育出版社，2001年7月），頁99～100。

城古文逐漸蔚爲風潮。是以王先謙（1842～1917）《續古文辭類纂・序》曰：
「自桐城方望溪氏以古文專家之學主張後進，海峰承之，遺風遂衍。姚惜抱
稟其師傳，覃心冥追，益以所自得，推究閫奧，開設戶牖，天下翕然，號爲
正宗。」〔註17〕

　　姚鼐論學主張義理、考證、文章三者並重，爲文簡潔清雅，雍容和易，
一如其人，在「桐城三祖」之中，其文章偏於「陰柔」之美，最富有情韻。
今錄〈登泰山記〉，是姚鼐一篇著名之山水遊記，文章記敘他頂風冒雪登覽泰
山之特色，形象地描繪了泰山景物和日出時之異彩奇觀，氣勢磅薄，可以引
人入勝，開闊襟胸：

> 泰山之陽，汶水西流；其陰，濟水東流。陽谷皆入汶，陰谷皆入濟。
> 當其南北分者，古長城也。最高日觀峰，在長城南十五里。

> 余以乾隆三十九年十二月，自京師乘風雪，歷齊河、長清，穿泰山
> 西北谷，越長城之限，至於泰安。是月丁未，與知府朱孝純子穎，
> 由南麓登。四十五里，道皆砌石爲磴，其級七千有餘。泰山正南面
> 有三谷，中谷遶泰安城下，酈道元所謂環水也。余始循以入；道少
> 半，越中嶺，復循西谷，遂至其巔。古時登山，循東谷入，道有天
> 門。東谷者，古謂之天門谿水，余所不至也。今所經中嶺及山巔，
> 崖限當道者，世皆謂之天門云。道中迷霧、冰滑，磴幾不可登。及
> 既上，蒼山負雪，明燭天南。望晚日照城郭，汶水、徂徠如畫，而
> 半山居霧若帶然。

> 戊申晦，五鼓，與子穎坐日觀亭待日出。大風揚積雪擊面，亭東自
> 足下皆雲漫，稍見雲中白若樗蒱數十立者，山也。極天雲一線異色，
> 須臾成五采。日上，正赤如丹，下有紅光動搖承之，或曰：「此東海
> 也。」迴視日觀以西峰，或得日，或否，絳皓駁色，而皆若僂。

> 亭西有岱祠，又有碧霞元君祠。　皇帝行宮在碧霞元君祠東。是日，
> 觀道中石刻，自唐顯慶以來，其遠古刻盡漫失；僻不當道者，皆不
> 及往。

> 山多石，少土。石蒼黑色，多平方，少圓。少雜樹，多松，生石罅，

〔註17〕〔清〕王先謙輯、王文濡校注：《評校音註續古文辭類纂》（臺北：臺灣中華
　　　　書局，1967年），頁9。

皆平頂。冰雪，無瀑水，無鳥獸音跡。至日觀數里內無樹，而雪與
人膝齊。桐城姚鼐記。〔註18〕

本文寫泰山之途程不僅描述景物，亦較注意徵實。在描寫技術上，也善於把
難狀之景，寫入目前，是一篇繼承柳宗元手法之好的山水遊記。全篇文字不
多，卻以精練的語言，簡要的布局，生動地描寫出泰山雪後初晴與日出之瑰
麗景象。並透過泰山地理形勢、自然美景之描繪，抒發擺脫官場桎梏、回歸
大自然之欣喜。此篇用筆簡括，描寫、敘事卻有條不紊，極變化之能事；成
功地表現桐城派所追求的清眞雅正、嚴謹樸素。其辭藻精美，景物動態的描
寫及情節波瀾起伏之特色，姚鼐的散文成就可見一斑。

桐城三祖在散文的藝術上各有特色，又異中有同。他們都講究材料的取
捨，章法的安排，語言的潔淨，人物的刻劃等等。「清眞古雅」，是方苞「義
法」論的重要內容，也是桐城派文人寫作共同遵循之準則。三家之文，無不
具備言簡而味濃之鮮明的特色，也為桐城派散文樹立了榜樣。

第二節　清中期之姚門五大弟子

一、鴉片戰爭之前夕

乾隆即位（1735）初期，頗用心於政事，文治武功皆臻於極盛。中年之
後，愈發好大喜功，屢屢大興土木、六下江南，耗費許多國家人力物力，致
後期國勢由盛轉衰；不僅貧富差距甚大，土地兼併嚴重，百姓生活日益艱難。
河南、安徽、江西各地出現大量饑民。此時，白蓮教以「教中所獲貲物，悉
以均分」〔註19〕之說傳教，從者日眾。

乾隆六十年（1795），湖北各地白蓮教首領約定隔年起事，卻走漏風聲；
清廷隨即以邪教為名，大量抓捕教民，各地方官也趁此機會，向百姓敲詐勒
索，若有不從，即誣以邪教治罪，遂激發白蓮教眾的反抗意識。嘉慶元年
（1796）正月，宜都、枝江一帶的教眾率先起事。三月襄陽王聰兒（1777～
1798）、姚之富（？～1798）等人起義，〔註20〕成為各支白蓮教軍隊的主力，

〔註18〕　〔清〕姚鼐：《惜抱軒文集》（上海：上海古籍出版社，《續修四庫全書・集
　　　　　部・別集類・1453 冊》影印清嘉慶三年刻增修本），卷14，頁112。
〔註19〕　〔清〕賀長齡：《清經世文編・兵政二十》（清光緒十二年校本），卷 89，頁
　　　　　2332。
〔註20〕　〔清〕盛大士：《蘊愫閣文集》（清道光六年刻本），卷4，頁37。

在湖北、四川、河南、陝西各省遊動作戰。十月，四川達州徐天德（？～
1801）、王登廷（生卒年不詳）領導起義；東鄉（今宣漢）冷天祿（？～
1800）、王三槐（？～1800）領導起義；太平孫賜俸（生卒年不詳）、龍紹周
（生卒年不詳）等人領導起義，史稱「川楚教亂」。至嘉慶九年（1804），此
亂終於平定。後又有廣東博羅天地會起義。嘉慶十三年（1808）七月，英國
商船帶兵駛入廣東香山，八月初二，英軍 300 餘人公然登岸，並駕坐舢板艇
駛進虎門，要求在澳門寓居，直至十月間在兩廣總督吳熊光（1750～1833）
的勒令下才開始撤離。〔註21〕嘉慶十五年（1810），鎮壓爆發於東南海疆的蔡
牽（1761～1809）起義軍。期間英國曾提出幫助清廷鎮壓起義軍，及幫助澳
門葡人抵禦法國的要求；但嘉慶對英國意圖販賣鴉片給中國，及英軍在沿海
的騷擾活動，早就留意於心，因此嚴辭拒絕。

　　嘉慶十八年（1813）九月十四日，天理教（又稱八卦教）首領林清（1770
～1813）打聽到嘉慶在熱河避暑山莊，不在宮內，遂與 200 名教徒僞裝成商
人，潛入北京。隔日，即以「奉天開道」、「大明天順」、「順天保民」等旗
號起義。〔註22〕在宦官內應的幫助下，迅速攻入紫禁城之東華門、西華門。
但終因軍力懸殊，在隆宗門前被包圍，而宣告失敗。林清被凌遲處死，餘者
皆被處死，史稱「癸酉之變」。〔註 23〕嘉慶二十一年（1816），英國再度提出
建立外交關係、開闢通商口岸、割讓浙江沿海島嶼等要求，嘉慶皆予以拒
絕。〔註24〕

　　道光即位（1821）後，清廷積累已久的危機紛紛浮上檯面。內有吏治腐
敗、軍備張弛、國庫空虛、反清抗爭等；外有西方列強勢力東侵、傾銷鴉片

〔註21〕　《宮中檔嘉慶朝奏摺・第二十一輯・兩廣總督吳熊光等奏爲訪訊口英咭唎夷
　　　　兵入澳緣由恭摺奏聞・嘉慶十三年九月二十日》（臺北：國立故宮博物院，影
　　　　印本），頁 199。
〔註22〕　〔清〕托津：《平定教匪紀略》（清嘉慶刻本），卷 5，頁 71。
〔註23〕　嘉慶皇帝對於天理教一事頗爲震恕，親自審訊林清等人。《清實錄》曰：「逆
　　　　首林清潛遣夥黨勾結內監，伺朕未經迴蹕之際，突入禁門謀逆，將及大內。
　　　　經皇次子用鎗擊斃二賊，王大臣等帶領官兵，將賊匪以次殲捕淨盡。首逆林
　　　　清潛伏黃村，步軍統領衙門遴派官役，立時擒獲。連日派軍機大臣會同刑部
　　　　徹底研鞫，本日朕復親自廷訊。已將首逆盡法懲治，寸磔傳首，從逆匪犯一
　　　　併駢誅，現在指名擒捕者，不過一二醜黨，無難剋日緝獲，按律懲辦。」詳
　　　　見《清實錄・仁宗睿皇帝實錄・嘉慶十八年九月丙戌條》（北京：中華書局，
　　　　1985 年），卷 275，頁 738。
〔註24〕　《清史稿校註・邦交二》（臺北：國史館，1986 年），卷 161，頁 4302。

等。道光雖勤政圖治，企圖中興，卻毫無起色。道光與其父嘉慶一樣，主張嚴禁鴉片。道光十八年（1838），任命林則徐（1785～1850）為欽差大臣，至廣東禁煙。林則徐將收繳的鴉片，共 19,179 箱、2,119 袋，總計 2,376,254 斤，在虎門當眾銷毀，為歷史上規模最大的一次。〔註25〕

虎門銷煙引發中英之間的緊張關係。道光二十年（1840）六月，鴉片戰爭爆發。由於鎖國日久，道光仍認定清軍戰力強盛，英軍將會不堪一擊；隨著戰事的發展，英軍圍困珠江口，攻佔浙江定海，直逼天津大沽，使得道光大為震驚，忙派琦善（1790～1854）等人與英軍談判。最後對外妥協，將林則徐、鄧廷楨（1776～1846）、楊芳（1770～1846）等主戰派查辦，重用穆彰阿、琦善、奕山等人，重新開放廣州。然而英軍並不滿足，繼續對虎門、寧波、廈門等地進行攻擊，並於道光二十二年（1842）攻佔吳淞。八月二十九日清廷與英國簽下「南京條約」，內容為開放廣州、福州、廈門、寧波、上海為通商口岸；割讓香港；賠償英國共 2,100 萬洋銀圓等，為中國近代史上的第一個不平等條約。此後又與法美等國簽定中法「黃埔條約」與中美「望廈條約」，使中國幾乎淪為西方殖民地。

咸豐帝即位後，明詔求賢，勤於政事，先後將穆彰阿（1782～1856）和耆英（1790～1858）革職，朝政漸有生氣。〔註26〕咸豐三年（1853）二月，太平軍攻佔江蘇省江寧，改名天京，並定都於此。九月，太平天國北伐軍逼近天津，曾國藩組建湘軍應戰。咸豐五年（1855）四月，太平天國北伐軍覆沒。

此時期文壇，姚門弟子眾多，姚瑩〈惜抱先生與管異之書跋〉文中曰：「當時異之與梅伯言、方植之、劉孟塗稱姚門四傑」〔註27〕，可知當時以管同（1780～1831）、梅曾亮（1786～1856）、方東樹（1772～1851）、劉開（1784～1824）四人表現最為出色。在曾國藩〈歐陽生文集序〉一文，則以姚瑩（1785～1853）取代劉開的地位，推測或許是劉開年僅四十一歲即卒，對文派興盛建樹無多的原因。〔註28〕

〔註25〕 《清實錄・宣宗成皇帝實錄・道光十八年十一月癸丑條》（北京：中華書局，1985 年），卷 316，頁 930。

〔註26〕 《清實錄・文宗顯皇帝實錄・道光三十年十月丙戌條》（北京：中華書局，1985 年），卷 20，頁 293。

〔註27〕 〔清〕姚瑩：《東溟文集・文後集》（清中復堂全集本），卷 11，頁 277。

〔註28〕 嚴迪昌：〈姚鼐立派與桐城家法〉，《文學遺產》第 1 期（2006 年），頁 126。

　　他們歷經乾、嘉、道、咸四帝（1735～1861），活躍時間主要在道光中期。歷經國勢由盛轉衰，內受各地起義、吏治不嚴之憂，外有西方列強不斷介入之擾；在內憂外患情況日益嚴重下，對當時的學風亦產生強烈衝擊，使得他們開始在思想、文論、創作上有所變化；加上清廷已不再像清初那樣鉗制文人思想，此時期已可暢所欲言，直陳其弊；是以姚門弟子一再強調文人首重經世致用之功，而非閉門造車，鑽研學術而已。〔註29〕

　　同此時期主張經世思想者，尚有龔自珍（1792～1841）、魏源（1794～1857）等人，〔註30〕以針對時世之衰、封建專制之失進行抨擊，並致力於文學革新，提倡改變乾嘉以來之空疏學風，主張文章應當聯繫現實、切合實用，以反映時代變化。因此，他們的古文創作大多剖析時事利弊，文筆犀利，內容翔實。究其本質，即藉由古文創作來宣揚其經世思想。而桐城諸家則自文論出發，具體表現在古文創作與建立事功。其中最為熱切者，當屬姚瑩務為經濟之學；他在鴉片戰爭中，挺身抗擊英軍。管同、方東樹也主動為清廷禁煙及對抗西方列強之侵略出謀劃策。梅曾亮則以提倡通時合變、因時致用之主張，來匡正文論、創作與具體實踐間之不足，以挽救國家積弱不振之頹風。

二、劉　開

　　劉開（1784～1824），字明東，一字方來，一字孟塗。安徽桐城人。〔註31〕據《清史稿》記載：「年十四，以文謁鼐，有國士之譽，盡授以文法。」〔註32〕劉開以教書為業，授課之餘，則潛心於文論研究與古文創作。劉開敏而好學，將姚鼐所傳與自身對古文之研究融會貫通，提出許多獨到見解。論學尊理學，論文則以六經為本，推方苞為「一代之正宗」，主張要「以漢人之

又學術界一般認為，姚鼐「四大弟子」指管同、梅曾亮、方東樹、姚瑩四人。

〔註29〕李賢：〈方東樹與十九世紀的漢學批評〉，《史學集刊》第3期（2002年），頁26。

〔註30〕魏源與龔自珍關係密切，皆以漢學批評宋學，主張改革聞名，並稱「龔魏」。詳見〈文苑傳‧傳稿‧魏源傳附龔自珍〉（臺北：國立故宮博物院藏，清國史館本），文獻編號701004390。

〔註31〕劉開一生未取功名，潛心於古文研究。詳見〈文苑傳‧傳稿‧管同傳附劉開〉（臺北：國立故宮博物院藏，清國史館本），文獻編號701004390。另附書影於附錄四（圖4）。

〔註32〕趙爾巽：《清史稿校註‧文苑三》（臺北：國史館，1986年），卷493，頁11213。

氣體，運八家之成法，本之以六經，參之以周末諸子」；將其變化後，「用之於一家之言。」〔註33〕（〈與阮芸臺宮保論文書〉）年四十一卒。著有《孟塗文集》等。

劉開發現桐城三祖文論在創作實踐時有其程度之缺陷，如主張文以載道，使得文章義理氣味濃重，內容略顯空疏；加上方苞主張古文創作忌入駢文體，雖使古文風格變得平正雅潔，卻也使作品顯得毫無特色。然桐城三祖文論亦有其優點與存在價值，不能因其不完美而盡數推翻。因此，他以方苞、劉大櫆、姚鼐之文論爲基礎，進一步闡發，力主文無分古今駢散之說，對當代散文創作，具有一定的指導意義。由於劉開距姚鼐年代甚近，其對桐城三祖文論之修正，被視爲背離家法，而飽受批評。劉聲木《桐城文學淵源考》中批評他：「名雖居姚門四傑之一，實不能盡守師法。其爲文天才宏肆，光氣煜爛，能暢達其心之所欲言，然氣過囂張，類多浮詞，與姚鼐簡質之境懸絕。」〔註34〕此或許是曾國藩以姚瑩取代其「姚門四傑」之一地位的原因。

劉開先以駢文著，後轉爲古文，實兼長駢散兩體。其文縱橫排宕，宏肆暢達，縱橫有才氣。今引錄〈問說〉爲例：

> 君子之學必好問。問與學，相輔而行者也。非學無以致疑，非問無以廣識；好學而不勤問，非眞能好學者也。理明矣，而或不達於事；識其大矣，而或不知其細，舍問，其奚決焉？

> 賢於己者，問焉以破其疑，所謂「就有道而正也」。不如己者，問焉以求一得，所謂「以能問於不能，以多問於寡」也。等於己者，問焉以資切磋，所謂「交相問難，審問而明辨之也。」《書》不云乎：「好問則裕。」孟子論「求放心」，而并稱曰「學問之道」，學即繼以問也。子思言「尊德性」，而歸於「道問學」，問且先於學也。

> 古之人虛中樂善，不擇事而問焉，不擇人而問焉，取其有益於身而已。是故狂夫之言，聖人擇之；芻蕘之微，先民詢之。舜以天子而

〔註33〕 〔清〕劉開：《劉孟塗集・文集》（上海：上海古籍出版社，《續修四庫全書・集部・別集類・1510 冊》影印清道光六年姚氏檗山草堂刻本），卷 4，頁 351。

〔註34〕 〔清〕劉聲木：《桐城文學淵源考》（臺北：世界書局，1962 年《中國學術名著》影印《直介堂叢刻》本），卷 4，頁 2。

詢於匹夫，以大知而察及邇言，非苟爲謙，誠取善之弘也。三代而下，有學而無問。朋友之交，至於勸善規過足矣。其以義理相咨訪，孜孜焉唯進修是急，未之多見也，況流俗乎？

是己而非人，俗之同病。學有未達，強以爲知，理有未安，妄以臆度：如是，則終身幾無可問之事。賢於己者，忌之而不願問焉；不如己者，輕之而不屑問焉；等於己者，狎之而不甘問焉。如是，則天下幾無可問之人。人不足服矣，事無可疑矣，此唯師心自用耳。夫自用，其小者也。自知其陋而謹護其失，寧使學終不進，不欲虛以下人，此爲害於心術者大，而蹈之者常十之八九。不然，則所問非所學焉，詢天下之異文鄙事以快言論。甚且心之所已明者，問之人，以試其能；事之至難解者，問之人，以窮其短。而非是者，雖有切於身心性命之事，可以收取善之益，求一屈己焉，而不可得也。嗟乎！學之所以不能幾於古者，非此之由乎？

且夫不好問者，由心不能虛也。心之不虛，由好學之不誠也。亦非不潛心專力之故，其學非古人之學，其好亦非古人之好也，不能問宜也。

智者千慮，必有一失。聖人所不知，未必不爲愚人之所知也；愚人之所能，未必非聖人之所不能也。理無專在，而學無止境也。然則問可少耶？《周禮》：「外朝以詢萬民。」國之政事，尚問及庶人，是故貴可以問賤，賢可以問不肖，而老可以問幼，唯道之所成而已矣。孔文子不恥下問，夫子賢之。古人以問爲美德，而并不見其有可恥也，後之君子反爭以問爲恥。然則古人所深恥者，後世且行之，而不以爲恥者多矣，悲夫！〔註35〕

本文主張求學應當勤問，作〈問說〉，師法韓愈〈師說〉，將勤問之道理發揮得淋漓盡致。文中引經據典，以鋪排史事爲說理，在正反對比中表明觀點，使文章顯得古樸而又有氣勢。行文明白曉暢，氣勢雄健，結構嚴謹，析理精深，體現桐城古文重「義理、考據、辭章」之特色。

〔註35〕〔清〕劉開：《劉孟塗集・文集》（上海：上海古籍出版社，《續修四庫全書・集部・別集類・1510 冊》影印清道光六年姚氏檗山草堂刻本），卷2，頁330～331。

三、管　同

管同（1780～1831），字異之，號育齋。江蘇上元（今南京）人。嘉慶年間，曾與梅曾亮、陳用光（1767～1835）、鄧廷楨（1776～1846）、劉開等人，受業於姚鼐執教的南京鍾山書院。深得姚鼐讚許，稱之為「得古人雄直氣」，期以「為國一人物」。道光五年（1825）舉人，入安徽巡撫鄧廷楨幕。〔註36〕

姚門弟子中，管同師事最久，得其親授，是以論學為文皆遵姚氏軌轍，梅曾亮即受管同影響，才改習古文。然對姚氏論學之失，管同並非一昧遵循，往往直言；自姚鼐卒後，曾自嘆不得復見其師以更正之（〈讀六韜〉），〔註37〕師徒之情，可見一斑。其散文長於議論，時有卓見，所論簡賅精邃，通達政體，切中時弊。年五十二卒。有《因寄軒文集》等。

管同論文主張「無得於己而剽販古人，是謂無情之辭。無當於道而塗澤古語，是謂無理之作。」（〈蘊素閣全集序〉）〔註38〕，強調有感而發，有獨創性。風格崇尚陽剛，是以〈與友人論文書〉曰：「然而自周以來，雖善文者亦不能無偏。僕謂與其偏於陰也，則無寧偏於陽，何也？貴陽而賤陰，信剛而絀柔者，天地之道，而人之所以為德者也。」〔註39〕所為文也頗能踐其所言，以剛健清新、簡潔明快為特色。今引錄〈餘霞閣記〉為例：

> 府之勝萃於城西。由四望磯迤而稍南，有岡隆然而復起，俗名曰葢山。葢山者，江山環翼之區也。而朱氏始居之，無軒亭可憩息。山之側有菴曰四松，其後有棟宇極幽，其前有古木叢篁，極茂翳，憩息之佳所也。而其境止於山椒，又不得登陟而見江山之美。

> 吾鄉陶君叔侄兄弟率好學。樂山林，厭家宅之喧闐也，購是地而改築之，以為閒暇讀書之所。由菴之後，造曲徑以登，徑止為平臺；由臺而上，建閣三楹，殿以書室。室之後，則仍為平臺而加高焉。由之，可以登四望。桐城姚郎中為命名曰餘霞之閣。葢山與四松，各擅一美焉，而不可兼并。自餘霞之閣成，而登陟憩息者，始兩得而無遺憾矣。

〔註36〕　〈文苑傳・傳稿・管同傳附劉開〉（臺北：國立故宮博物院藏，清國史館本），文獻編號701004390。另附書影於附錄四（圖5）。

〔註37〕　〔清〕管同：《因寄軒文集・初集》（清道光十三年管氏刻本），卷3，頁14～15。

〔註38〕　〔清〕管同：《因寄軒文集・二集》（清道光十三年管氏刻本），卷6，頁107。

〔註39〕　〔清〕管同：《因寄軒文集・初集》（清道光十三年管氏刻本），卷6，頁117。

　　凡人於事大抵多爲私謀，今陶君築室不於家，而置諸僧舍，示其可
　　共諸人，而己之不欲專據也。而或者疑其非計。是府也，六代之故
　　都也，專據者安在哉！儒者立志，視天下若吾家，一樓閣也，誾誾
　　然必專據而無同人之志，彼其讀書亦可以睹矣，而豈達陶君之志也
　　哉！〔註40〕

本文述餘霞閣由來，先敘盃山、四松菴引出餘霞閣；次敘閣之建築、命名及
登臨之美；文末借陶君與人共樂之旨，警誡世人，歸結全篇，對主人高雅志
向有積極之肯定，論說榫卯相接。此篇記遊攬勝之作也寫來氣象開闊、筆墨
秀潤，表現出管同散文長於議論，慮周思密之特點。

四、方東樹

　　方東樹（1772～1851），原名鞏至，字植之，號歇庵，又號冷齋，別號副
墨子。安徽桐城人。諸生，晚年慕衛武公耄而好學之意，以「儀衛」名軒，
自號儀衛主人。二十二歲赴江寧（今南京），受業於姚鼐執教之南京鍾山書
院。考中秀才後，屢次參加科舉不中，便至各地講學。先後在江寧、阜陽、
六安、池陽、粵東、亳州、宿松、祁門等地書院，教書著述。〔註41〕道光十
七年（1837）六十六歲，任廣州總督鄧廷楨幕，並提出對英國傾銷鴉片之
舉，主張採用強硬手段對抗，著〈匡民正俗對〉，陳禁之之道，鴉片戰起，著
〈病榻罪言〉，論禦之之策，皆不用。客遊凡五十年。晚歲家居，其學益進，
主東山書院。年八十卒。著有《漢學商兌》、《儀衛軒文集》、《外集》、《書林
揚觶》、《昭昧詹言》等。

　　方東樹不欲以詩文名世，專研義理，一宗朱子，一生著述甚富，最重要
者當屬《漢學商兌》、《昭昧詹言》二書。《漢學商兌》旨在剖析漢學之內在問
題，以攻考據家之失。他認爲漢學家單以考據方式探求聖人之道不可行，因
爲考據而來之解釋往往歧異甚多，與經書內容不一定相符；此外，考據之學
也讓士子苦於義之繁瑣，而不知如何選詞用句，更遑論將其具體運用於現實
事務中。方東樹作此書之目的，〔註42〕非爲打擊漢學之地位，而是希望漢學

<hr>

〔註40〕　〔清〕管同：《因寄軒文集・初集》（清道光十三年管氏刻本），卷7，頁43。
〔註41〕　〈儒林傳上卷・傳稿・方東樹傳附方宗誠〉（臺北：國立故宮博物院藏，清國
　　　　史館本），文獻編號701003929。
〔註42〕　鄭吉雄評論：據錢穆先生考證，《漢學商兌》成書於道光六年（1826），刊刻
　　　　於十一年，《儀衛軒文集》有〈上阮芸臺宮保書〉，自獻其書；芸臺即阮元

家們能夠考量現實環境之需求，與宋學作適度結合，才能發揮文人對國家之最大貢獻。相關內容詳見於第四章第三節，此不贅述。

《昭昧詹言》成於道光十九年（1839），爲方東樹專論五言古詩作法之書。又撰《昭昧詹言續錄》，專論七言古詩。道光二十一年（1841），又撰《續昭昧詹言》，專論七言律詩。桐城派自劉大櫆、姚鼐效法北宋古文運動詩文合一之主張，將詩論運用於文論後，桐城諸家亦皆認同古文文法通於詩，使得桐城派詩論之發展往往與文論同步，且大多渾爲一體。方東樹系列之作，也承襲劉、姚二人之思想，以論古文之法論詩，內容也大抵與其古文理論相通，從中可窺見其古文主張。

方東樹古文簡潔，涵蓄不及鼐，然其不受限於義法束縛，而能自開大以成一格。如《漢學商兌・重序》曰：

> ……及秦兼天下，席狙詐之俗，肆暴虐之威，遂乃蕩滅先生之典法，焚燒詩書。於時不特經之用不興，並其文字而殄滅之矣。漢興，購求遺經，於是羣經始稍稍復出。或得之屋壁，或得之淹中，或得之宿儒之口授，而固已殘闕失次，斷爛不全。賴其時一二老師大儒，辛勤補綴，修明而葺治之。於是《易》有四家，《書》與《詩》三家，《禮》、《春秋》兩家，號爲十四博士。則章句所由興，家法所由異。漢儒之功，萬世不可沒矣。……及至宋代，程朱諸子出，始因其文字以求聖人之心，而有以得于其精微之際。語之無疵，行之無弊。然後周公孔子之眞體大用，如撥雲霧而睹日月。由今而論漢儒、宋儒之功，並爲先聖所攸賴。有精粗而無軒輊。蓋時代使然也。道隱於小成，辨生於末學，惑中於狂疾，誕起於妄庸。自南宋慶元以來，朱子既沒之後，微言未絕，復有鉅子數輩，蠢起於世，奮其私智，尚其邊見，逞其駁雜，新慧小辨，各私異見，務反朱子。其所謂道非道，而所言之齟不免於非。其於道，躈乎未嘗有聞焉者也。逮於近世，爲漢學者，其蔽益甚，其識益陋。其所挾惟取漢儒破碎穿鑿謬說，揚其波而汨其流，抵掌攘袂，明目張膽，惟以詆宋儒，攻朱子爲急務。要之，不知學之有統，道之有歸，聊相與逞志快意以鶩名而已。吾嘗譬之：經者，良苗也。漢儒者，農夫之

（1764～1849），爲考據大師，則《商兌》實方氏向漢學家當面求戰之書。詳見鄭吉雄：《清儒名著述評》（臺北：大安出版社，2001 年 8 月），頁 286。

勤菑畬者也。耕而耘之，以植其禾稼。宋儒者，穫而舂之，蒸而食之，以資其性命，養其軀體，益其精神也。非漢儒耕之，則宋儒不得食。宋儒不舂而食，則禾稼蔽畝，棄於無用，而羣生無以資其性命。今之爲漢學者，則取其遺秉䅯穗，而復殖之，因以笑舂食者之非，日夜不息，曰：「吾將以助農夫之耕耘也。」卒其所殖不能用以置五升之飯。先生不得飽，弟子長饑。以此教人，導之爲愚。以此自力，固不獲益。畢世治經，無一言幾於道，無一念及於用。以爲經之事盡於此耳矣，經之意盡於此耳矣。〔註43〕

本文從經學之源流講起，闡明因治學偏重不同所形成之漢、宋兩派，乃時代使然。漢學重考據，宋學重義理，兩者各有一定學術價值，「並爲先聖所收賴，有精粗而無軒輊」，後人實不應「奮其私智，尚其邊見」。方東樹更舉例爲喻，言漢儒好比辛勤耕耘之農夫；宋儒好比舂蒸而食者，兩者須相輔相成，才能夠眞正發揮經學之精義。

　　方東樹文章務盡事理，而不講究章法字句，主張義即是法，故其文不免蕪累重覆之病，因而文集中長篇之作甚多。其對桐城派傳播之貢獻，不在於古文理論之發展與古文創作之實踐，而在於積極以著述維護桐城派之地位。其論文最強調「有本」，他對漢學家煩瑣考據之弊的攻擊，往往能切中要害，文筆犀利，可謂雄辯之士也。

五、姚　瑩

　　姚瑩（1785～1853），字石甫，一字明叔，號展和，因以「十幸」名齋，又自號幸翁。安徽桐城人。姚鼐之姪孫。嘉慶十二年（1807）中舉，次年又中進士。十四年（1809）夏，應聘入兩廣總督百齡（？～1815）幕府，直至十九年（1814）冬，一直在廣東過著遊幕生活。嘉慶二十一年（1816）起，先後出任福建平和、龍溪知縣，兼理海防同知，又攝噶瑪蘭（今宜蘭）通判。道光十八年（1838），任臺灣兵備道，所至政美事異。年六十九卒。其文風剛健雄直，著作頗豐。其子匯輯爲《中復堂全集》。

　　道光二十年（1840）六月，鴉片戰爭爆發，時任臺灣兵備道之姚瑩，與總兵達洪阿（？～1854）積極抗禦英軍，保衛臺灣。隔年九月，英軍入侵臺

〔註43〕　〔清〕方東樹：《漢學商兌》（上海：上海古籍出版社，《續修四庫全書・子部・儒家類・951 冊》影印清道光十一年刻本），頁 535～536。

灣雞籠港口，結果英軍雙桅炮艦被開炮擊傷後，觸礁沉沒，英軍陣亡 32 人，並生俘 130 人，繳獲武器、地圖等，爲臺灣抵抗英國侵略所取得之第一次勝利。十月，英軍三桅兵艦進攻臺灣三沙灣炮臺，再度被擊退。〔註44〕

　　道光二十二年（1842）一月，英軍阿恩號侵襲台灣大安港，均被姚瑩所擊沉，史稱大安之役。英軍於該役陣亡多人，且約有 150 名印度人，30 名英國人被俘虜。三月，英軍三艘三桅軍艦駛入臺灣大安港，又被擊退，英軍 49 人受俘。五月，姚瑩奉清廷命令，除含船長之 9 名英國軍官外，所有俘虜均予斬殺，計共 119 名（餘則病死監獄）。七月鴉片戰爭終告戰敗，九月清廷與英國簽訂「南京條約」；由於英國全權代表璞鼎查（1789～1856）要求清廷懲辦臺灣將領斬俘之罪，隔年姚瑩被誣以「妄殺」罪名遭彈劾，結果被耆英等誣爲「冒功欺罔」，貶官四川。咸豐初年，奉旨赴廣西贊理軍務，先後任廣西、湖南按察使。後又參與鎮壓太平軍起義，官終湖南按察使。〔註45〕

　　姚門弟子中，姚瑩向以志在經世著稱。不僅具體實現在爲官施政、日常行事中，其文論與創作也十分強調經濟世務。姚瑩見清廷國勢已日趨衰弱，而西方各國卻日趨強盛，據《康輶紀行·自敘》曰：「天下有道，守在四夷，豈可茫然存而不論乎？瑩自嘉慶中，每聞外夷桀驁，竊深憂憤，頗留心茲事。」〔註46〕可知姚瑩早在嘉慶年間便開始留心於海外夷情之瞭解，以求能確實盡到文人經世致用之大用。

　　《康輶紀行》是姚瑩貶官四川後，爲解決藏僧糾紛，兩次奉使乍雅途中實地考察所寫之日記，於道光二十五年（1845）彙編而成。該書對英法歷史，英俄、英印關係，印度、尼泊爾、錫金入藏交通要道，以及喇嘛教、天主教、回教源流等問題皆有所闡述；尤其注重考察西藏地區情況，以揭露英國侵藏野心；姚瑩建議清廷應加強沿海與邊疆防務，始克有效抵抗外國侵略。此外，該書對西藏之歷史、地理、政治、宗教以及風俗習慣等，並作較爲全面之考察，亦對西藏毗鄰之印度、尼泊爾及英、法、俄等國情況皆盡可

〔註44〕趙爾巽：《清史稿校註·邦交二》（臺北：國史館，1986 年），卷 161，頁 4305～4306。

〔註45〕有傳云：「姚瑩保嚴疆，挫強敵，反遭讒譖，然朝廷未嘗不諒其忠勤，海內引領望其再用，亦不可謂不遇矣。」關於姚瑩生平，詳見《清史稿校註·姚瑩傳》（臺北：國史館，1986 年），卷 384，頁 11669。另附書影於附錄四（圖 6）。

〔註46〕〔清〕姚瑩：《康輶紀行》，收入《近代中國史料叢刊續編第六輯》（臺北：文海出版社，1974 年），頁 2827。

能地介紹，以說明西南地區之邊疆形勢。

　　〈與余小坡言西事書〉曰：「《康輶紀行》一書，……瑩爲此書，蓋惜前人之愗，欲吾中國稍習夷事，以求撫馭之方耳。」〔註47〕又〈謝陳子農送重刻遜志齋集書〉曰：「前使西藏，有《康輶紀行》十六卷。……思欲以管窺孔見，聊備控馭遐荒及風俗人心之一助云爾。」〔註48〕可見經世致用，抵抗外侮爲姚瑩撰寫《康輶紀行》之主要目的。其總結清廷失敗之因，認爲西方列強雖距中國數萬里，他們多年來研究中國，對中國之地理事物十分熟悉，而中國卻對西方列強一無所知，導致停滯不前，全無絲毫危機感。該書完全展現姚瑩之愛國熱忱，並體現其嚴謹治學與經世致用思想。儘管姚瑩對西方之認識存在著局限性，但他對西方之瞭解，已超過與他同時代之林則徐、魏源等人，代表當時之最高水準。

　　至於古文方面之經世，姚瑩自述其志願，於〈再復趙分巡書〉曰：

　　　　顧學術是非，非文章不能以自顯。瑩於經術之文，嘗慕董膠西（即
　　　　董仲舒）、劉中壘（即劉向）；論事之文，嘗慕賈長沙、蘇眉山父子，
　　　　非徒悅其文章，以爲數子之學皆精通明達，所謂其言有物者。……
　　　　瑩之魯劣，實愧諸君，乃其私願則與諸人大異，所不欲以爝火之明，
　　　　耀光於日月也。但使道術粗明，志業成就稍有萬分之一裨於一人一
　　　　物，則此生不虛。〔註49〕

可見姚瑩論文特點重視經世致用，關注社會現實，而求文學有濟於世。

　　姚瑩處於近代歷史轉折關頭，追求爲人爲文，於世有益，是首要之文學主張和創作特色。其文章於敘事中議論風生，鋒芒畢露，強調「文貴沉郁頓挫」〔註50〕，突破了桐城派清眞雅正之家法。「記」體文亦寫得奇麗豪宕，往往涉及史事，文勢尤覺酣暢回環。如〈遊欖山記〉中，忽插入欖山之役與七人塚之事：

　　　　余嘗北至京師，東過兗泗，下金陵，觀錢塘，復泝大江，逾嶺以南，
　　　　幾徑萬里。其間郊原、陂隴、狐墟、兔窟，尤喜獨窮之。每詢土風，
　　　　接人士，未嘗不歎幸天下之太平也。

〔註47〕　〔清〕姚瑩：《東溟文集・文後集》（清中復堂全集本），卷8，頁248。
〔註48〕　〔清〕姚瑩：《東溟文集・文後集》（清中復堂全集本），卷8，頁245。
〔註49〕　〔清〕姚瑩：《東溟文集》（清中復堂全集本），卷3，頁43。
〔註50〕　〔清〕姚瑩：《康輶紀行》，收入《近代中國史料叢刊續編第六輯》（臺北：文海出版社，1974年），卷13，頁4537。

及來廣州，值海盜內蠻，烽警日聞，足不出者一年。大臣以天子威靈，誅撫之既定；乃以庚午七月之欖鄉。是鄉在香山治東北七十里，居稠而民富。無幽奇壯勝之觀，而人士彬彬有文采。

秋日氣爽，有何生者，邀余登是山。出市門數武，阡陌縱橫，人家三五相望，皆牡蠣為垣。中環峻牆，樓宇傑出。繞屋芭蕉徑丈。其一望深樹蒙密，則荔支龍眼也。時荔支已三熟，餘實猶纍纍可愛。鬻其利，歲數萬計。三里許，至一坊，曰山邊即欖山矣。先過開元寺，寺小而潔，有老僧聾且病。後有軒，遊人之所憩也。軒面山而背硐，多梅。芙蓉一本出檐際，方盛開爛然。有泉甘而冽，才尺許，大旱不竭，盛潦不盈。欖之戶以萬，咸飲之。既登山，山不甚崇，可眺數十里。欖之比櫛如鱗，煙火如雲者，皆見焉。南俯平田百頃，遙望水瀠洄如帶，則內河之通海者。

何生告余曰：「此戰場也。吾欖自明以來，未嘗被兵。往歲十月，賊艦數十，忽登岸。是時賊方得志于內河，東西七郡皆擾，廣州尤甚。乘銳陵吾鄉，地無營師，一巡檢治之，至是不知所為。賊進至山下一里矣。倉卒集鄉人強者數百人，為三隊拒之。前持刀盾，後張弓矢，最後斬木削竹以繼。更番戰一日夜，呼聲震陵谷，賊氣奪。旦日，水師至，賊乃退。是役也，賊死傷甚眾；吾鄉亡七人，傷十六人耳。以民素健，習武者眾也。後益修備，賊再至，不攻而去。方戰時，吾與眾登此山望，勢甚洶洶。帕首之眾，數倍我師，觀者失色。事之解，幸也！七人者既死，鄉人義之，羣葬于此山之陽，祠以報。」余往觀七人冢，信然。

嗟乎，天下承平久矣！武事漸弛，人不知兵，一旦有急，被難無足異。粵中海盜已舊，顧大猖獗至此，何歟？蓋賊始皆縱橫海外，內河無恙也。虎門、焦門、碣石諸險，猶逡巡不敢入。然恃內地奸民，私運米物以濟眾；尚書百公嚴其禁以麾之，賊始懼。而將卒驕懦。自總兵官許公敗沒，賊遂轉自焦門以入，登岸掠食。內河方議備具，賊已揚帆至矣。倉卒故以不制。不然，胡離披至此哉！百萬虎狼咆哮于門庭之內，欲其無噬人，勢不可得；此計之不能不出于撫也。且當倉卒時，水師既不制，而猶有奮不顧身，力戰以衛鄉邑者，皆勇士也。雖曰官募，實由粵民殷富，自能出貲給之；然已憊矣。彼

不如粵民者，又何如哉！

　　吾始見此鄉井里晏如，如未嘗被兵者。及聞何生言，觀其戰地，瞿
　　然以懼，乃廢遊而返。〔註51〕

欖山在今廣東中山縣。本文作於嘉慶十五年（1810），〔註52〕融議論與遊記合
一。先敘天下承平，反襯下文之寇警及戰場。次敘到廣州後因寇警不出門，
及平定後至欖鄉登山所見之景物，聞何生所述欖山之役及觀七人塚後，廢遊
而返。文末就戰發議，指陳承平已久，武事廢弛，致遭此役，幸當地民富而
強，足以自衛，言下慨然。本文體現了姚瑩文章善持論，指陳時事利害，慷
慨深切之文風。

　　姚瑩之學既得桐城先賢之傳緒，深究義理，又能順應世勢，以文經世。
他於姚鼐義理、考證、文章三者之外，能另闢蹊徑，更添入一「經濟」要素，
並積極付諸實踐，才能寫出關涉世事，憂時憫俗，有益家國的千古華章。

五、梅曾亮

　　梅曾亮（1786～1856），原名曾蔭，字葛君，一字伯言。江蘇上元（今南
京）人。道光二年（1822）進士。以知縣銜分派貴州，因父母年老，不願離
京，故未赴任。隔年即告病繳照。後數度入安徽巡撫鄧廷楨（1776～1846）
與江蘇巡撫陶澍（1779～1839）之幕，然皆歷時不久。道光十二年（1832），
再次入京。十四年（1834），以援例捐資改授戶部郎中，官居此職二十餘年。
道光二十九年（1849），辭官返鄉。道光三十年（1850），主講於揚州梅花書
院，並專心從事著述，年七十一卒。有《柏梘山房集》。〔註53〕

　　梅曾亮少喜駢文，與自幼即研習古文之管同相交後，管同視其文為虛有
其表，便多次勸其改習古文。初始梅曾亮不以為意，後遂逐漸改變看法。〈復
陳伯游書〉曰：「某少喜駢體之文，近始覺班、馬、韓、柳之文為可貴。蓋駢
體之文，如俳優登場，非金鼓絲竹佐之，則手足無措，其周旋揖讓非無可
觀，然以之酬接則非人情也。」〔註54〕改而致力於古文。

〔註51〕　〔清〕姚瑩：《東溟文集》（清中復堂全集本），卷5，頁225～228。
〔註52〕　歸青：〈桐城派〉，收入蔣凡主編：《古代十大散文流派・第五卷》（湖南：文
　　　　　藝出版社，1998年10月），頁3021。
〔註53〕　關於梅曾亮生平，詳見〈文苑傳・傳稿・管同傳附劉開〉（臺北：國立故宮博
　　　　　物院藏，清國史館本），文獻編號701004390。
〔註54〕　〔清〕梅曾亮：《柏梘山房全集・文集・書啟》（上海：上海古籍出版社，《續

嘉慶初年（1803），與管同一起受業於姚鼐執教之南京鍾山書院。梅曾亮由於得到姚鼐指點，並與管同相互切磋，古文創作愈發精進。後又結交王渭（生卒年不詳），他擅長史學，認為梅曾亮讀書「博覽而不循其本，未終卷而易他書，不足以為學」，勸其「專治一書，熟其神情詞氣再易他書」〔註55〕（〈與容瀾止書〉）。梅曾亮遂取《史記》，圈點數過，再繼以《漢書》、先秦諸子，這些著作對其往後之古文創作產生很大影響。

由於梅曾亮欽佩歸有光之寧以文人自居，而不欲以功名庸庸度世之行事作風，與己志向相同，遂將事功義理置之度外，以文字自期；並喜與人交，以談藝論文為樂；加上姚門弟子中，以梅曾亮為文最工，且長居京師，治古文者多向其請教桐城古文義法，其繼姚鼐為一代文宗，遂使桐城派之重心轉向北京。可見其在桐城派發展中之特殊地位。

梅曾亮論文主張「因時」（〈答朱丹木書〉），表現了嘉、道間學風之轉變。「真」是其論文之核心，反對陳陳相因、千篇一律之文風，是以散文具有較鮮明之時代氣息。特別值得一提者，是其不少作品反映鴉片戰爭前後某些歷史事實，並表現支持抗英之正義立場，體現其愛國熱誠。如〈與陸立夫書〉總結與英軍作戰中歷次失敗之教訓，提出克敵制勝之戰術。又如〈上某公書〉即是林則徐在鴉片戰爭後受誣被貶時，梅曾亮對他的安慰與勸勉。其記事之文中也有不少與政事有關，如〈記棚民事〉主要是為董文恪（即董教曾之諡名，官至閩浙總督）作行狀，由閱覽其奏議記錄，而引出一涉及開墾荒山利弊之議題，表現其留心國事，有志於經世之思想。茲逐錄全文如下：

> 余為董文恪公作行狀，盡覽其奏議。其任安徽巡撫，奏準棚民開山事甚力。大旨言與棚民相告訐者，皆溺於龍脈風水之說。至有以數百畝之山，保一棺之土，棄典禮，荒地利，不可施行。而棚民能攻苦茹淡，於崇山峻嶺，人迹不可通之地，開種旱穀以佐稻粱。人無閒民，地無遺利，於策至便，不可禁止，以啓事端。余覽其說而是之。
>
> 及余來宣城，問諸鄉人，皆言未開之山，土堅石固，草樹茂密，腐

修四庫全書‧集部‧別集類‧1513 冊》影印清咸豐六年刻、民國補修本），卷2，頁9。

〔註55〕〔清〕梅曾亮：《柏梘山房全集‧文集‧書啓》（上海：上海古籍出版社，《續修四庫全書‧集部‧別集類‧1513 冊》影印清咸豐六年刻、民國補修本），卷2，頁12。

葉積數年，可二三寸。每天雨從樹至葉，從葉至土石，歷石罅滴瀝
成泉，其下水也緩。又水下而土不隨其下，水緩，故低田受之不爲
災。而半月不雨，高田猶受其浸溉。今以斤斧童其山，而以鋤犁疏
其土，一雨未畢，沙石隨下，奔流注壑澗中，皆塡污不可貯水。畢
至窪田中，乃止。及窪田竭，而山田之水無繼者。是爲開不毛之
土，而病有穀之田；利無稅之傭，而瘠有稅之戶也。余亦聞其說而
是之。

嗟夫！利害之不能兩全也，久矣。由前之說，可以息事；由後之說，
可以保利。若無失其利，而又不至如董公之所憂，則吾蓋未得其術
也。故記之以俟夫習民事者。〔註56〕

本文雖然對開墾荒山之利弊，未作明確之結論，卻揭示一個有待解決之社會
問題，無奈「利害之不能兩全」，然已顯示其關心民瘼之用心。梅曾亮論文主
張「眞」，寫人寫事能曲盡其妙，富有眞情，具有感人之藝術效果；惟其求眞，
才能與他「因時」之主張契合，才有可能表現出時代之狀況。其文章題材較
廣，內容對當時社會問題和重大事件，及有關國計民生多所關注，時時留下
印記，體現其用世之心。文章純正雅潔，惟筆力較弱。

第三節　清末民初之桐城後期諸子

一、風雨西潮

　　自咸豐登基後，清廷之危機便屢屢浮上檯面。咸豐六年（1856）十月，
第二次鴉片戰爭爆發。咸豐八年（1858）四月，與俄國簽訂「璦琿條約」。五
月，先後與俄、美、英、法四國簽訂「天津條約」。〔註57〕中國逐步喪失主
權。咸豐十年（1860）七月，英法聯軍攻佔天津、大沽一帶。八月，八里橋
和大沽口相繼被攻佔，咸豐帝逃往承德。不足兩個月，英法聯軍火燒圓明
園，進佔北京。十月，與英法先後簽訂「北京條約」。十一月，俄國利用英法
聯軍攻佔北京之軍事壓力，藉口調停英法聯軍有功，強迫清廷也與之簽訂「北

〔註56〕　〔清〕梅曾亮：《柏梘山房全集・文集》（上海：上海古籍出版社，《續修四庫
　　　　　全書・集部・別集類・1513 冊》影印清咸豐六年刻、民國補修本），卷 10，
　　　　　頁 42～43。
〔註57〕　趙爾巽：《清史稿校註・邦交四》（臺北：國史館，1986 年），卷 163，頁 4358。

京條約」，開啓俄國對西北邊界之鯨吞行動。〔註58〕

接連的戰爭失利，促使清廷內部亦逐漸分裂為保守、洋務兩派，洋務派以「中學為體，西學為用」為基本思想，主張學習西方之先進技術，以達富國強兵之效。咸豐十一年（1861），總理各國事務衙門成立，負責外交與推行洋務運動之相關事務。〔註59〕

咸豐十一年（1861）七月，咸豐去世，年僅六歲之載淳登基。〔註60〕隔年改年號為同治，實行兩宮太后垂簾聽政。慈禧任奕訢（1833～1898）為議政王、軍機大臣，負責總理各國事務衙門；任用曾國藩（1811～1872）、李鴻章（1823～1901）、左宗棠（1812～1885）等人組織漢人軍隊，又向西方列強商借洋兵協助剿逆，先後成功鎮壓太平天國、捻軍、苗民、回民起義。慈禧傾向於保守派，但她明白保守派雖掌握中央勢力，但掌握地方實權的總督和巡撫，大多屬於洋務派。此外，慈禧考慮到要維持清廷統治地位，必須仰賴得到西方列強支持的洋務派；兩權之下，她一方面採用洋務派自強求富的方針，以西洋軍法訓練海軍、陸軍，設立新式工業，興辦洋務；另一方面，又以保守派牽制其行動。

同治十二年（1873）正月，親政。隔年即病死。同治病逝後，載湉以醇親王奕譞之子身份入宮為帝，年僅四歲，故仍持續實行太后垂簾聽政，年號光緒。光緒九年（1883），中法戰爭爆發，隔年簽定「中法新約」。光緒十四年（1888）大婚，隔年親政，但實際上仍由慈禧掌權。光緒二十年（1894）中日甲午戰爭爆發，清廷戰敗，簽訂馬關條約。甲午戰爭之結果，等同宣告洋務運動的失敗。

洋務運動經過 30 餘年（1861～1895）的努力，竟毫無成效。歸咎其因，在於以慈禧為首的保守派一直持反對態度，使其推行不易；連視為首要之軍事改革，亦僅及於表面工夫；加上洋務運動過度依賴洋人，他們並不希望中

〔註58〕 趙爾巽：《清史稿校註・邦交一》（臺北：國史館，1986 年），卷 160，頁 4274～4275。

〔註59〕 咸豐十一年（1861），以親郡王、貝勒、軍機大臣、內閣大學士、各部院尚書、侍郎等管理總理各國事務衙門。詳見《欽定大清會典事例・光緒朝・總理各國事務衙門》（北京：中華書局，1991 年），卷 1220，頁 1123。

〔註60〕 依照遺詔，由載垣、端華、景壽、肅順、穆蔭、匡源、杜翰、焦祐瀛等八位顧命大臣輔政。十月，慈禧太后不滿八位大臣專權，聯合東宮慈安太后與恭親王奕訢合謀發動辛酉政變，將載垣、端華、肅順處死，其餘五人革職或遣戍。

國富強，只想利用中國官員的無知，從中謀取私利。是以朝野認爲，唯自根本上進行變法，始能改善此一局面，而光緒帝也銳意革新。

光緒二十四年（1898），下詔變法，起用康有爲（1858～1927）、梁啓超（1873～1929）、譚嗣同（1865～1898）等推行新政，遭到以慈禧太后爲主之保守派反對。由於兩派鬥爭激烈，坊間盛傳慈禧太后有意藉天津閱兵廢弒光緒的陰謀。光緒便打算發動政變，密命候補侍郎袁世凱發兵，先殺直隸總督兼北洋大臣榮祿，再圍頤和園，逼慈禧讓權；因袁世凱告密榮祿，致令政變失敗，光緒被幽禁，康、梁逃亡日本，對外則宣布光緒生病，由太后訓政。自四月二十三日光緒下詔變法起，到政變發生的八月六日止，歷時不過 103 天，故稱「百日維新」。〔註61〕

鎮壓維新之後，慈禧太后欲廢光緒。光緒二十六年（1900），慈禧太后挑選溥儁入宮，是爲己亥建儲，然未獲各國公使認可。溥儁之父載漪等權貴利用義和團排洋情緒，招引義和團進京，肆殺洋人；結果使英、俄、法、德、美、日、意、奧八國共組聯軍，攻陷北京。光緒、慈禧太后逃亡西安。二十七年（1901）九月，簽定「辛丑條約」後，光緒始回北京；然仍遭軟禁，終以飲恨病逝。

光緒三十四年（1908）十月，慈禧與光緒同時病重；由於光緒無後，慈禧便以醇親王載灃之子溥儀（奕譞第五子，襲其王位）爲嗣帝，十一月初，溥儀登基，號宣統。三年後，辛亥革命成功，宣統退位，中華民國成立。

清末桐城後期諸子經歷過此番鉅變，也不得不承認姚門弟子所提出經世致用說，及湘鄉派曾國藩所提出之經濟說，也與洋務運動一樣，無助於挽救國家之頹勢。當然，此並非能歸咎於桐城諸家之主張無效，或實踐不力，乃因在位者未採其言、未革其弊之結果。

此外，洋務派與保守派間之論爭與批判，多少動搖文人恪守傳統禮教觀念，他們逐漸願意向西方學習。加上洋務派曾經派遣一批留學生到外國學習西方事物，並介紹西方文化、學術、科學，引進許多新觀念和新思想，也爲中國社會之變革起相當大之領導作用。而桐城後期諸子在面對現實之餘，也認同維新派之主張，大多願意主動向西方學習，企圖由此尋找到一條富國強

〔註61〕關於百日維新始末，詳見米鎮波：〈百日維新記〉，收入南炳文、白新良主編：《清史紀事本末・光緒朝・第九卷》（上海：上海大學出版社，2006 年），頁3176～3185。

民之道。〔註62〕於洋務時期被選派出國之嚴復（1853～1921），即運用其留學所習得之語言優勢，進行西方學術翻譯；林紓則藉由與留學生合作，進行西方小說之翻譯工作；雖著重不同，然皆循以桐城古文之義法來創作。藉由他們的努力，不僅傳統文人較爲願意嘗試接受此類作品；新時代之文人，也經由他們的作品，初步接觸西方之學術思想。

　　桐城後期諸子也都有一個共識：即中學爲體，西學爲用。他們認爲在學習西方文化之前，必先積累傳統學術之涵養。桐城後期諸子馬其昶（1855～1930）、姚永樸、姚永概（1866～1923）、嚴復、林紓等人，繼承書院講學之傳統，致力於宣揚桐城古文理論與創作經驗，將桐城諸家文論重新進行梳理，以探討傳統文章理論之演變發展及有效率的學文方法。其中，尤以姚永樸《文學研究法》，林紓《春覺齋論文》最具影響力。由於桐城後期諸子甚多，茲舉對古文理論獨有建樹之嚴復、林紓及姚永樸三人，闡述於下。

二、嚴　復

　　嚴復（1853～1921），乳名體乾，原名傳初，改名宗光，字又陵；後名復，字幾道。福建侯官（今福州市）人。同治五年（1866），嚴復考上福州船政學堂，學習英文及近代自然科學知識，五年後以優等成績畢業。光緒三年（1877），嚴復被派往英國留學。先入普茨茅斯大學，後轉入格林威治海軍學院。光緒五年（1879）歸國。留學期間，嚴復對英國政治、經濟制度和文化思想等都有極大興趣，並多方涉獵相關之學術理論。〔註63〕

　　回國後，嚴復到福州船政學堂任教習，隔年調任天津北洋水師學堂總教習（即今教務長）。光緒十六年（1890），升爲總辦（即今校長）。因與李鴻章理念不合，有意退出海軍界另謀發展。離開北洋水師學堂後，嚴復先後擔任過京師大學堂附設譯局總辦、上海復旦公學校長、安徽師範學堂監督、學部審定名詞館總纂等職。辛亥革命後，民國建立。1912 年，京師大學堂改名北京大學，袁世凱任命嚴復擔任校長一職，以教育救國爲任。

〔註62〕劉再華：〈一個主張維新的舊文學流派——後期桐城派作家的經學立場與文論話語〉，《湖南大學學報（社會科學版）》第 20 卷第 4 期（2006 年），頁 80。

〔註63〕關於嚴復生平，詳見〈文苑林紓傳附嚴復、辜湯生‧傳稿〉（臺北：國立故宮博物院藏，清史館本）。其生卒年，據譯本《清代名人傳略‧第二冊》（臺北：南天書局，1991 年 10 月），頁 643。原著：ARTHUR W. HUMMEL：《EMINENT CHINESE of THE CH'ING PERIOD》（volume II，1991）。另附書影於附錄四（圖 11）。

　　嚴復除致力於教育外，並從事翻譯西學。認爲宣揚西方先進思想，是促進國家進步之動力；因此，系統地挑選西方社會學、政治學、政治經濟學、哲學和自然科學方面之重要著作，期能有益於大眾。年六十九卒。譯著彙成《侯官嚴氏叢刻》《嚴譯名著叢刊》。此外，著有《瘉壄堂詩集》、《嚴幾道詩文鈔》等。

　　盱衡時局猝變，目睹救亡圖存迫在眉睫，嚴復寫下不少主張變法維新之政論，反對頑固保守，主張向西方學習；如〈論世變之亟〉、〈原強〉、〈救亡決論〉等文，斬釘截鐵表示主張變法觀點，表達關切國家民族危亡之強烈愛國精神。又發表〈闢韓〉，駁斥韓愈〈原道〉所顯現之君主專制思想，氣勢磅礴，議論精絕。他是「第一個敢於大膽向傳統君臣觀念及道統之說挑戰」者。〔註 64〕長於說理，析理透闢，洋洋灑灑，屢屢萬言。成就最高者當屬政論文。其古文謹守桐城義法，簡潔精要，茲引〈論八股存亡之關係〉二段如下：

> 抽繭而爲絲，績麻而爲縷，至易絕矣，及其織以爲布帛，而欲獨抽其一縷，則全幅爲之壞。一拳之石，盈尺之木，至易舉矣，及其建而爲橋梁屋宇，而欲獨去其一石一木，則全工爲之傾，無他，彼此相織而定，相倚而固，求僅取其一而不能也。此在庶事且然，況乎國家之大政，行之千祀，天下之士大夫，莫不奉以爲歸，則天下事之與相織相倚者，固已久矣，乃一旦而去之，欲其無後言、無後患，無一出一入反覆，勢亦甚難。今者皇上發德音，下明詔，改八股爲策論，薄海臣民固無不頌朝廷之明聖，即東西諸與國，亦莫不據此爲維新伊始，而生其敦憚之心，誠千載一時之盛也。但非常之原，黎民所懼，必有不知朝廷之至計，私憂竊嘆，以爲教宗宜保，古制宜存，而以復用八股爲望者。故爲梳節源流，明證積習，以見廢八股者，正所以復古保教，庶于維新之政，未嘗無一蚊一虻之勞焉。
>
> ……然而天地之運，無往不復，一陰一陽之爲道，一文一質之爲世。孔子之道，剝極于有明，而國初顧閻錢戴諸儒，已由名物制度，以求東京之學。中葉以後，莊劉龔魏諸儒，又從群經大義，以

〔註64〕林保淳：《嚴復——中國近代思想啓蒙者》（臺北：幼獅文化事業公司，1988年），頁37。

求西京之學。以是卜之，他日必有更進西京，以求六藝者。橢圓之道，亦殆將返矣。徒以八股未去，挾進士以爲重，橫塞宇内，蔽障聰明，大道之行，至今爲梗。此西京東京兩宋之儒者所不及料也。〔註65〕

本文先舉例以喻其論述，接著便直言主題，深詆八股文之害。就中國之國勢，維新乃爲當務之急，然因恐有尚持「教宗宜保，古制宜存」爲由，「而以復用八股爲望」之人；特爲「梳節源流，明證積習，以見廢八股者，正所以復古保教」也。全文論事明晰，縱橫簡勁，雄健奔放，充分表現出爲「復古保教」之赤誠，眞摯動人，極具說服力。

他對翻譯提出「信、達、雅」之標準，一直爲後人所遵循，翻譯能以純雅古文出之，某些譯文亦成爲具有很高文學性之散文名作，而易爲當時士大夫接受。尤以所譯之《天演論》，深得吳汝綸推賞，以爲：「抑汝綸之深有取於是書，則又以嚴子之雄於文，以爲赫胥氏之指趣，得嚴子乃益明，自吾之譯西書，未有能及嚴子者也。」（〈天演論序〉）〔註66〕，茲引《天演論・導言一・察變》首段：

赫胥黎獨處一室之中，在英倫之南。背山而面野。檻外諸境，歷歷如在几下，乃懸想二千年前，當羅馬大將愷徹未到時，此間有何景物？計惟有天造草昧，人功未施，其藉徵入境者，不過幾處荒墳，散見坡陀起伏間，而灌木叢林，蒙茸山麓，未經刪治如今日者，則無疑也。怒生之草，交加之藤，勢如爭長相雄，各據一抔壤土。夏與畏日爭，冬與嚴霜爭，四時之内，飄風怒吹，或西發西洋，或東起北海。旁午交扇，無時而息，上有鳥獸之踐啄，下有蟻蝝之齧傷，憔悴孤虛，旋生旋滅。菀枯頃刻，莫可究詳。是離離者亦各盡天能，以自存種族而已。數畝之内，戰事熾然，彊者後亡，弱者先絕，年年歲歲，偏有留遺，未知始自何年，更不知止於何代。苟人事不施於其間，則莽莽榛榛，長此互相吞并，混逐蔓延而已，而詰之者誰耶？〔註67〕

〔註65〕 鄭振鐸編選：《晚清文選》（北京：中國社會科學出版社，2002 年 9 月），卷下，頁 323～325。

〔註66〕 〔清〕吳汝綸：《桐城吳先生詩文集・文集》（清桐城吳先生全書本），卷3，頁 157。

〔註67〕 〔清〕嚴復：《天演論》（臺北：商務印書館，2009 年），頁 1。

此一引人入勝之起筆，本是赫胥黎原著之自序，並非別人為此部著作所寫之序。以「赫胥黎獨處一室」開篇，乃嚴復譯述時改用以旁人之口吻所加。文中刻畫自然界中草木之生存競爭，雄健奔放，淋漓酣暢。嚴復殫心著述，於學無所不窺，精歐西文字，所譯書以瓌辭達奧旨。與桐城派異趣之章炳麟亦評之曰：「申夭之態，回復之詞，載飛載鳴，情狀可見，蓋俯仰於桐城之道左，而未趨其庭廡者也。」（〈社會通詮商兌〉）〔註68〕可謂洞見幽微。

三、林　紓

　　林紓（1852～1924），原名群玉，又名秉輝，字琴南，號畏廬，又號畏廬居士，別署冷紅生，晚稱蠡叟、踐卓翁、六橋補柳翁、春覺齋主人等。福建閩侯（今福州）人。光緒八年（1882），領鄉薦中舉。嗣後，又連續七次屢赴禮部試，皆不第而歸。後以授課、作文、翻譯、賣畫維生。光緒二十七年（1901）入京，得遇吳汝綸論文，深得吳氏稱許。先後在五城學堂、京師大學堂、閩學堂、高等實業學堂、正志中學、勵志學校和孔教大學任教，講授經義、古文和倫理學。以翻譯小說和古文名世。年七十三卒。著述甚豐，文集有《畏廬文集》、詩有《閩中新樂府》、《畏廬詩存》，文論有《春覺齋論文》《文微》、《韓柳文研究法》等，其他有小說、傳奇多種。〔註69〕

　　林紓之古文以桐城義法為核心，以左、馬、班、韓之文為「天下文章之祖庭」，以為「取義於經，取材於史，多讀儒先之書，留心天下之事，文字所出，自有不可磨滅之光氣」。且主張應循法度而出其外，方能有所變化，獨具特色；因此，所作文章較為平順，今以〈冷紅生傳〉為例：

> 冷紅生居閩之瓊水，自言系出金陵某氏。顧不詳其族望。家貧而貌寢，且木強多怒。少時見婦人，輒踧踖隅匿。嘗力拒奔女，嚴關自捍。嗣相見，奔者恆恨之。迨長，以文章名於時。讀書蒼霞洲上。洲左右皆妓寮。有莊氏者，色技絕一時，夤緣求見生，卒不許。鄰妓謝氏笑之，偵生他出，潛投珍餌。館僮聚食之盡，生漠然不聞知。一日羣飲江樓，座客皆謝舊昵。謝亦自以為生既受餌矣，或當有情，逼而見之，生逡巡遁去。客咸駭笑，以為詭僻不可近。生聞

〔註68〕章炳麟：《太炎文錄初編・別錄》（上海：上海古籍出版社，《續修四庫全書・集部・別集類・1577 冊》影印章氏叢書本），卷 2，頁 506。

〔註69〕關於林紓生平，詳見〈文苑林紓傳附嚴復、辜湯生・傳稿〉（臺北：國立故宮博物院藏，清史館本）。另附書影於附錄四（圖 12）。

而歎曰：「吾非反情爲仇也！顧吾褊狹善妒，一有所狎，至死不易志，人又未必能諒之，故甯早自脫也。」所居多楓樹，因取楓落吳江冷詩意，自號曰冷紅生，亦用志其癖也。生好著書，所譯《巴黎茶花女遺事》，尤淒惋有情致。嘗自讀而笑曰：「吾能狀物態至此，甯謂木強之人，果與情爲仇也耶？」〔註70〕

此文爲林紓之自傳，一開始先自嘲「家貧而貌寢，且木強多怒」，後又言「有莊氏者，色技絕一時，夤緣求見，生卒不許」，字數雖不多，即已令人發笑，足見其善於運用白描敘事抒情，活潑生動且詼諧感人。爲林紓《畏廬文集》作〈序〉之張僖稱曰：「畏廬忠孝人也，爲文出之血性。」〔註71〕錢基博亦稱許「紓之文工爲敘事抒情，雜以恢詭，婉媚動人，實前古所未有。」〔註72〕

林紓翻譯之外國小說，約有一百八十餘部，確在當時社會引起巨大之反響。他用中國傳統文論觀點評價西方小說，亦有一些獨特見解。通過對「西人文章妙處」之評析，豐富傳統之文學表現方法和技巧理論。重視小說之思想和藝術價值，是林紓對桐城派傳統的一大突破。茲引〈不如歸序〉全文：

> 小說之足以動人者，無若男女之情，所爲悲歡者，觀者亦幾隨之爲悲歡。明知其爲駕虛之談，顧其情況逼肖，既閱猶斤斤於心，或引以爲惜且憾者。余譯書近六十種，其最悲者，則《籲天錄》，又次則《茶花女》，又次則是書矣。其云片岡中將，似有其人，即浪子亦確有其事，顧以爲家庭之勸懲，其用意良也。且其中尚夾敘甲午戰事甚詳。余譯竟，若不勝有冤抑之情，必欲附此一伸，而質之海內君子者。
>
> 威海水師之熸，朝野之議，咸咎將帥之不用令，遂致於此，固也。乃未知軍港形勢，首恃礮台爲衛，而後港中之舟始得其屏蔽，不爲敵人所襲。當渤海戰歸，即熸其一二舟，艦隊初未大損。乃敵軍夜襲岸軍，而礮台之守者先潰，即用我山台之礮，下攻港中屯聚之舟。全軍陡出不意，然猶力支，以巨礮仰擊，自壞其已失之台，力爲朝

〔註70〕　〔清〕林紓：《畏廬文集》，收入《畏廬論文等三種》（臺北：文津出版社，1978年影印本），頁25。

〔註71〕　〔清〕林紓：《畏廬文集‧序》，收入《畏廬論文等三種》（臺北：文津出版社，1978年影印本），頁1。

〔註72〕　錢基博：《現代中國文學史》（臺北：文海出版社，1981年），頁169。

廷保有舟師，不爲不力。尋敵人以魚雷冒死入港，碎其數舟，當時既無快船，是以捕捉雷艇，又海軍應備之物，節節爲部議抑勒，不聽備，門戶既失，孤軍無據，其熸宜也。或乃又謂渤海之戰，師船望敵而遁，是又讆言。吾戚林少谷都督戰死海上，人人見之，同時殉難者，不可指數，文襄文肅所教育之人才，至是幾一空焉。余向欲著《甲午海軍覆盆錄》，未及竟其事，然海上之惡戰，吾歷歷知之。顧欲言，而人亦莫信焉。今得是書，則出日本名士之手筆叭其言鎮定二艦，當敵如鐵山，松島旗船死者如積，大戰竟日，而吾二艦卒獲全，不熸於敵，此尚言其臨敵而逃乎？

吾國史家好放言，既勝敵矣，則必極言敵之醜敗畏葸，而吾軍之殺敵致果，凜若天人，用以爲快，所云「下馬草露布」者，吾又安知其露布中作何語耶？若文明之國則不然，以觀戲者多，防爲所譏，措語不能不出於紀實，既紀實矣，則日本名士所云中國之二艦如是能戰，則非決然遁逃可知矣。

果當時因大敗之後，收其敗餘之殘卒加以豢養，俾爲新卒之導，又廣設水師將弁學校，以教育英儁之士，水師即未成軍，而後來之秀，固人人可爲水師將弁者也。須知不經敗衄，亦不知軍中所以致敗之道；知其所以致敗，而更革之，仍可自立於不敗。當時普奧二國大將，皆累敗於拿破侖者，惟其累敗，亦習知拿破侖用兵之奧妙，避其所長，攻其所短，而拿破侖敗矣。果能爲國，即敗亦復何傷？勾踐之於吳，漢高之於楚，非累敗而終收一勝之效耶？

方今朝議，爭云立海軍矣。然未育人才，但議船礮，以不習戰之人，予以精礮堅艦，又何爲者？所願當事諸公，先培育人才，更積資爲購船製礮之用，未爲晚也。

紓年已老，報國無日，故日爲叫旦之雞，冀吾同胞警醒，恆於小說序中攄其胸臆，非敢妄肆嗥吠，尚祈鑒我血誠。〔註73〕

這篇文章是林紓於光緒二十四年（1908），爲自己的譯本所寫的序言。此篇序言是借用外國小說中所記的事實，說明我國海軍在甲午之戰中，曾經英勇地

〔註73〕林紓：〈不如歸序〉，收入《晚清文學叢鈔・小說戲曲研究卷》（臺北：新文豐出版公司，1989 年 4 月），頁 261。

打擊敵人，且為抗敵犧牲者伸張正義。文中又講到了如何收「敗餘之殘卒」，以為「新卒之導」，指出「不經敗衄，亦不知軍中所以致敗之道。知其所以致敗而更革之，仍可自立於不敗」云云，都表現了作者的愛國熱情和論事的遠見。

四、姚永樸

姚永樸（1862～1939），字仲實，晚號蛻私老人。姚範、姚鼐為其先輩，姚瑩之孫，光緒二十年（1894），順天鄉試舉人。由於無意仕進，遂投入教育。光緒二十七年（1901），遠赴廣東信宜縣，擔任起鳳書院山長。光緒二十九年（1903），應山東高等學堂之聘為教習。後被安徽高等學堂監督嚴復聘為倫理教習，任教六年，編講義多卷，以授諸生。

宣統二年（1910）二月，應北京大學之聘，任文科教授。1913 年因北大校內學術之爭，與林紓共同辭職。1914 年，復北京大學聘，任文科教授。1918年，面對白話文學與桐城古文敵對愈發激烈之局勢，姚永樸也自感無力承受，遂辭職南歸。先後講學於正志學校、東南大學、安徽大學。為清史館纂修，成書四十餘卷。年七十八卒。著書甚豐，有《蛻私軒集》、《舊聞隨筆》、《文學研究法》、《史學研究法》等。

姚永樸家世以桐城古文相傳，又兼師張裕釗、吳汝綸，並與馬其昶（1855～1930）、范當世（1854～1905）及兄永楷（生卒年不詳）、弟永概（1866～1923）互為切磋，故文學根柢極為深厚。桐城後期諸子中，姚永樸去世最晚，被目為桐城派最後一位大師。為文簡潔樸質、「清通淵雅」。《文學研究法》是對方苞、劉大櫆、姚鼐等桐城前輩文論之系統論述專書，吳孟復評其「考鏡源流，平章得失，自成體系，上與《文心雕龍》媲美。」〔註74〕在文學上尤為巨大貢獻，評價極高。此書筆者將於第六章第二節討論，茲不贅述。

第四節　桐城派古文旁支——清中後期之陽湖派

一、陽湖派之崛起

乾嘉年間（1738～1818），姚鼐先後主講於揚州梅花書院、安慶敬敷書院、歙縣紫陽書院、南京鍾山書院，姚門弟子遍及南方各省，桐城古文逐漸

〔註74〕吳孟復：《桐城文派述論》（合肥：安徽教育出版社，2001 年 7 月），頁 180。

成爲文壇風尙。〔註 75〕流風所及，連早年工駢文辭賦之張惠言（1761～1802），也受劉大櫆的學生錢伯坰（1738～1812）〔註76〕、王灼（1752～1819）〔註77〕之影響，轉而致力於古文。張惠言在〈送錢魯斯序〉中曰：

乾隆戊申，自歙州歸，過魯斯（即錢伯坰）而示之。魯斯大喜，顧而謂余：「吾嘗受古文法于桐城劉海峯先生，顧未暇以爲，子儻爲之乎？」余愧謝未能。已而余游京師，思魯斯言，乃盡屛置曩時所習詩賦若書不爲，而爲古文，三年乃稍稍得之。〔註78〕

〈文槀自序〉又曰：

余少學爲時文，窮日夜力，屛他務，爲之十餘年，迺往往知其利病。其後好《文選》辭賦，爲之又如爲時文者三四年。余友王悔生（即王灼），見余〈黃山賦〉而善之，勸余爲古文，語余以所受于其師劉海峯者。爲之一、二年，稍稍得規榘。〔註79〕

〈書劉海峰文集後〉亦曰：「余學爲古文，受法於執友王明甫（即王灼），明甫古文法受之其師劉海峰。本朝爲古文者十數，然推方望溪、劉海峰。」〔註80〕在錢氏、王氏兩人之影響下，張惠言開始學習桐城古文。

乾隆五十二年（1787），張惠言與王灼先後集於京師，而與時任官學教習

〔註75〕周寅賓認爲「康熙後期至乾隆初期，方苞與劉大櫆的文章已先後聞名天下，但是尙未形成流派。桐城派的正式形成，應以乾隆中葉姚鼐卓起文壇爲標誌。」詳見周寅賓：《明清散文史》（長沙：湖南人民出版社，2004年6月），頁219～220。

〔註76〕錢伯坰，字魯斯。以其所居近僕射山，因自號僕射山樵。江蘇陽湖人。國子監生。嘗遊學京師，從桐城劉大櫆受古文義法。劉聲木云：「錢伯坰，……師事劉大櫆受古文法。」詳見〔清〕劉聲木：《桐城文學淵源考》（臺北：世界書局，1962年《中國學術名著》影印《直介堂叢刻》本），卷5，頁2。

〔註77〕王灼，字明甫，一字悔生，號晴園，又號濱麓。樅陽石磯鄉人。乾隆五十一年（1786）舉人。劉聲木云：「王灼，……師事劉大櫆受古文法至八年之久，大櫆在桐城門人以灼爲最，大櫆亦極稱許古文確有宗法，理法詞氣必衷于是。雖步趨劉大櫆，得其形貌而雅潔可誦。」詳見〔清〕劉聲木：《桐城文學淵源考》（臺北：世界書局，1962年《中國學術名著》影印《直介堂叢刻》本），卷3，頁2。

〔註78〕〔清〕張惠言：《茗柯文編·二編》（上海：上海古籍出版社，《續修四庫全書·集部·別集類·1488冊》影印清同治八年刻本），卷下，頁528。

〔註79〕〔清〕張惠言：《茗柯文編·三編》（上海：上海古籍出版社，《續修四庫全書·集部·別集類·1488冊》影印清同治八年刻本），頁551。

〔註80〕〔清〕張惠言：《茗柯文補編》（臺北：臺灣商務印書館，《四部叢刊》影印清道光本），卷上，頁9。

之惲敬（1757～1817）結識。吳德旋（1767～1840）〈惲子居先生行狀〉在述及此段交遊時日：「先生與之爲友，商榷經義古文，而尤所愛重者皐文也。」〔註81〕惲敬〈上曹儷笙侍郎書〉亦自言日：「後與同州張皐文（即張惠言）、吳仲倫（即吳德旋）、桐城王悔生（即王灼）遊，始知姚姬傳之學出于劉海峰，劉海峰之學出于方望溪。」〔註82〕可知在張惠言、王灼等人影響下，惲敬對桐城派之傳承也有了較多瞭解，而與張惠言共同切磋。

此外，錢伯坰也勸惲敬改習古文。劉聲木《桐城文學淵源考》日：「錢伯坰，……師事劉大櫆受古文法，轉以授之張惠言、惲敬，遂以能文名天下。論者謂伯坰得人而授，使桐城文學大明於世，賢於自爲。」〔註83〕陸繼輅〈七家文鈔序〉在述及惲敬、張惠言改習桐城古文之過程時，亦日：

> 乾隆間錢伯坰魯斯親受業於海峰之門，時時誦其師說於其友惲子居（即惲敬）、張皐文（即張惠言）。二子者始盡棄其考據、駢儷之學，專志以治古文。蓋皐文研精經傳，其學從源而及流；子居泛濫百家之言，其學由博而反約。二子之致力不同，而其文之澄然而清，秩然而有序，則由望溪而上求之震川、荊川、遵巖，又上而求之廬陵、眉山、南豐、新安，如一轍也。〔註84〕

可知惲敬與張惠言一樣，同受錢伯坰與王灼影響，始由偏好駢文，轉而致力於桐城古文。

張惠言本爲當代文學大家，惲敬也以文才聞名於世，彼此常互爲交流古文方面之理論與創作，是以其說自成體系，追隨者眾，而流衍成派。〔註85〕《清史稿・文苑三》述其成派之過程，日：

> 常州自張惠言、惲敬以古文名，繼輅與董士錫〔註86〕同時並起，世

〔註81〕〔清〕張維屏：《國朝詩人徵略》（清道光十年刻本），卷48，頁436。

〔註82〕〔清〕惲敬：《大雲山房文稿・初集》（臺北：臺灣商務印書館，《四部叢刊》影印清同治本），卷3，頁48。

〔註83〕〔清〕劉聲木：《桐城文學淵源考》（臺北：世界書局，1962年《中國學術名著》影印《直介堂叢刻》本），卷5，頁2。

〔註84〕〔清〕陸繼輅：《崇百藥齋續集》（清道光四年刻本），卷3，頁36。

〔註85〕據吳孟復之研究指出「其弟張琦、琦子曜孫，其子成孫，其甥董士錫，還有陸繼輅之侄耀與江承之、周凱、吳育等，皆直接間接傳受惠言之經學或文、詞，也有兼師惲敬的，這就形成了『陽湖派』。」詳見吳孟復：《桐城文派述論》（合肥：安徽教育出版社，2001年7月），頁95。

〔註86〕劉聲木云：「董士錫，字晉卿，一字損甫。武進人。……師事舅氏張惠言、張琦受古文法及《易》虞氏義，兼通陰陽五行家言。……恪守桐城義法。」詳

> 遂推爲陽湖派，與桐城派相抗。然繼輅選七家古文，以爲惠言、敬
> 受文法於錢伯坰，伯坰親業劉大櫆之門。蓋其淵源同出唐宋大家，
> 以上窺《史》《漢》，桐城、陽湖皆未嘗自標異也。〔註87〕

陽湖與桐城一樣皆爲地名。雍正四年（1726），由於江蘇省常州府首縣——武進縣人口、賦稅繁多，重新劃分西部爲武進縣，東部爲陽湖縣。同爲常州府武進縣人之張惠言、惲敬以古文聞名後，隨其習古文者，皆爲武進縣與陽湖縣人，是以《書目答問》一書即首以「陽湖派」稱之，後世皆從其說。

　　張之洞（1837～1909）《書目答問》於光緒元年（1875）印行，該書在〈集部總目〉與〈附二：國朝著述諸家姓名略總目〉中，將清代古文家區分爲三大類，方苞、劉大櫆、姚鼐、劉開、陳用光、吳德旋、方東樹、姚瑩、梅曾亮、管同諸家，屬「桐城派古文家」；張惠言、惲敬、李兆洛、陸繼輅、董士錫諸家，屬「陽湖派古文家」；侯方域、魏禧、汪琬、曾國藩等二十五人，屬「不立宗派古文家」。

　　然而《書目答問》一書將陽湖歧出桐城，另立一派之作法，劉聲木表示不認同，於《桐城文學淵源考》一文曰：

> 張惠言，……首倡桐城文學于常州。……惠言、惲敬、陸繼輅、吳
> 育、包世臣、張曜孫皆嘗言常州文學傳自桐城，並無角立門戶之見，
> 自張之洞《書目答問》出，始有桐城、陽湖兩派之說。王先謙、孫
> 葆田、馬其昶皆不然其說，可謂卓識闊議。不知當日編纂《書目答
> 問》者實爲江陰繆荃孫，以鄉曲私情分別宗派，引以爲重，殊失當
> 時錢伯坰、王灼、張惠言、惲敬授受文法之本意。〔註88〕

據劉聲木之考察，發現《書目答問》文之編目實出自繆荃孫之手。繆荃孫（1844～1919），字筱珊，號藝風。江蘇省江陰人。其奉桐城爲古文正宗，古文亦沿用桐城義法；〔註89〕劉聲木推測其概因江陰與陽湖同屬江蘇省，故以鄉曲私情，將其析出，另立一派，以提高其地位。姑且不論此說眞實與否，

見〔清〕劉聲木：《桐城文學淵源考》（臺北：世界書局，1962年《中國學術名著》影印《直介堂叢刻》本），卷5，頁2。此外，因董士錫於古文理論上並無建樹，故本章僅著其名，而不予以細談。

〔註87〕趙爾巽：《清史稿校註·文苑三》（臺北：國史館，1986年），卷493，頁11201。

〔註88〕〔清〕劉聲木：《桐城文學淵源考》（臺北：世界書局，1962年《中國學術名著》影印《直介堂叢刻》本），卷5，頁1。

〔註89〕〔清〕劉聲木：《桐城文學淵源考》（臺北：世界書局，1962年《中國學術名著》影印《直介堂叢刻》本），卷11，頁6。

然陽湖日後便被視爲桐城別支則是確定的。

　　將陽湖自立宗派之作法，深受當時文人反對。如光緒八年（1882），王先謙（1842～1917）〔註90〕〈續古文辭類纂序・例略〉曰：「近人論文，或以桐城、陽湖離爲二派，疑誤逡來，吾焉此懼。更有所謂不立宗派之古文家，殆不然與。」〔註91〕又曰：「陸祁孫〈七家文鈔序〉言之，此陽湖爲古文者自述其淵源，無與桐城角立門戶之見也。」〔註92〕桐城後期諸子姚永樸《文學研究法・派別》亦曰：「大抵方姚諸家論文諸語，無非本之前賢，固未嘗標幟以自異也。……然則陽湖之古文，其源實出桐城，諸先輩亦未嘗有角立門戶之見也，故惜抱先生〈與陳碩士書〉，亦稱子居爲作手，兩派合而不分，即此可見。……近人論文，或以桐城、陽湖離爲二派，疑誤後來。吾爲此懼。」〔註93〕是以劉聲木《桐城文學淵源考》嘆曰：「殊失當時錢伯坰、王灼、張惠言、惲敬授受文法之本意。」〔註94〕

　　實際上，就張惠言、惲敬而言，本就無意歧出桐城，另立一派，行文中也屢屢自言其師承桐城。鑒於桐城諸家之古文創作多空疏寡味，墨守義法，當緣於桐城文論有所缺失之故，是以欲革其弊而直言不諱，並提出具體補救之道。然由於渠等距劉大櫆、姚鼐之年代甚近，且與桐城三祖無直接授業關係，致其舉措被視爲對桐城派之挑戰而爭論不休。此外，陽湖諸家大多兼擅古文與駢文，且駢文作品數量皆多於古文，與桐城諸家確有顯著之差別；故本文將其視爲桐城別支，以便論述其離合異同之處。

二、乾嘉時期之陽湖二祖

（一）張惠言

　　張惠言（1761～1802），初名一鳴，字皋文，號茗柯。江蘇武進縣人。乾隆五十一年（1786）舉人，隔年考取景山官學教習。乾隆五十九年（1794），教

〔註90〕　劉聲木云：「王先謙，字益吾，號葵園。長沙人。……私淑桐城文學，其爲文一以姚鼐宗旨爲歸。」詳見〔清〕劉聲木：《桐城文學淵源考》（臺北：世界書局，1962年《中國學術名著》影印《直介堂叢刻》本），卷11，頁7。

〔註91〕　〔清〕葛士濬：《清經世文續編・學術五》（清光緒石印本），卷5，頁72。

〔註92〕　〔清〕葛士濬：《清經世文續編・學術五》（清光緒石印本），卷5，頁72。

〔註93〕　〔清〕姚永樸：《文學研究法》（臺北：廣文書局，1976年10月），卷2，頁10～11。

〔註94〕　〔清〕劉聲木：《桐城文學淵源考》（臺北：世界書局，1962年《中國學術名著》影印《直介堂叢刻》本），卷5，頁1。

習期滿，因母喪歸里。嘉慶四年（1799）始中進士，改庶吉士，充實錄館纂修官。嘉慶六年（1801）散館，奉旨以部屬用，朱珪（1730～1806）奏改授翰林院編修，隔年即因疾卒。〔註95〕年四十二。精通經學，著有《周易虞氏義》等；善古文，著有《茗柯文編》；尤工詞，輯《詞選》、《七十家賦鈔》等。

　　張惠言早歲治經學，嘗從歙金榜（1735～1801）問故，其學要歸《六經》，好爲駢文、辭賦。推尊詞體，上比風、騷，標「意內言外」之旨，強調比興寄託，爲「常州詞派」之開創者。中年轉而改習唐宋古文，以合駢、散文之長自鳴，與惲敬同創陽湖派。劉聲木《桐城文學淵源考》曰：

> 張惠言，……乾隆間錢伯坰、王灼親受業於劉大櫆受古文法後，時誦其師說於其友張惠言、惲敬，力勸之爲古文，二子始盡棄其考據駢儷之學，專志以治古文。皋文研精經傳，取法於韓、歐陽兩家，變大櫆之清宕爲淵雅，文格與姚鼐爲近。〔註96〕

張惠言早年工於詞賦、駢文，中年習得桐城古文義法後，欲藥桐城文空虛孱弱之病，認爲古文創作應兼納散駢之長，並具體實踐於其創作中，而未對文論多作深入，是以成就主要在古文創作。〔註97〕

　　今引錄〈周維城傳〉爲例：

> 嘉慶元年，余游富陽，知縣惲侯請余脩縣志，未及屬稿，而惲侯奉調，余去富陽。富陽高傅占，君子人也，爲余言周維城事甚具，故爲之傳，以遺後之脩志者。

> 周豐，字維城，其先紹興人，徙杭州，世爲賈有貲。父曰重章，火災蕩其家，流寓富陽。重章富家子，驟貧，抑鬱無聊，益跅弛不問生產，遂大困，尋死富陽。

> 豐爲兒時，當天寒，父中夜自外歸，又無所得食，輒引父足懷中以臥。十餘歲，父既卒，學賈。晨有老人過肆，與之語，奇之，立許

〔註95〕張惠言年少即通大義，年十四爲童子師。詳見〈儒林張惠言傳・傳稿〉（臺北：國立故宮博物院藏，清國史館本），文獻編號701008160。

〔註96〕〔清〕劉聲木：《桐城文學淵源考》（臺北：世界書局，1962年《中國學術名著》影印《直介堂叢刻》本），卷5，頁1。

〔註97〕周寅賓認爲「乾隆時期，經學家中工駢文者較多，工古文者較少，張惠言是清中葉經學家中古文成就卓著者之一。……他的散文語言，也不像桐城派那樣嚴拒駢體，由於他早年工駢體文，改工古文後能兼納散駢之長。」詳見周寅賓：《明清散文史》（長沙：湖南人民出版社，2004年6月），頁256。

字以女。女李氏也。

豐事母，起坐行步，嘗先得其所欲；飲食必親視，然後進。事雖劇，必時時至母所，視問輒去。去少頃，即又至，母不覺其煩。李氏女又能順之。母脫有不當意，或端坐不語，豐大懼，皇皇然若無所容，繞膝盤旋，呼阿母不已，聲悲慕如嬰兒；視母顏色怡，乃大喜；又久之，然後退。其子孫逮見者，言其寢將寐，必呼阿母，將寤又如之，殆不自覺也。

豐年四十二，時未有子，病幾死。過吳山，有相者睨之，良久，引其手，指之曰：「是文如丹砂，公殆有隱德，當有子。富壽康寧，自今始矣。」豐賈致富，有子三人、孫六人。子濂、沇，孫愷、恆，皆補學官弟子。豐年八十四卒，如相者言。豐於鄉里能行其德，有長者行。嘗有與同賈者歸，豐既資之。已而或檢其裝，有豐肆中物，以告豐。豐急令如故藏，誡勿言。其來，待之如初。

高傅占言曰：「富陽人多稱豐能施與好義，然豐嘗曰：『吾愧吳翁、焦翁。』」吳翁者，徽州人，賈于富陽。每歲盡，夜懷金走里巷，見貧家，嘿置其戶中，不使知也。焦翁者，江寧人，挾三百金之富陽賈。時江水暴發，焦急呼漁者，拯一人者，與一金。凡數日，得若干人，留肆中飲食之，俟水息，賫遣之歸，三百金立罄。二人者，今以問富陽人，不能知也。豐又嘗言：「吾生平感婦翁知我。」嗚呼！市巷中固不乏士哉！〔註98〕

本文採用傳統之史傳文筆法，爲市井平民周維城立傳，贊揚其仁孝能施，勉力由貧寒而富壽康寧。以細節描寫刻畫人物內心世界，性格特徵卻已昭然呈現；並寄寓作者之是非評價。此外，又將感恩之情，深蘊於往事之追憶中，以簡筆勾勒出周維城之岳父；並附錄事蹟相似之另兩位市井中人，人物形象鮮明，呼應回環，頗成氣勢。從作者對周維城等人之贊美，可見當時市井階層地位之提高，及對社會所具之影響力。其文不用飾筆，博雅古奧，妙於神韻，「澄然而清，秩然有序」〔註99〕。

〔註98〕 〔清〕張惠言：《茗柯文編‧二編》（上海：上海古籍出版社，《續修四庫全書‧集部‧別集類‧1488冊》影印清同治八年刻本），卷下，頁532。

〔註99〕 〔清〕劉聲木：《桐城文學淵源考》（臺北：世界書局，1962年《中國學術名著》影印《直介堂叢刻》本），卷5，頁1～2。

（二）惲敬

惲敬（1757～1817），字子居，一字簡堂，道號固山。江蘇武進縣人。乾隆四十八年（1783）舉人。乾隆五十二年（1787）充咸安宮官學教習時與張惠言、王灼相交，自此惲敬即常與張惠言討論經義，互為切磋古文，二人皆以古文名於時。〔註100〕後因黜罷官，加上張惠言早卒之影響，惲敬乃益肆其力於文，深求前史治亂興壞之故，旁及縱橫、名、兵、農、陰陽家言，其文蓋出於李斯，於蘇洵為近。年六十一卒。有《大雲山房文集》等。劉聲木《桐城文學淵源考》曰：

> 惲敬，……初聞古文義法未及為，後因張惠言早歿，遂並力以治古文，研精經訓，深求史傳，得力于韓非、李斯，近法家言，敘事似班孟堅（即班固）、陳承祚（即陳壽）；義法一本司馬子長，雖氣必雄贍，力必鼓努，思必精刻，然綜核廉悍，高簡有法，其鎔鍊淘洗之功，用力甚久，用能澄然而清，秩然有序，仍屬桐城家法。〔註101〕

可知惲敬為古文之初，將創作實踐託付於張惠言，他則專注於探索文論，是以其文論方面頗有建樹。然不意張惠言早逝，吳德旋〈惲子居先生行狀〉述及惲敬對於此事，曾慨然曰：「古文自元明以來，漸失其傳。吾向不多作者，以有皋文在也。今皋文死，吾當併力為之。」〔註102〕

惲敬原好駢文，而重法度，改作古文。作文主張吸收各家之長，較桐城派注意辭藻，內容和形式皆較桐城派之作家活潑、開闊一些，然尚不如桐城派之典雅和凝練。今引錄〈遊廬山記〉為例：

> 廬山據潯陽、彭蠡之會，環三面皆水也。凡大山得水能敵其大以蕩潏之則靈，而江湖之水吞吐夷曠與海水異，故並海諸山多壯鬱，而廬山有娛逸之觀。
>
> 嘉慶十有八年三月己卯，敬以事絕宮亭，泊左蠡。庚辰，檥星子，因往遊焉。是日往白鹿洞，望五老峯，過小三峽，駐獨對亭，振綸

〔註100〕惲敬與莊述祖、張惠言、陳石麟以及王灼為友，商榷經義，以古文鳴於時。詳見〈文苑惲敬傳・傳稿〉（臺北：國立故宮博物院藏，清國史館本），文獻編號 701004893。

〔註101〕〔清〕劉聲木：《桐城文學淵源考》（臺北：世界書局，1962 年《中國學術名著》影印《直介堂叢刻》本），卷 5，頁 1～2。

〔註102〕〔清〕李元度：《國朝先正事略》（清同治刻本），卷 43，頁 845。

頓文會堂。有桃一株方花，右芭蕉一株葉方茁。月出後，循貫道溪，歷釣臺石、眠鹿場，右轉達後山，松杉千萬爲一桁，橫五老峯之麓焉。

辛巳，由三峽澗陟歡喜亭。亭廢，道險甚。求李氏山房遺址不可得。登含鄱嶺，大風嘯於嶺背，由隧來風。上攀太乙峯，東南望南昌城，迤北望彭澤；皆隔湖，湖光湛湛然。頃之，地如卷席漸隱，復頃之，至湖之中；復頃之，至湖壖，而山足皆隱矣。始知雲之障，自遠至也。於是四山皆蓬蓬然，而大雲千萬成陣，起山後，相馳布空中，勢且雨。遂不至五老峯，而下窺玉淵潭，憩棲賢寺。回望五老峯，乃夕日穿漏，勢相倚負。返，宿於文會堂。

壬午，道萬杉寺，飲三分池，未抵秀峰寺里所，即見瀑布在天中。既及門，因西瞻青玉峽，詳睇香爐峰，盥於龍井，求太白讀書堂，不可得，返宿秀峯寺。癸未，往瞻雲，迂道繞白鶴觀，旋至寺，觀右軍墨池。西行尋栗里，臥醉石。石大於屋，當澗水。途中訪簡寂觀，未往，返宿秀峯寺，遇一微頭陀。甲申，吳蘭雪攜廖雪鷺、沙彌朗圓來，大笑排闥入。遂同上黃巖，側足逾文殊臺，俯玩瀑布下注，盡其變。叩黃巖寺，趾亂石，尋瀑布源，溯漢陽峯，迳絕而止，復返宿秀峯寺。蘭雪往瞻雲，一微頭陀往九江。是夜大雨，在山中五日矣。

乙酉曉，望瀑布倍未雨時。出山五里所，至神林浦，望瀑布益明。山沈沈蒼黶一色，岩谷如削平。頃之，香爐峯下，白雲一縷起，遂團團相銜出；復頃之，遍山皆團團然；復頃之，則相與爲一。山之腰皆弇之，其上下仍蒼黶一色，生平所謂睹也。夫雲者，水之徵，山之靈所洩也。敬故於是遊所歷，皆類記之，而於雲獨記其詭變足以娛性逸情如是，以詒後之好事者焉。〔註103〕

本文爲作者於嘉慶十八年（1813）三月遊廬山，按日記遊而成。文之開篇即以寥寥數字，寫出廬山三面環水「有娛逸之觀」的特點。此次遊覽，集中在五老峯和香爐峯兩處；當作者登峰時，他沒有流連於山上之草木石泉，而是

〔註103〕〔清〕惲敬：《大雲山房文稿‧二集》（臺北：臺灣商務印書館，《四部叢刊初編》影印清同治本），卷3，頁208。

變換審美角度，極目山外，欣賞到廬山雲海之壯美景觀，發現他人未見之美。作者描寫雲海由遠及近，由小到大，逐漸吞沒大地、湖水、山腳之過程，濃雲起勢突兀，彌布漫衍，寫得生動逼真；而後再總寫雲海中「蓬蓬然」的「四山」，「馳布空中」、「千萬成陣」，山雨欲來的「大雲」，氣勢非凡，騰湧如山，真令讀者如身臨其境。香爐峰瀑布是著名景觀，作者只約略以「倍未雨時」、「望瀑布益明」，而將重點放在描寫瀑布產生雲氣，並漸次彌漫並環繞山峰過程。同是寫雲，審美觀點不一，雲給人的美感不盡相同。前則所寫是俯視所見山外之雲；此則所寫是遠望所見山內之雲，白雲「一縷起」、「團團相銜出」，一壯美，一柔美也。寫廬山之美的文章頗多，本篇卻獨以格調新穎，詩意濃郁見長。記敘重點避去前人遊記已熟悉之事，而是放在水雲和瀑布上，顯得特別新奇。全文內容浪漫如此，卻筆調平易，如敘尋常。

三、陽湖後學

（一）陸繼輅

陸繼輅（1772～1834），字季木，一字修平，號祁孫，江蘇陽湖人。嘉慶五年（1800）舉人。〔註104〕劉聲木《桐城文學淵源考》曰：「陸繼輅，……與張惠言、惲敬、吳德旋、吳育、董士錫等同學為文，互相切劘，其古文條達，雅近桐城，于詩致力最深。」〔註105〕亦頗通考訂之學。年六十三卒。撰有《崇百藥齋集》、《合肥學舍札記》，輯《七家文鈔》等。

陸繼輅輯《七家文鈔》七卷，包括桐城派方苞、劉大櫆、姚鼐三家，陽湖派惲敬、張惠言二家，另加上朱仕琇（1715～1780），彭績（1742～1785）二家。〈七家文鈔序〉曰：

> 子居、皋文齒猶未也，乃皆不幸溘逝，遺書雖盛行於世，學者猶未能傾心宗仰。每與薛玉堂畫水言之，相顧浩嘆，畫水因出其向所點定二子之文，又吳德旋伸倫所選梅厓（朱仕琇）、秋士（彭績）文各十餘篇，益以桐城三集，以命繼輅，俾擇其尤雅者，都為一編，目曰《七家文鈔》。聊以便兩家子弟誦習云爾，非謂文之止於七家，與

〔註104〕有傳載陸繼輅儀幹秀削，讀書夙成，文彩四照，吐辭雋婉，常傾座。詳見〈文苑傳・傳稿・陸繼輅傳附陸耀遹〉（臺北：國立故宮博物院藏，清國史館本），文獻編號701004389。

〔註105〕〔清〕劉聲木：《桐城文學淵源考》（臺北：世界書局，1962年《中國學術名著》影印《直介堂叢刻》本），卷5，頁3。

七家之文之盡於是編也。〔註106〕

此書之編纂，主要是爲了說明陽湖二祖張惠言、惲敬學習古文的原因及其師承關係，並對張、惲二家之學問、文章有簡要的概括，以彰顯陽湖派與桐城派源流相同，都是沿明代唐宋派之流，上溯唐宋八大家之源「由望溪而上，求之震川（歸有光）、荊川（唐順之）、遵巖（王愼中），又上而求之廬陵（歐陽修）、眉山（蘇氏父子）、南豐（曾鞏）、新安（朱熹），如一轍也。」〔註107〕（〈七家文鈔序〉）指出他們與唐宋八大家，明代歸有光、唐順之，清代方苞、劉大櫆是同一文統。《七家文鈔》的結集，沒有十分鮮明的選編宗旨，致使其書未能廣泛流傳。陽湖陸氏《七家文鈔》以其二祖自錢伯坰受劉大櫆古文法，而上溯文統自方苞，即言其文統自承於桐城而下。所以，光緒年間，王先謙即根據此文，反對張之洞等人將「桐城、陽湖離爲二派，疑誤後來」〔註108〕，且於《續古文辭類纂‧原纂例畧》言明：「此陽湖爲古文者自述其淵源，無與桐城角力門戶之見也。」〔註109〕

今引錄〈與友人書〉爲例：

伻來，言所治地僻而土瘠，城中居民不及百家。大府以足下曾任繁劇，才大不可以簡縣屈，若以治獄，留省中待遷其可。足下遂瞻徇不行。

僕聞之，未以爲信。何者？地僻則官無犇走迎候之勞，可專志爲治；土瘠則民無驕奢淫蕩之習，而教令易行，此正宜足下所樂。乃自春徂夏，猶未上事，是非徒有所瞻徇，而實自薄之不屑往也。果爾，則足下之才，方今郡守、監司不逮什百者何可數計？而足下乃浮湛縣令，將并薄之不爲耶？

向在京師，見牧令謁吏部出者，欣戚之意，判然見于顏色。叩其故，則曰：「某地官富，某地貧。」訟言而不諱。

吏習如此，可爲深歎。豈足下胸中亦有此等較計，未能悉化耶？抑

〔註106〕〔清〕陸繼輅：《崇百藥齋續集》（清道光四年刻本），卷3，頁36。

〔註107〕〔清〕陸繼輅：《崇百藥齋續集》（清道光四年刻本），卷3，頁36。

〔註108〕〔清〕王先謙輯、王文濡校注：《評校音註續古文辭類纂》（臺北：臺灣中華書局，1967年），頁2。

〔註109〕〔清〕王先謙輯、王文濡校注：《評校音註續古文辭類纂》（臺北：臺灣中華書局，1967年），頁1。

別有他故？望即裁答，毋令久蓄此疑。幸甚！〔註110〕

此封爲責備友人計較任缺肥瘠之行爲所答覆的書信。信從兩方面著筆，一是毫不保留地坦陳自己對任職貧瘠之地看法；二是抨擊當時官員對任職之地嫌貧愛富之卑劣風氣，指出友人遲遲不到任之癥結所在。文辭犀利，剖析不留情面，但又處處爲友人留有態度轉圜之餘地，筆筆含情。篇幅極短，以透迤平緩的語勢，發鞭辟入裡之論，再加文末一歎，意味深長，發人省悟。其觀點於今日亦不無啓迪與警策作用。行文敘議交融，寫得懇切誠摯，顯示出作者在章法結構方面的功力。張舜徽《清人文集別錄》評陸繼輅文集稱，「其能持論，自在董士錫上，而文辭亦過之。」〔註111〕可謂知言。

（二）李兆洛

李兆洛（1769～1841），字紳琦，更字申耆，號養一。江蘇武進縣人。嘉慶十年（1805）進士，授翰林院庶吉士，謁選得安徽鳳台縣知縣。先後歷主眞儒、敬敷、暨陽書院。嘉慶十九年（1814）以父憂去職，主講江陰書院20年。〔註112〕年七十三卒。有《鳳臺縣志》、《養一齋文集》。〔註113〕其論文欲合駢、散爲一，因輯《駢體文鈔》。劉聲木《桐城文學淵源考》曰：

> 李兆洛，……師事姚鼐受古文法，又與毛嶽生、吳德旋、董士錫、吳育、姚瑩等友，善以文學相切劘。其爲文取材宏研思沉，性情融怡，事理交暢，自謂氣弱故不爭，文取達意，力不任鍛鍊，故無所成。治經術、通音韻、習訓詁，考天官、歷數尤嗜輿地學，卓然成一家言。因當世治古文者知宗唐、宋，而不知宗兩漢，六經以降，兩漢猶得其遺緒，而欲宗兩漢，非自駢體入不可，因編《駢體文鈔》三十一卷。……最有名主講暨陽書院二十年，四方文士負笈求學者以千計，其傑者考道著書學成一家者以十百計。〔註114〕

〔註110〕〔清〕陸繼輅：《崇百藥齋文集》（上海：上海古籍出版社，《續修四庫全書·集部·別集類·1496冊》影印清嘉慶二十五年合肥學舍刻本），卷14，頁684。

〔註111〕張舜徽：《清人文集別錄》（臺北：明文書局，1982年2月），卷13，頁357。

〔註112〕李兆洛參加科舉前，主講於龍城書院，從遊者爲一時之選，眾人皆許兆洛爲第一流，同時之士，亦心折之。詳見〈文苑李兆洛傳·傳稿〉（臺北：國立故宮博物院藏，清國史館本），文獻編號701004884。

〔註113〕〔清〕錢儀吉：《清朝碑傳全集》（臺灣：大化書局，排印本），頁31。

〔註114〕〔清〕劉聲木：《桐城文學淵源考》（臺北：世界書局，1962年《中國學術名著》影印《直介堂叢刻》本），卷9，頁1。

李氏文學成就主要表現在駢文，古文理論亦自有其獨到之見解。惜被駢文之名所掩，而忽略其古文方面的建樹。他論文主張駢散合一，破除古文藩籬，以「稱心而言，意盡輒止」〔註115〕作為創作原則，並主張回歸於性情之真，因而筆下並無矯飾之辭，性情學問自然流露。其憂世情切，弟子蔣彤（生卒年不詳）對此感受最深，在《李申耆先生兆洛年譜》中記道：「蓋先生目擊亂世之末流，日抱隱憂，故見一善則喜，聞小惡亦傷。」〔註116〕所撰各體文中，序跋的數量最多。散文尤以自然率真顯其魅力。若論其學養的淵博，據蔣彤所記，「瑩（即姚瑩）常為人言，東南講席，惟先生（即李兆洛）一人而已。」〔註117〕

第五節　桐城派古文之流衍——湘鄉派之中興

　　道光二十年（1840），鴉片戰爭爆發後，清廷國勢由盛轉衰，內憂外患不斷。面對這種局面，清廷迫切需要能夠反映重大主題之現實題材，與「陽剛」文風之作品，以宣揚國威。然而此時桐城派之姚門弟子相繼去世，桐城古文之弊端也日益突顯，然卻因後繼無人，桐城派之勢力趨於衰微，面臨岌岌可危之窘境。此時，位居高位的曾國藩，不滿於當時文壇之文章過於雕飾，是以主張重振桐城古文，於〈錢選制藝序〉一文中曰：

> 道光初年，稍患文勝，詞豐而義寡，梔蠟其外而塗泥其中者，往往而有。於是有志者慨然思以易之，刊其支蔓，矯以清真。……自往者標為清真之目，近乃頗事佻巧，拋棄詩書。或一挑半剔以為顯，排句疊調以為勁。抑之無實，揚之無聲。〔註118〕

曾國藩憑藉著自身在文學上極高之素養，針對桐城文論與創作上之不足，進行一番修正，成功地為桐城派帶來一次短暫的復興。

　　由於曾國藩本無立派之心，屢以振興桐城餘緒為己任，加上其主張多為繼承桐城文論，再予以發展之故，是以湘鄉派常被視為桐城派的中興者，而

〔註115〕〔清〕潘德輿：《養一齋集·文集·書》（清道光刻本），卷8，頁107。

〔註116〕〔清〕蔣彤：《清李申耆先生兆洛年譜·道光十一年》（臺北：臺灣商務印書館，影印本），頁136～137。

〔註117〕〔清〕蔣彤：《清李申耆先生兆洛年譜·道光十七年》（臺北：臺灣商務印書館，影印本），頁173。

〔註118〕〔清〕曾國藩：《曾文正公詩文集（上）》，收入《國學基本叢書四百種》（臺北：臺灣商務印書館，1968年），卷1，頁94。

多與桐城派合論。此外，據薛福成在〈敘曾文正公幕府賓僚〉中所載，當時聚集在曾氏周圍的幕府共有 83 人，除十數人不以文學見稱外，其他都是當代知名文士，如俞樾（1821～1906）、吳敏樹（1805～1873）、郭嵩燾、張裕釗、黎庶昌、薛福成、吳汝綸、方宗誠（1818～1888）、劉蓉（1816～1873）、王先謙等，人才濟濟，因此得以傳播曾國藩之主張，而形成廣大的派別。最早提出湘鄉派之名，乃爲清末之李詳（1839～1931），〔註119〕於〈論桐城派〉一文中曰：

> 至道光中葉以後，姬傳弟子，僅梅伯言郎中一人，同時好爲古文者，群尊郎中爲師，姚氏之薪火於是烈焉。復有朱伯韓、龍翰臣、王定甫、曾文正……之徒，相與附麗，儼然各有一桐城在其胸中……文正之文，雖從姬傳入手，後益探源揚、馬，專宗退之，奇偶錯綜，而偶多於奇，複字單義，雜廁相間，厚集其氣，使聲采炳煥，而戛焉有聲，此又文正自爲一派，可名爲湘鄉派，而桐城久在祧列。其門下則有張廉卿裕釗、吳摯甫汝綸、黎蒓齋庶昌、薛叔耘福成，亦如姬傳先生之四大弟子，要皆湘鄉派中人也。〔註120〕

一、曾國藩

曾國藩（1811～1872），原名子成，字伯涵，號滌生，譜名傳豫，諡文正，湖南湘鄉縣人。道光十八年（1838）殿試考中「同進士出身」，後成爲軍機大臣穆彰阿的得意門生。先後任翰林院庶吉士；累遷侍讀；侍講學士；文淵閣直閣事；內閣學士；稽察中書科事務；禮部、兵部、工部、刑部、吏部侍郎等職，曾國藩十年七遷，連躍十級升至二品官位。

咸豐二年（1852），曾國藩因母喪而丁憂在籍，太平天國軍肆虐，清廷雖已從各地調集大量八旗、綠營官兵，仍舊不敵。因此，清廷屢次頒發獎勵團練之命令，試圖透過地方武裝以遏制革命勢力之發展。咸豐三年（1853），經郭嵩燾力勸，曾國藩運用其廣大人脈，至長沙與湖南巡撫張亮基（1807～

〔註119〕此外，據周中明的研究指出，「『湘鄉派』之名，最早見于 1922 年胡適發表的〈五十年來中國之文學〉。他是把『桐城＝湘鄉派』合二爲一，相提並論的。此後，李詳于《國粹學報》第 49 期發表〈論桐城派〉一文，才正式提出。」詳見周中明：《桐城派研究》（瀋陽：遼寧大學出版社，1999 年 7 月），頁 345。

〔註120〕李詳：〈論桐城派〉，收入羅聯添編：《中國文學史論文選集（四）》（臺北：台灣學生書局，1986 年 9 月），頁 1727～1728。

1871）商辦團練，〔註 121〕他仿傚已經成軍之楚軍（又名「楚勇」），建立湘軍。咸豐四年（1854），總計有陸軍十三營六千五百人，水師十營五千人，會集湘潭，誓師出征。起初接連戰敗，曾國藩上書時，遂以「屢敗屢戰」自嘲。後重整軍實，成爲清廷與太平天國作戰主力之一。咸豐八年（1858）五月，攻佔九江；咸豐十年（1860），曾國荃包圍安慶；同治三年（1864），湘軍終於攻佔太平天國首都天京（即南京），立下赫赫之功。曾國藩因功被封一等毅勇侯，世襲罔替，爲清代首位以武侯封的文臣。後歷任兩江總督、直隸總督等職，皆官居一品。卒諡文正。〔註 122〕年六十二。一生可謂功勳顯赫。工詩與古文，編有《經史百家雜鈔》、《十八家詩鈔》，著有《曾文正公全集》傳世。

　　曾國藩官居顯位，善於識拔人才，引用賢能，更時時以轉移社會風氣，及建立廉能政治爲己任，所以經由其一手救時匡難之滿清皇朝，才會在同治、光緒間，一度出現振衰起敝之中興氣象。是以其挺身提倡桐城古文，自然附和者眾，成爲繼梅曾亮之後，傳承桐城派的主要人物。劉聲木《桐城文學淵源考》曰：

> 曾國藩，……論文私淑方苞、姚鼐，自謂粗解古文由姚鼐啓之，至列之聖哲畫象三十二人之中，所爲文研究義理，精通訓詁，以禮爲歸。劖意造言浩然直達，噴薄昌盛，光氣熊熊。意欲效法韓歐，輔益以漢賦之氣體，實文家至難得之境。〔註 123〕

曾國藩「粗解古文由姚鼐啓之」，加上早期在京爲官的十年，與當代文壇巨擘之梅曾亮互爲往來，切磋文學，使得其得以深入瞭解桐城古文義法，是以日後曾國藩爲文服膺桐城義法，及以弘揚桐城派爲己任，與梅曾亮之親授指點

〔註 121〕《曾文正公年譜》敘曾國藩在咸豐二年於湖南湘鄉原籍接奉上諭，令與巡撫張亮基同辦本省團練事宜時的情形，云：「十三日公奉到寄諭，草疏懇請在家終制，并具呈請巡撫張公代奏。繕就未發，適張公以專弁函致公，告武漢失守，人心惶恐，懇公一出。郭公嵩燾至公家，力勸出保桑梓。公乃燬前疏，於十七日啓行，二十一日抵長沙，與張公亮基籌商，一以查辦匪徒爲急務。」詳見〔清〕黎庶昌：《曾文正公年譜》（上海：上海古籍出版社，《續修四庫全書・史部・傳記類・557 冊》影印清光緒二年傳忠書局刻本），卷 1，頁 374。

〔註 122〕關於曾國藩生平政績及事蹟，詳見〈曾國藩列傳・傳稿〉（臺北：國立故宮博物院藏，清國史館本），文獻編號 702001322。另附書影於附錄四（圖 7）。

〔註 123〕〔清〕劉聲木：《桐城文學淵源考》（臺北：世界書局，1962 年《中國學術名著》影印《直介堂叢刻》本），卷 4，頁 11。

是密切相關的。

　　曾國藩論古文，講求聲調鏗鏘，以包蘊不盡爲能事；所爲古文，繼承桐城派方苞、姚鼐，並運以漢賦氣象，營造雄奇瑰瑋意境，自立深宏駿邁風格，而一振桐城派枯淡之弊，爲後世所稱。今引錄其〈聖哲畫像記〉爲例：

　　　　國藩志學不早，中歲側身朝列，竊窺陳編，稍涉先聖昔賢魁儒長者之緒；駑緩多病，百無一成。……及爲文淵閣直閣校理，每歲二月，侍從宣宗皇帝入閣，得觀四庫全書。其富過於前代所藏遠甚；而存目之書，數十萬卷，尚不在此列。嗚呼，何其多也！雖有生知之姿，累世不能竟其業；況其下焉者乎？故書籍之浩浩，著述者之眾若江海，然非一人之腹所能盡飲也，要在慎擇焉而已。余既自度其不逮，乃擇古今聖哲三十餘人，命兒子紀澤圖其遺像，都爲一卷，藏之家塾。後嗣有志讀書，取足於此，不必廣心博騖，而斯文之傳，莫大乎是矣。〔註124〕

曾國藩認爲：以歷代書籍之浩繁，士子若要在有限之時間內有效學習，就必須擇其精華，方能有所成就。是以，精選三十餘位聖賢並圖其畫像，以指點讀書方向，並作爲後輩爲文之圭臬。並告誡學子潛心於學問，勿汲汲乎名利。本篇以「談論古代聖哲的爲學之方」爲做線索，貫串全文，突出「助人立身進德」之旨。行文駿邁雄暢，博辯明析，將博大之學術，約之於至精至簡。

　　另引錄其〈致沅弟書〉爲例：

　　沅弟左右：

　　鄂署五福堂有回祿之災，幸人口無恙，上房無恙，受驚已不小矣！其屋係板壁紙糊，本易招火。凡遇此等事，只可說打雜人役失火，固不可疑會匪之毒謀，尤不可怪仇家之奸細。若大驚小怪，胡思亂猜，生出多少枝葉，仇家轉得傳播以爲快。惟有處處泰然，行所無事，申甫所謂「好漢打脫牙和血吞」，星岡公所謂「有福之人善退財」，眞處逆境者之良法也。

　　弟求兄隨時訓示申儆；兄自問近年得力，惟有一悔字訣。兄昔年自負本領甚大，可屈可伸，可行可藏，又每見得人家不是。自從丁巳、

〔註124〕　〔清〕曾國藩：《曾文正公詩文集（下）》，收入《國學基本叢書四百種》（臺北：臺灣商務印書館，1968 年），卷 2，頁 138～139。

戊午大悔大悟之後，乃知自己全無本領，凡事都見得人家有幾分是處。故自戊午至今九載，與四十歲以前迴不相同，大約以能立能達爲體，以不怨不尤爲用。立者，發奮自強，站得住也；達者，辦事圓融，行得通也。

吾九年以來，痛戒無恆之弊。看書寫字，從未間斷；選將練兵，亦常留心。此皆自強能立工夫。奏疏公牘，再三斟酌，無一過當之語，自誇之辭，此皆圓融能達工夫。至於怨天，本有所不敢，尤人則常不能免，亦皆隨時強制而克去之。弟若欲自儆惕，似可學阿兄丁戊二年之悔，然後痛下箴砭，必有大進。

立、達二字，吾於己未年曾寫於弟之手卷中；弟亦刻刻思自立自強，但於能達外尚欠體驗，於不怨尤處尚難強制。吾信中言皆隨時指點，勸弟強制也。趙廣漢本漢之賢臣，因星變而劾魏相，後乃身當其災，可爲殷鑑。默存一悔字，無事不可挽回也。

正月初二日 〔註125〕

曾國荃（1824～1890），字沅甫。湖南湘鄉人。道光優貢生，洪楊之役，佐國藩戰克江寧，封一等威毅伯，官至兩江總督，太子太保，諡忠襄。本文是曾國藩在同治六年（1867）寫給弟弟沅甫（曾國荃）的家書。曾國荃當時任兩江總督，駐守周家口，督勦捻匪。全文旨在指導其弟明達堅忍，謙虛自強，是作者親身體察後的處世心得。此信寫來情眞語摯，如對面談心，文筆質樸無華，娓娓而敘，親切感人。

二、張裕釗

張裕釗（1823～1894）字濂卿，一字方侇，號濂亭，一號圈孫，晚年人稱武昌先生。湖北武昌人。〔註126〕道光二十六年（1846）中舉；三十年（1850），赴京應考，會試主考官曾國藩見其文章有曾鞏之風，甚爲賞識，即錄選國子監學政，官授內閣中書，並親爲召見。

在京任職期間，眼見清廷頹弱不振，官場腐敗不堪，遂無意於仕宦，於咸豐二年（1852）九月返回故鄉，受湖北按察使江忠源（1812～1854）之

〔註125〕 〔清〕曾國藩：《曾國藩家書》（臺北：黎明文化，1987 年），頁 1783。
〔註126〕 〈儒林張裕釗傳・傳稿〉（臺北：國立故宮博物院藏，清國史館本），文獻編號 701004446。

聘，主講於武昌勺庭書院。咸豐四年（1854）八月，曾國藩率湘軍追擊太平軍至湖北，乘虛攻佔武昌、漢陽等地，得知張裕釗在家，即派人延請入幕，參辦文案多年。同治十年（1871），曾國藩再任兩江總督，延請張裕釗主講江寧鳳池書院。光緒九年（1883），應直隸總督李鴻章之聘，張裕釗主講直隸保定蓮池書院，兼學古堂教習，歷時六載。後又主講於武昌江漢書院、經心書院；襄陽鹿門書院，造就人才甚眾，如姚永樸、馬其昶等皆出自其門下。年七十二卒。有《濂卿文集》。

張裕釗少時即偏好古文，〈與黎蒓齋書〉曰：「於人世都無所嗜好，獨自幼酷喜文事」〔註127〕；張裕釗〈吳育泉先生暨馬太宜人六十壽序〉也記有曾國藩評其曰：「裕釗自少時治文事，則篤嗜桐城派方氏、姚氏之說，常誦習其文，私嘗怪雍、乾以來百有餘年，天下文章，迺罕與桐城儷者。」〔註128〕後師事曾國藩受古文法，自入曾幕，用力益勤，與薛福成、黎庶昌、吳汝綸合稱為曾門四弟子。劉聲木《桐城文學淵源考》曰：

> 張裕釗，……師事曾國藩受古文法，最為篤愛，好古敦行。于學靡不窺，尤深嗜左氏、莊周、司馬子長、韓退之、王介甫之文，昕夕諷誦，以究極其能事。姚鼐謂詩文須從聲音證入，有因聲求氣之說，曾國藩論文亦以聲調為本，裕釗高才孤詣，肆力研求，益謂文章之道，聲音最要。凡文之精微要眇悉寓其中，必令應節合度，無銖兩秒忽之不叶，然後詞足而氣昌，盡得古人音節抗墜抑揚之妙，其為文典重肅括，簡古冣練，一生精力全從聲音上著功夫，聲音、節奏皆能應弦赴節，屹然為一大宗，歷主鳳池、鹿門、三原、蓮池等書院講席，造就人才甚眾。〔註129〕

而曾門弟子習文，多取法韓愈、歐陽修，唯有張裕釗自唐宋八大家上溯先秦兩漢，以六經為本源。另外，張裕釗於許慎、鄭玄之訓詁，二程、朱熹之義理，均究其微奧，並精研三禮，校刊《史記》，考訂《國語》、《國策》，而有《今文尚書考證》、《左氏服賈注考證》等傳世。

〔註127〕　〔清〕張裕釗：《濂亭文集》（上海：上海古籍出版社，《續修四庫全書‧集部‧別集類‧1544 冊》影印清光緒八年查氏木漸齋蘇氏刻本），卷4，頁29。

〔註128〕　〔清〕張裕釗：《濂亭文集》（上海：上海古籍出版社，《續修四庫全書‧集部‧別集類‧1544 冊》影印清光緒八年查氏木漸齋蘇氏刻本），卷3，頁25。

〔註129〕　〔清〕劉聲木：《桐城文學淵源考》（臺北：世界書局，1962年《中國學術名著》影印《直介堂叢刻》本），卷10，頁1。

今引錄其〈遊虞山記〉爲例：

> 十八日與黎蒓齋游狼山坐萃景樓，望虞山樂之。二十一日買舟渡江，明晨及常熟時趙易州惠甫適解官歸，居於常熟，遂偕往遊焉。
>
> 虞山尻尾東入常熟城。出城迤西，綿二十里。四面皆廣野，山互其中。其最勝者爲拂水巖：巨石高數十尺，層積駢疊，若累芝菌，若重鉅盤爲臺，色蒼碧丹赭斑駁，晃耀溢目。有二石中分，曰劍門，驤擘屹立，詭異殆不可狀。踞巖俯視，平疇廣衍數萬頃，澄湖奔溪，縱橫蕩滴其間，繡畫天施。南望毘陵震澤，連山青翠相屬，厥高鑱雲。雨氣日光參錯出諸峯上，水陰上薄，盪摩闔開，變滅無瞬息定。其外，蒼煙渺靄圍繚，光色純天。決眥窮睇，神與極馳。巖之麓爲拂水山莊舊阯，錢牧齋之所嘗居也。嗟乎！以茲邱之勝，錢氏惘不能藏於此終焉。余與易州乃樂而不能去。云巖阿爲維摩寺，經亂泰半燼矣。出寺西行，少折，踰嶺而北，雲海豁開，杳若天外。而狼山忽焉在前，余指謂易州，亦昔游其上也。又西下爲三峯寺，所在室宇，每每可憩息。臨望多古樹，有羅漢松一株，剝脫拳禿，類數百年物。寺僧具酒菓筍麵餉余二人，已日昃矣，循山北，過安福寺，唐人常建詩所謂破山寺者也，幽邃稱建詩語。寺多木樨華。由寺以往，芳馥載塗。返自常熟北門，至言子、仲雍墓。其上爲辛峯亭，日已夕，山徑危仄不可上。
>
> 期以翼日往，風雨，復不果。二十四日，遂放舟趣吳門。行數十里，虞山猶蜿蜒在蓬戶，望之瞭然，令人欲返棹復至焉。 〔註130〕

先敘遊虞山之動機及與趙君前往，次詳敘所見之形形色色，末敘再遊未果，放舟至吳門，舟中猶望見虞山。語言雅健自然，意樸而氣靜。

三、薛福成

薛福成（1838～1894），字叔耘，亦作叔芸；號庸盒，或庸庵，江蘇無錫縣人。〔註131〕咸豐八年（1858）參加縣試，由於不擅作八股文、試帖詩，本

〔註130〕 〔清〕張裕釗：《濂亭文集》（上海：上海古籍出版社，《續修四庫全書·集部·別集類·1544 冊》影印清光緒八年查氏木漸齋蘇氏刻本），卷8，頁70～71。

〔註131〕 〈國史大臣薛福成列傳·傳稿〉（臺北：國立故宮博物院藏，清國史館本），文獻編號701003757。另附書影於附錄四（圖8）。

已落選，主考官李聯鑣（生卒年不詳）檢查遺卷，薛福成始得「同補縣學生」，同治四年（1865），兩江總督曾國藩奉命督師剿捻，為網羅人才，沿途張貼招賢榜文。薛福成即乘此機緣上呈萬餘字之〈上曾侯相書〉，就當前時局提出八大對策。曾氏閱讀後，讚賞不已，便延請薛福成入幕任用。薛福成即師事曾國藩受古文法，並與張裕釗、黎庶昌、吳汝綸相識。薛福成自同治四年開始佐幕，直至同治十一年（1872）曾國藩去世，俱在幕下工作。曾國藩要求幕僚必須瞭解如兵、吏、糧餉等國家大事，且密切注意形勢的變化，培養薛福成對時事的觀察能力；此外，為曾國藩擬辦諸多文稿，無形中也提高自己的綜合分析能力。

曾國藩去世之後，薛福成在蘇州書局任職。光緒即位後，兩宮皇太后為穩固清廷統治，下詔求言，薛福成遂於光緒元年上萬餘字之〈應詔陳言疏〉，內容主要為「治平六策」和「海防密議十條」，具體陳述改革內政與整頓海防的主張。兩宮皇太后看到後，立刻批示「尋交軍機大臣各衙門議奏」。

光緒元年（1875），直隸總督李鴻章延請薛福成入幕，得以參預機要，或代擬文件，其中奏疏最多。薛福成代為草擬有關海防外交的奏摺，豐富其軍事和外交方面的近代化思想；如光緒二年（1876）所擬〈論與英使議約事宜書〉，為煙臺議約的對策。李鴻章讚賞薛福成的精當分析，乃命薛福成隨行襄理。其他尚有光緒五年（1879），擬〈籌洋芻議〉作為外交政策的基礎；光緒八年（1882），擬〈論援護朝鮮機宜書〉，為壬午朝鮮之變的對策；光緒九年（1883），擬〈論援救越南事宜書〉，為中法衝突所提的援越對策。此外，李鴻章對世界形勢的認識及其在內政、外交方面的策略，對薛福成亦頗有影響。如李鴻章認為向西方派駐使節，可以提高中國的國際地位，防止外國駐京使節的越權行為，多次向總理衙門提出要在西方國家常設公使館的建議。

光緒十年（1884），中法戰爭期間，薛福成任浙江寧紹台道，在寧波以電報指揮，重創犯浙的法國軍艦，因功加布政使銜。光緒十四年（1888），升授湖南按察使，但因尚在寧波任上，而未就職。光緒十五年（1889）四月改授三品京卿，任出使英法義比四國大臣。但因故〔註132〕直至光緒十六年（1890）

〔註132〕光緒十五年六月，薛福成啟行，適逢長兄福辰中風，七月初病故，料理喪葬到九月。十一月染瘴疾，治療一月之久。十一月中趕到上海，預備啟程，又因應酬太緊，再度病倒，經調理治癒，已至十二月間。

正月，薛福成始確定成行赴任。此時距郭嵩燾、黎庶昌出使英法已十三年，和兩位前輩相比，薛福成更加銳意改革，主張變法維新，以工商富國，發表許多「從前九州之內所未知，六經之內所未講」〔註133〕的經世之言。相關內容詳見於第五章第二節，此不贅述。

劉聲木《桐城文學淵源考》曰：「薛福成，⋯⋯師事曾國藩受古文法，國藩許以有論事才。福成雖喜言古文，吳汝綸譏其策論氣過重，切中其弊，最為精鑿。福成亦謂汝綸與張裕釗標榜為文，本屬至善，因此失歡，可見直道之難行，古文之不易，撰《庸庵全集》四十五卷。」〔註134〕年五十七卒。

薛福成為文多著眼於經世致用，以政論名世。出使後，親身體驗西方與中國文化之迥異，便相當注重對中西不同生活方式的觀察，描寫也更為細膩，把簡潔雅潤的桐城古文，和西方政治制度及風土人情巧妙地結合，此引膾炙人口的〈觀巴黎油畫記〉為例：

> 光緒十六年春，閏二月甲子，余遊巴黎蠟人館，見所製蠟人，悉仿生人，形體、態度、髮膚、顏色、長短、豐瘠，無不畢肖。自王公卿相，以至工藝雜流，凡有名者，往往留像於館：或立、或臥、或坐、或俯、或笑、或哭，或飲、或博，驟視之，無不驚為生人者。余亟歎其技之奇妙。譯者稱：「西人絕技，尤莫逾油畫，盍馳往油畫院一觀『普法交戰圖』乎？」
>
> 其法為一大圜室，以巨幅懸之四壁，由屋頂放光明入室，人在室中，極目四望，則見城堡岡巒，溪澗樹林，森然布列。兩軍人馬雜遝：馳者、伏者、奔者、追者；開槍者、燃礮者，搴大旗者、挽礮車者，絡繹相屬。每一巨彈墮地，則火光迸裂，煙燄迷漫。其被轟擊者，則斷壁危樓，或黔其廬，或赭其垣。而軍士之折臂斷足，血流殷地，偃仰僵仆者，令人目不忍覩。仰視天，則明月斜挂，雲霞掩映；俯視地，則綠草如茵，川原無際；幾自疑身外即戰場，而忘其在一室中者。迨以手捫之，始知其為壁也，畫也，皆幻也！
>
> 余聞：「法人好勝，何以自繪敗狀，令人喪氣若此？」譯者曰：「所

〔註133〕　〔清〕薛福成：《庸庵海外文編》（上海：上海古籍出版社，《續修四庫全書·集部·別集類·1562 冊》影印清光緒刻庸庵全集本），卷3，頁320。

〔註134〕　〔清〕劉聲木：《桐城文學淵源考》（臺北：世界書局，1962 年《中國學術名著》影印《直介堂叢刻》本），卷4，頁11～12。

以昭炯戒，激眾憤，圖報復也。」則其意深長矣。〔註135〕

薛福成藉由細節的敘述，運用白描手法，具體形容出該圖之意境、畫技與藝術性，且讚揚法國人不忘國恥、奮發圖強的精神，認爲當時清朝國力雖不敵列強，但不應就此屈服，而須有法國人這種「激眾憤，圖報復」之心，方能一雪屈辱。本文乃薛福成出使西歐，參觀巴黎油畫院，觀看法國名畫「普法交戰圖」的有感之作。字數雖不多，但熔記敘、描寫、議論於一爐，立意深遠且主次分明，使得文章顯得跌宕多姿。

四、黎庶昌

黎庶昌（1837～1897），字蓴齋。貴州遵義人。六歲喪父，體弱多疾，早年從鄭珍學習，寒暑不怠。咸豐十一年（1861）、同治元年（1862），黎庶昌兩次赴京應順天府鄉試，皆不中。困寓京師，幸得胡某招留，教授蒙童糊口。同治元年，幼主新立，兩宮太后垂簾聽政，下詔求言，黎庶昌即應詔上萬言書論政，奏疏中直指時弊，提出一整套治國方略，得到朝廷賞識，召詣軍機處面試，陳興革十五事，著加恩發往江蘇，以知縣用，派遣至江南曾國藩大營差遣委用，充任幕僚。曾國藩幕府人才濟濟，黎庶昌初至，未引起注意，曾國藩後來得知其爲鄭珍的學生，便委任其處理文案，並納爲門生，授以古文義法。後任直隸知州（補用）、吳江知縣、青浦知縣等職，官至四川川東道。年六十卒。有《拙尊園叢稿》《西洋雜誌》、《黎氏文集》等。

光緒二年（1876）十月，黎庶昌得丁寶楨舉薦，隨郭嵩燾赴英，任三等參贊，從此開始其外交生涯。他先後在英國倫敦、德國柏林、法國巴黎和西班牙馬德里的中國使館任參贊職五年，遊歷西歐十國，訪察西洋民情風習、政教文明，探索各國富強之術。撰成《西洋雜誌》八卷刊行，被譽爲「十九世紀西洋風俗畫卷」。〔註136〕相關內容詳見第五章第二節，此不贅述。光緒七年（1881）升任清廷出使日本欽差大臣。光緒二十一年（1895），庶昌因病離任返回故里，一邊養病，一邊整理文稿。因多年操勞，病勢時好時壞，光緒二十三年（1897），即病逝於自家宅中。劉聲木《桐城文學淵源考》曰：「黎庶昌，……師事曾國藩受古文法，於其四史通鑑致力最深。古文恪守桐城義

〔註135〕〔清〕薛福成：《庸庵文外編》（上海：上海古籍出版社，《續修四庫全書·集部·別集類·1562 冊》影印清光緒刻庸庵全集本），卷4，頁272。

〔註136〕〈黎庶昌傳包·內閣爲黎庶昌請立傳交摺〉（臺北：國立故宮博物院藏），文獻編號 702001263。另附書影於附錄四（圖9）。

法，簡鍊縝密頗得堅強之氣。」〔註137〕

黎庶昌爲文長於敘事，宗法桐城而不拘一格，《西洋雜誌》用中國的古文描寫異邦景物，讀來仍覺親切有味。今引錄〈卜來敦記〉爲例：

> 卜來敦者，英國之海濱，歐洲勝境也。距倫敦南一百六十餘里，輪車可兩點鐘而至，爲國人游息之所。後帶岡嶺，前則石岸巉然，好事者鑿岸爲巨廈，養魚其間，注以源泉，涵以玻璃，四洲之物，奇奇怪怪，無不畢致。又架木爲長橋，斗入海中數百丈，使游者得以攀援憑眺。橋盡處有作樂亭。餘則淺草平沙，綠窗華屋，與水光掩映，迤邐一碧而已。人民十萬，櫛比而居，衢市縱橫，日闢益廣。其地固無波濤洶湧之觀，估客帆檣之集，無機匠廠師之興作，雜然而塵鄙也，蓋獨以靜潔勝。

> 每歲會堂散後，游人率休憩於此。方其風日晴和，天水相際，邦人士女，聯袂嬉游，衣裙雜襲，都麗如雲。時或一二小艇，掉漾於空碧之中。而豪華巨家，則又鮮車怒馬，並轡爭馳，以相遨放。迨夫暮色蒼然，燈火燦列，音樂作於水上，與風潮相吞吐，夷猶要眇，飄飄乎有遺世之意矣。余至倫敦之次月，富紳阿什伯里導往游焉，即歎爲絕特殊勝，自是屢游不厭。再逾年而之他邦，多涉名迹，而卜來敦未嘗一日去諸懷，其移人若此。

> 英之爲國，號爲盛強傑大，議者徒知其船堅礮巨，逐利若馳，故嘗得志海內；而不知其國中之優游暇豫，乃有如是之一境也。昔荀卿氏論立國惟堅凝之難，而晉欒鍼之對楚子重則曰：「好以眾整。」又曰：「好以暇。」夫維堅凝，斯能整暇，若卜來敦者，可以覘人國已。

> 大清前駐英參贊黎庶昌記，光緒六年七月。〔註138〕

本文先記卜來敦之景物、街市及「獨以靜潔勝」特點。更記己之初遊，即驚爲「絕特殊勝」，縱離英他去仍不能去懷，且卜來敦優美環境和英人優裕生

〔註137〕 〔清〕劉聲木：《桐城文學淵源考》（臺北：世界書局，1962 年《中國學術名著》影印《直介堂叢刻》本），卷 4，頁 11。

〔註138〕 〔清〕黎庶昌：《拙尊園叢稿》（上海：上海古籍出版社，《續修四庫全書·集部·別集類·1561 冊》影印清光緒二十一年金陵狀元閣刻本），卷 5，頁 365～366。

活，引起作者對國力強盛的嚮往，可見西方經濟、文化對晚清士人的影響。
另外，此篇遊記非只描寫民風國俗，而是十分注意文化的內涵，爲黎庶昌對
西方強國觀察和思考的結果，反映了他瞭解外部世界的遠見卓識。

五、吳汝綸

　　吳汝綸（1840～1903），字摯甫。〔註139〕同治三年（1864）五月，方宗
誠推薦吳汝綸古文於曾國藩，曾氏閱後，頗認同其文，肯定他不獨爲桐城後
起之英。同年，江南鄉試中舉，吳汝綸拜謁時任兩江總督的曾國藩。此時曾
氏就有將其招入幕府之意，但因還要準備會試，此事遂寢。隔年參加會試，
得中進士，授爲內閣中書。

　　同治四年（1865），曾國藩被清廷任命爲欽差大臣，負責剿捻。由於幕府
中的有名人物，大多因鎮壓太平天國起義有功而被保舉，出外任職。曾國藩
感到幕僚短缺，尤其亟需善寫奏牘人才的幫助，而想起吳汝綸。於是曾氏以
幫辦剿捻的名義，奏請調用。十月，吳汝綸到徐州拜謁曾國藩，遂於隔年正
式入幕。在擔任幕僚期間，吳汝綸在曾國藩的親自指導下讀書作文，廣泛涉
獵經史子集各方面的書籍，學問大進。吳汝綸向來恪守桐城古文義法，注意
義理、考據、詞章三者間的相濟，但不全落其窠臼。是以文詞矜煉典雅，意
氣雄厚。年六十四卒。有《桐城吳先生全書》傳世。劉聲木《桐城文學淵源
考》曰：

> 吳汝綸，……師事曾國藩受古文法，刻古勵學，其好文出天性，周
> 秦古籍、太史公、揚、班、韓、柳，以逮近世姚梅諸家之書，丹黃
> 不去手，治經由訓詁以求文辭，自羣經子史及百家之書皆章乙句
> 絕，一以文法，醇疵高下，裁之其尤美者，以丹黃識別而評騭之。
> 並謂文者精神志趣寄焉，不得其精神志趣，則不能得其要領，其
> 爲文深邃古懿，使人往復不厭。官深冀二州，銳意興學，親教課
> 之，棄官主蓮池書院，講席十餘年，教澤播徧于畿輔，爲歷來所未
> 有。〔註140〕

　　同治九年（1870）八月，由於兩江總督馬新貽（1821～1870）被刺，清

〔註139〕〈文苑吳汝綸傳附蕭穆、賀濤、劉孚京‧傳稿〉（臺北：國立故宮博物院藏，
　　　　清史館本）。另附書影於附錄四（圖10）。
〔註140〕〔清〕劉聲木：《桐城文學淵源考》（臺北：世界書局，1962年《中國學術名
　　　　著》影印《直介堂叢刻》本），卷10，頁1。

廷命曾國藩回鎮江南，直隸總督改由李鴻章接任。曾氏本打算帶吳汝綸赴任，但因才剛奏保吳汝綸以直隸同知補用，不便再改調他處；加上李鴻章亦看中吳氏才能，故仍留直隸。同治十至十二年（1871～1873），吳汝綸在曾國藩與李鴻章的奏保下，得任深州知州，治以文教爲先。同治十三年（1874），吳汝綸入江蘇巡撫張樹聲（1824～1884）幕府，負責處理日常事務，進一步鍛鍊其處理實際事務的能力。隔年 6 月，直隸總督李鴻章延請入幕，此時正值洋務運動全面展開，李氏即爲代表之一；吳汝綸在此過程中，對西學也有了更多的接觸和瞭解，思想變得更爲開明，促使其後來決意從事新式教育改革。相關內容詳見於第七章第一節，此不贅述。

今引錄〈跋蔣湘帆尺牘〉爲例：

> 余過長崎，知事荒川君一見如故交。荒川有舊藏中國人《蔣湘帆尺牘》一冊視余，屬爲題記。

> 湘帆名衡，自署拙老人，在吾國未甚知名，而書甚工，竟流傳海外，爲識者所藏，奔似有天幸者，鄉曲儒生，老死翰墨，名不出閭巷者，何可勝道？其事至可悲，而爲者不止，前後相望不絕也。一藝之成，彼皆有以自得，不能執市人而共喻之；不傳，豈足道哉？得其遺蹟者，雖曠世殊域，皆流連慨慕不能已，亦氣類之相感者然也。觀西士之藝術，爭新炫異，日暴之五都之市以論定良窳，又別一風教矣。〔註 141〕

蔣湘帆，名衡，江蘇金壇人。乾隆初以手書《十三經》進呈，賜國子監學正銜，後太學刻石經，即用其本。有《拙存堂集》。此篇短論由不甚知名之蔣湘帆墨跡，爲日人所珍藏一事，而對日本風教成功深有體會。接著論及中外文化心理之差異發人深省。從此文中，看到的黎庶昌，不僅是一位關心社會，善於用筆的文人，同時也是一位有愛國心之外交官，所念仍在「國家之事」。由此可理解其任日本出使大臣後，何以會出錢出力，和楊守敬合作，窮搜博采，輯印《古逸叢書》。當時一些受到域外思想文化影響之士，已跳脫儒學籠罩，開始以新的目光審視世界。由小及大，見解透辟深刻，語句凝練，同時反映出對外部世界之遠見卓識。

〔註 141〕〔清〕吳汝綸：《桐城吳先生文集》（上海：上海古籍出版社，《續修四庫全書・集部・別集類・1563 冊》影印清光緒三十年王思紱等刻桐城吳先生全書本），卷 3，頁 289。

　　綜而觀之，以上集合在桐城旗幟下的古文名家，在古文創作實踐上，都能體現桐城文派之「載道」思想和「義法」理論之傳統。文章之思想內容，以經世致用為要旨，頗多評論時政、針砭時弊之作，語言簡潔，卓有文彩。「義」與「法」之間一經一緯，相輔相成。具體言之，議論文觀點鮮明，邏輯性強，辭句精練，間有卓識；記遊文章寫景狀情多有傳神之筆，能抓住特徵加以渲染，使一山一水一木一石生機盎然，俱能寄寓對世情的感嘆；傳狀之文，刻畫生動，情見於辭；紀事之文，敘述扼要，流暢清晰，平易近人，清新可讀，是其整體文派之特點。如果從文派形成與發展的角度來考察，隨著時代風會，風格多有所變遷，各個作家別具面目，然桐城古文此一領域內所持觀念的價值，處處透露出經世致用的熱情。一代文章，千秋風義，約略可見。